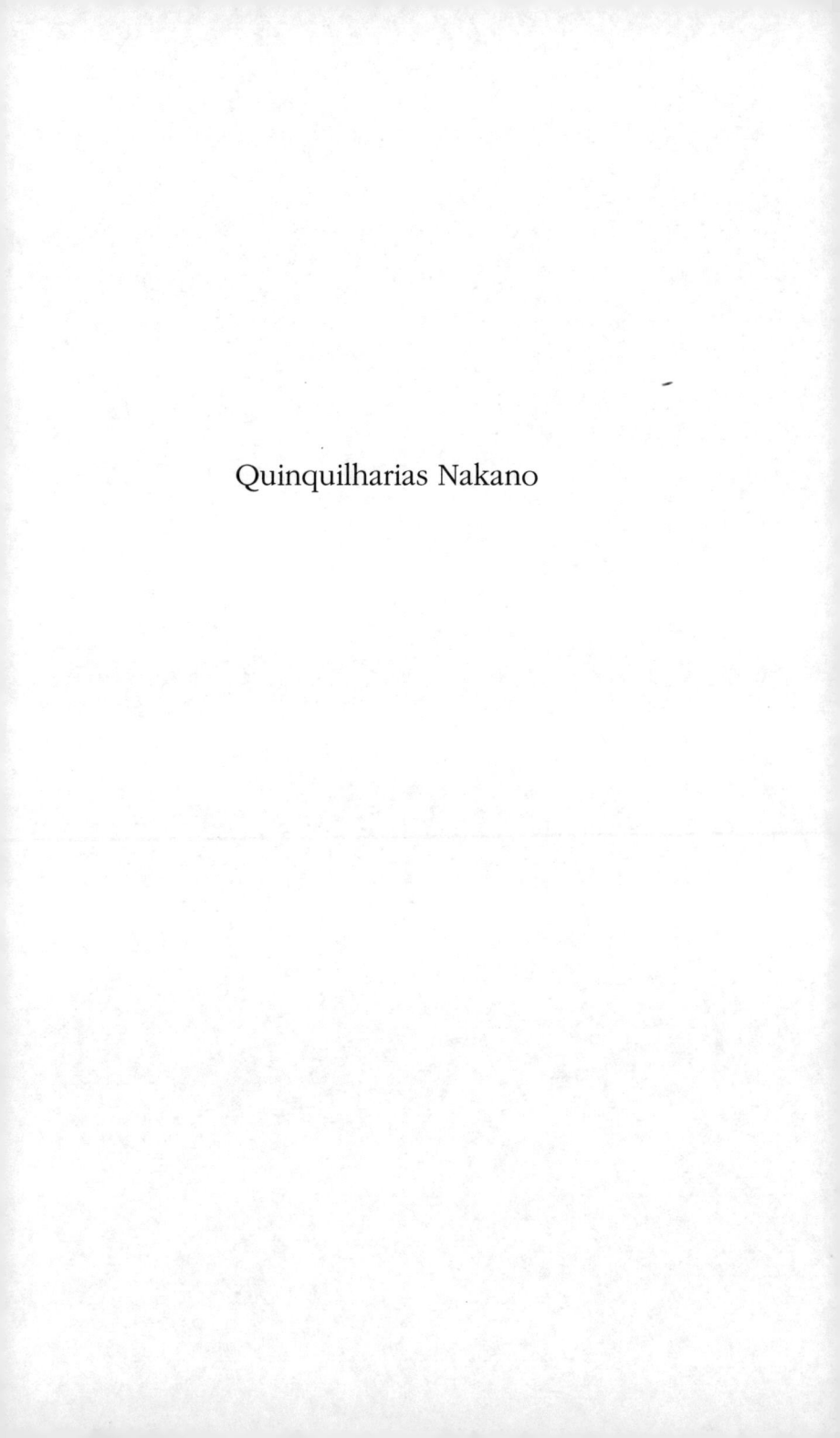

Quinquilharias Nakano

Hiromi Kawakami

Quinquilharias Nakano

Tradução do japonês
Jefferson José Teixeira

2ª edição

Estação Liberdade

Título original: *Furudogu Nakano Shoten*
Copyright © Hiromi Kawakami, 2005
© Editora Estação Liberdade, 2010, para esta tradução

Preparação de texto	Leandro Rodrigues
Revisão	Huendel Viana
Assistente editorial	Marcela Kühn
Composição	B. D. Miranda
Ideogramas à p. 7	Hideo Hatanaka, título da obra em japonês
Capa	Midori Hatanaka
Editores	Angel Bojadsen e Edilberto F. Verza

CIP-BRASIL – CATALOGAÇÃO NA FONTE
Sindicato Nacional dos Editores de Livros, RJ

K32q
Kawakami, Hiromi, 1958-
  Quinquilharias Nakano / Hiromi Kawakami ; tradução do japonês Jefferson José Teixeira. – São Paulo : Estação Liberdade, 2010

Tradução de: Furudogu Nakano Shoten
ISBN 978-85-7448-179-1
1. Romance japonês. I. Teixeira, Jefferson José. II. Título.

10-0420.　　　　　　　　　　　　　　　　CDD 895.63
　　　　　　　　　　　　　　　　　　　　CDU 821.521-3

Todos os direitos reservados à
Editora Estação Liberdade Ltda.
Rua Dona Elisa, 116 | Barra Funda
01155-030 São Paulo – SP | Tel.: (11) 3660 3180
www.estacaoliberdade.com.br

古道具
中野商店

Sumário

Formato nº 2, **11**
Peso de papel, **35**
O ônibus, **55**
A espátula, **73**
Um grande cão, **99**
Celuloide, **123**
Máquina de costura, **143**
O vestido, **165**
A tigela, **187**
As maçãs, **211**
Gim, **235**
Saco de pancadas, **259**

Formato nº 2

"Vejamos então" é a expressão favorita do senhor Nakano.
— Vejamos então, poderia me passar esse molho de soja que está perto de você?
Surpreendi-me quando sem mais nem menos ele me pediu isso agora há pouco.
Viemos os três almoçar mais cedo do que de costume. O senhor Nakano pediu carne ao gengibre, Takeo escolheu peixe cozido, e eu, arroz com legumes e carne ao curry. A carne e o peixe chegaram logo. Os dois puxaram de dentro de uma caixa sobre a mesa um par de *hashi* descartável, separaram com um estalido os dois palitinhos e se puseram a comer. Takeo disse baixinho:
— Desculpe começar antes de você — mas o senhor Nakano começou a mastigar a comida às pressas.
Justo quando meu prato de arroz com curry chegou e peguei a colher, ouvi o senhor Nakano soltar um "vejamos então".
— Não acha que está usando demais esse "vejamos então"?
— Eu disse isso?
— Disse — respondeu Takeo ao meu lado, a meia voz.
— Vejamos então, eu não disse.
— Viu, de novo.

— Ah.

O senhor Nakano coçou a cabeça com um gesto descomedido.

— É hábito, que posso fazer?

— Muito estranho, diga-se de passagem.

Passei-lhe a garrafinha de molho de soja, ele verteu o líquido sobre dois pedaços de conserva de nabo e os mastigou fazendo barulho.

— É que costumo falar comigo mesmo, em minha mente, sem verbalizar. Penso, por exemplo, em A, que vira B, e provavelmente leva a C, que em seguida torna-se D. Quando enfim transformo D em palavras, por descuido acabo soltando um "vejamos então".

— Sua explicação não me convence muito — declarou Takeo, enquanto vertia o molho do peixe sobre o resto do arroz.

Takeo e eu trabalhamos na loja do senhor Nakano. Há cerca de vinte e cinco anos, o senhor Nakano administra essa loja de quinquilharias em um bairro estudantil localizado num subúrbio do lado oeste de Tóquio. Imagina-se que trabalhou de início em uma empresa alimentícia de médio porte, mas aparentemente logo se enfadou do trabalho e pediu as contas.

— Na época era moda funcionários largarem o emprego para se tornarem autônomos, mas eu não permaneci tanto tempo a ponto de me enquadrar nessa categoria. Logo me enchi e sem nenhum motivo em particular saí, sentindo vergonha de mim mesmo — me contou o senhor Nakano num tom meio monótono, num momento de calma na loja. — Saiba que somos uma loja de quinquilharias e não de antiguidades e antigualhas — explicou-me no dia da entrevista.

FORMATO Nº 2

Na vitrine da loja estava pregado um papel mal escrito a nanquim: *Trabalho temporário. Entrevistas a qualquer hora.* Apesar desse "a qualquer hora", ao entrar na loja para me informar, o dono declarou:

— Então a entrevista será no dia primeiro de setembro às duas da tarde. Seja pontual.

Esse homem, que me provocou uma estranha impressão por sua barba, sua magreza e seu boné de tricô, era o senhor Nakano.

A loja — uma loja de quinquilharias, não um antiquário — estava literalmente entupida com todo tipo de bricabraques. De mesinhas baixas com pernas de encaixar a velhos ventiladores, de condicionadores de ar a louças, pelo espaço exíguo no interior do estabelecimento alinhavam-se todos os utensílios domésticos padrão fabricados a partir de 1960. O senhor Nakano levanta a porta corrediça metálica antes do meio-dia e com o cigarro à boca enfileira rente a ela as mercadorias que funcionavam como "chamarizes de fregueses". Sobre um banco de madeira disposto à frente do estabelecimento ele alinha, bem arrumados, alguns pratos e pequenas vasilhas com motivos graciosos, um abajur de *design* artístico, pesos de papel imitando ônix em formato de tartaruga ou coelho, uma máquina de escrever de estilo antigo, entre outras coisas. Por vezes, quando a cinza do cigarro cai sobre o peso de papel em formato de tartaruga, ele a remove de maneira rude com a ponta de seu indefectível avental preto.

O patrão permanece na loja até o início da tarde; depois disso, em geral eu tomo conta de tudo sozinha. De tarde, ele sai acompanhado por Takeo para as "retiradas".

13

Uma "retirada" consiste literalmente em ir à casa dos clientes retirar objetos. Na maioria dos casos a família se desfaz do mobiliário e dos utensílios domésticos devido ao falecimento do proprietário. A loja retira em lote todos os objetos pessoais e roupas que foi impossível distribuir aos familiares dos clientes. O patrão adquire por alguns milhares, no máximo dez mil ienes, uma quantidade suficiente para encher um pequeno caminhão. Os clientes separam os objetos de valor sentimental e pedem a "retirada" do restante a ser descartado, julgando ser mais vantajoso do que ter de pagar à prefeitura para levá-los como lixo de grande dimensão. Embora na maioria das vezes os clientes vejam o caminhão partir após receber a ninharia sem reclamar, Takeo me contou que em algumas poucas ocasiões o patrão se vê em palpos de aranha quando um deles questiona o baixo preço estabelecido.

Takeo foi contratado pouco antes de mim para a função de "retirador". Quando são poucos os objetos, Takeo vai buscá-los sozinho.

— Como faço para estabelecer um valor? — indagou apreensivo na primeira vez que o patrão o enviou sozinho.

— Vejamos então, faça como julgar mais adequado. Afinal, você está sempre observando a maneira como atribuo o preço.

Na época, Takeo contava menos de três meses na loja e não conhecia nada, muito menos a forma de definir o preço. Apesar de ter me espantado com os absurdos que o patrão dizia, levando em conta o inusitado sucesso dos negócios, é provável que todos esses absurdos estivessem dando resultado. Ao que parece, Takeo saiu com as pernas tremendo, mas ao retornar mostrava ter recuperado seu aspecto habitual.

— Felizmente correu tudo bem — deu-se ares de indiferença.

Ao ouvir que o valor da retirada foi de três mil e quinhentos ienes, o senhor Nakano assentiu algumas vezes com a cabeça, mas, no momento em que verificou de fato a carga do caminhão, arregalou os olhos.

— Veja, Takeo, foi barato demais. É mesmo pavoroso quando não se tem experiência, não? — afirmou rindo.

Um vaso incluído naquele carregamento foi aparentemente vendido por trezentos mil ienes. Foi também Takeo quem me contou isso. Na loja do senhor Nakano não se comercializavam objetos desse valor e Takeo foi vendê-lo em uma feira de antiguidades realizada no adro de um templo. Na época, a moça com quem Takeo se relacionava o acompanhou até a barraca montada na feira, sob pretexto de ajudá-lo. Ela duvidava de que um vaso tão imundo pudesse ser vendido por um valor tão alto e parece ter pressionado Takeo, sugerindo que ele ingressasse no ramo das quinquilharias para que pudesse assim deixar a casa dos pais e morar sozinho. Desconheço se foi por esse motivo, mas algum tempo depois ele se separou da tal garota.

É raro fazermos uma refeição a três. O patrão está em geral correndo como uma barata tonta, às voltas com compras de lotes, feiras, leilões ou ainda em reuniões com profissionais, e Takeo, após chegar de uma retirada, volta logo para casa sem mais delongas. Estávamos juntos para ir à exposição de Masayo, a irmã do patrão.

Masayo tem cerca de 55 anos e é solteira. Originalmente, a família Nakano possuía terrenos neste distrito e, apesar de já na geração anterior ao senhor Nakano o patrimônio familiar ter sido reduzido de modo considerável, parece haver restado o suficiente para Masayo viver da renda de imóveis.

— Ela é uma artista — asseverava algumas vezes o senhor Nakano em tom de zombaria, mas de forma alguma detestando a irmã.

A exposição de Masayo realizava-se em uma pequena galeria situada no andar superior do café Poésie, em frente à estação de trem. Daquela vez era uma exposição de bonecas artesanais.

A anterior, realizada pouco antes de minha contratação, parece ter sido uma exposição de peças em tintura natural dos bosques. As tinturas foram criadas a partir das folhas do mato trançado remanescente nos arredores do distrito. Segundo Masayo são cores chiques, porém, a impressão de Takeo sobre as peças da exposição era a de que não passavam de "cores de privada", conforme me confidenciou balançando a cabeça em desaprovação. Contou-me que havia galhos de árvores, apanhados do mesmo bosque, agitando-se pendurados no teto do salão de exposições. Nas palavras do senhor Nakano, as pessoas embaraçavam a cabeça e os braços nos ramos e panos suspensos a cada passo dado no salão, que se transformava num verdadeiro labirinto.

Desta vez nenhuma boneca pendia do teto. Estavam alinhadas convenientemente sobre as mesas do salão, acompanhadas de títulos como *Libélula noturna* ou *De pé no jardim*. Takeo deu um giro rápido, olhando de modo distraído, e o senhor Nakano examinou peça por peça, tocando e virando uma por uma com cuidado. A luz do sol da tarde penetrava pelas janelas e no salão bem aquecido as faces de Masayo se avermelhavam.

O senhor Nakano comprou a boneca de maior valor, e eu, um dos muitos pequenos gatos dentro de uma cesta na recepção. Do alto da escada, Masayo nos acompanhou com o olhar até deixarmos a galeria.

— Vou dar uma passada no banco — informou o patrão e desapareceu pela porta automática do estabelecimento bancário em frente.

— Lá vamos nós de novo — exclamou Takeo, enfiando as mãos nos bolsos das calças frouxas e começando a andar.

Hoje Takeo deve ir até Hachioji para uma retirada. Segundo o senhor Nakano, as clientes são duas irmãs idosas que costumam ligar todos os dias para se lamuriar de que, tão logo o irmão mais velho morreu, parentes até então completamente afastados surgiram para pilhar as coleções de obras de arte e livros antigos do falecido. Ao telefone o senhor Nakano aquiescia com cortesia: "ah, que coisa, ah, posso imaginar", em momento algum procurando desculpas para desligar.

— Faz parte deste ramo de negócios — afirmou, piscando um olho ao desligar o telefone após cerca de meia hora de resmungos ininterruptos.

Apesar de aparentar ouvir com zelo as queixas das duas irmãs, o patrão não demonstrou vontade de ir à casa delas para a retirada dos objetos.

— Posso mesmo ir sozinho? — indagou Takeo.

— Vejamos então, trate de estabelecer um preço um pouco abaixo da média. Se o preço for alto assustará as velhinhas; se for muito baixo, bem, você sabe... — respondeu o patrão afagando a barba.

Chegamos à loja e eu comecei a abrir a porta corrediça metálica, imitando o que o patrão costuma fazer. Enquanto eu alinhava os produtos chamarizes de clientes sobre o banco, Takeo tirava da garagem dos fundos um caminhão com capacidade para duas toneladas. Desejei-lhe sorte e ele acenou com a mão direita enquanto acelerava o motor. Takeo perdeu a falange do dedo mindinho da mão direita. Foi essa a mão que ele agitou.

No momento da entrevista, o senhor Nakano lhe teria indagado se ele era um mafioso Yakuza.

— Seria extremamente perigoso se eu fosse mesmo — declarou ele quando começou a se habituar à loja.

— No nosso ramo pode-se conhecer mais ou menos o tipo dos sujeitos — riu o patrão.

A falange do dedo de Takeo foi decepada ao ficar presa em uma porta de ferro. Foi um colega de turma quem cometeu o ato, por "sentir náuseas pelo fato de Takeo existir", segundo palavras desse rapaz, que ao que parece importunou Takeo durante os três anos da escola de ensino médio. Takeo abandonou os estudos seis meses antes da formatura. Isso porque desde o incidente com a porta de ferro ele se sentia "com a vida realmente em risco". Tanto o encarregado de turma quanto os pais de Takeo faziam vista grossa ao caso. Fingiram que a saída da escola fora causada pelo modo de vida desleixado de Takeo. Mesmo assim Takeo afirmava: "foi uma sorte ter largado os estudos". O estudante que lhe causou a sensação de "risco de morte" entrou para uma universidade particular e ao que parece começou a trabalhar no ano passado em uma empresa mais ou menos conhecida.

— Isso não enraiveceu você? — perguntei.

Exibindo uma expressão em que o canto dos lábios se erguia um pouco, ele me respondeu:

— Acho que isso não tem nada a ver com raiva.

— Nada a ver? — insisti.

Takeo soltou um riso miúdo.

— Você não compreenderia, Hitomi — respondeu. — Você gosta de livros e tem uma cabeça complexa. A minha é bem simples — concluiu.

— Eu também penso as coisas com simplicidade.

Takeo voltou a rir.

— Agora que disse, talvez você seja mesmo assim — retorquiu.

A extremidade do dedo mindinho cuja falange ele perdeu é bem lisa. Takeo me explicou que, segundo o médico do hospital, suas cicatrizes se tornariam quase imperceptíveis, pois ele não tem propensão a hipertrofias celulares.

Depois de ver Takeo partir no caminhão, sentei-me na cadeira ao lado da caixa registradora e comecei a ler um livro de bolso. Três clientes apareceram no período de uma hora, um deles comprou um par de óculos antigo. Por minha vez acho que os óculos para nada servem se o grau é inadequado, mas óculos antigos estão entre os artigos de maior vendagem na loja.

— Justamente por não servirem para nada é que o pessoal compra — costuma sempre afirmar o senhor Nakano.

Quando o questionei se era assim mesmo, ele replicou, bonachão:

— Você gosta de coisas úteis?

— Sim, gosto — respondi.

Fazendo pouco caso, o senhor Nakano começou de repente a entoar um estranho refrão:
— Pratos úteis, estante útil, homem útil.

Ninguém mais entrou na loja depois da partida do cliente que comprou os óculos. O senhor Nakano custou a voltar do banco. Parece que havia uma mulher envolvida na situação.
— Quando afirma que vai ao banco, não iria na realidade encontrar a amante? — Takeo deixou escapar, certo dia.

Há alguns anos o senhor Nakano casou-se pela terceira vez. Com a primeira esposa teve um filho, agora estudante universitário, com a segunda, uma menina, aluna na escola elementar, e com a terceira, um menino de seis meses. E como se não bastasse tem uma amante!
— Hitomi, você tem namorado? — perguntou-me certa vez.

Não que parecesse mesmo interessado em saber. Indagou quando estava de pé junto à caixa registradora, tomando café, com um modo de quem falasse sobre a condição do tempo. Pronunciou a palavra namorado no estilo fastidioso dos jovens de hoje em dia.
— Tinha, não tenho mais — respondi e ele replicou soltando apenas:
— Não diga.

Não perguntou que tipo de pessoa era, quando nos separamos e coisas do gênero.
— Como o senhor conheceu sua atual esposa? — foi minha vez de indagar.

— Isso é segredo — respondeu.

— Se é segredo, é aí que surge a vontade de saber — continuei e ele permaneceu fitando meu rosto. — Por que me olha assim?

Com uma voz calma ele respondeu:

— Hitomi, não precisa perguntar apenas por etiqueta.

Sem dúvida eu não estava tão interessada no começo do relacionamento do casal Nakano. Meu inescrutável patrão!

— Será que o jeito dele atrai as mulheres? — cochichou mais tarde Takeo.

O senhor Nakano não voltou, não apareceram clientes, Takeo foi para Hachioji. Sem ter o que fazer, pus-me a ler.

Há algum tempo certo cliente costumava aparecer sempre que estava sozinha na loja. É provável que tenha a mesma idade do patrão ou até um pouco mais. Imaginava ser mera coincidência que ele viesse à loja justamente quando eu estava só, mas parece que não era bem assim. Quando percebia a presença do patrão na loja saia de fininho. Bastava no entanto não ver mais o patrão para logo voltar.

Certo dia o senhor Nakano me perguntou se o cliente aparecia com frequência. Eu assenti. No dia seguinte o patrão permaneceu a tarde toda arrumando com estrépito as coisas do depósito. À tardinha o homem entrou na loja e passou a andar de um lado para outro entre a porta e a caixa registradora, onde eu estava sentada. Do depósito o senhor Nakano o observava com atenção. No momento em que o homem aproximou-se do caixa, o patrão veio conversar com ele de forma afável.

Pela primeira vez eu ouvia a voz do homem. Ele morava no distrito vizinho, chamava-se Tadokoro e colecionava sabres.

Foi tudo o que o senhor Nakano conseguiu arrancar do cliente em cerca de quinze minutos de conversa.

— Como pode ver, não trabalhamos com peças antigas.

Estranho ele dizer isto, apesar da placa mostrar a palavra quinquilharias.

— Com certeza. Mas há muitos objetos interessantes aqui — redarguiu Tadokoro, apontando para um canto onde se empilhavam brindes da Glico e revistas femininas provavelmente do início da década de 1930.

Tadokoro era um homem atraente. No rosto, tinha marcas escuras de cortes feitos ao se barbear e se emagrecesse um pouco talvez se tornasse parecido com aquele ator francês de cujo nome não me recordo agora. Sua voz um pouco estridente me desagradou um pouco, mas seu jeito de falar denotava serenidade.

Pouco depois de Tadokoro partir, o patrão sentenciou:

— Esse por um bom tempo não dará o ar da graça por aqui.

Eu balbuciei:

— Apesar de terem conversado de modo tão amigável? — e o senhor Nakano meneou a cabeça negando. Perguntei-lhe o motivo, mas ele não respondeu. Saiu da loja informando que daria um pulo no banco.

Conforme o patrão previra, Tadokoro desapareceu por cerca de dois meses. Porém, depois disso, voltou a frequentar a loja como se intuisse os momentos de ausência do patrão. Quando nossos olhos se cruzavam, ele me cumprimentava com um "boa tarde" e ao deixar a loja era a vez de um "até breve".

Trocávamos apenas essas saudações, porém, enquanto Tadokoro permanecia na loja, sentia como se a atmosfera se adensasse. Todos os clientes habituais entram e saem da loja dizendo "boa tarde" e "até breve", mas o jeito dele de fazê-lo é diferente. Takeo o viu duas vezes.

— O que acha daquele cliente? — perguntei.

Por algum tempo Takeo inclinou para o lado a cabeça, em dúvida. Por fim disse apenas:

— Não cheira mal, não.

— Que negócio é esse de cheirar mal? — perguntei, mas Takeo permaneceu calado e cabisbaixo. Enquanto ele jogava água sobre a calçada em frente à loja, ponderei sobre o que ele quis dizer com mau cheiro. Tive a impressão de que o entendera até certo ponto, mas provavelmente o odor ruim imaginado por ele diferia por completo do sentido que eu presumira.

Ao terminar de jogar água, Takeo foi para o fundo da loja carregando o balde vazio.

— Caras que só pensam em si mesmos fedem — ouvi-o balbuciar, mas não compreendi direito o que "caras que só pensam em si mesmos" poderia significar.

Hoje, quando eu lia meu livro, sem nada melhor para fazer, Tadokoro apareceu. No mesmo instante a atmosfera da loja tornou-se pesada. Quando o casal jovem que comprou um vaso de flores de cristal deixou a loja, Tadokoro aproximou-se do caixa.

— Está sozinha hoje? — indagou.

— Sim, estou — respondi com um pé atrás.

Tadokoro estava envolto em um ar mais denso do que o normal. Durante algum tempo, ele conversou sobre o clima e acontecimentos recentes. Pela primeira vez conversamos por tanto tempo.

— Sabe, há algo que eu gostaria que vocês comprassem de mim — atalhou ele abruptamente no meio da conversa.

O patrão me deu liberdade para estabelecer um preço para qualquer objeto de pequeno porte que os clientes trouxessem para vender na loja. Para louças, eletrodomésticos e objetos de colecionadores, como os brindes da Glico, só o senhor Nakano poderia fixar um valor.

— Eis aqui — disse Tadokoro estendendo um grande envelope de papel manilha.

— O que é isso? — perguntei.

Ele colocou o envelope ao lado da caixa registradora.

— Dê uma olhada primeiro — sugeriu.

Se alguém diz para você observar algo primeiro, parece difícil deixar de olhar.

— Para essas coisas, só o patrão... — procurei explicar, mas ele, encostando-se na caixa registradora, fixou o olhar em mim.

— Para essas coisas? Mas você ainda nem viu do que se trata. De qualquer forma, veja primeiro. Vamos.

Sem escapatória, abri o envelope. Dentro havia um segundo envelope de papelão quase do mesmo tamanho daquele externo. Estava tão grudado, sem nenhum espaço, que foi difícil retirá-lo. Com Tadokoro, que não parava de me olhar, eu estava tão sem jeito que meus dedos ficavam cada vez mais atrapalhados.

Por fim, consegui puxar o envelope. Duas folhas de papelão, uma sobreposta à outra, estavam unidas por fita celofane. Havia algo dentro.

— Abra, vamos — sugeriu ele, com seu costumeiro tom de voz sereno.

— Mas está fechado com fita — argumentei.

— Deixe comigo.

Dizendo isso, Tadokoro agitou a lâmina de um estilete, tirado sabe-se lá de onde, e cortou com habilidade a fita de celofane grudada. Pareceu-me que o estilete fazia parte de sua mão. Foi um gesto refinado. Desconcertei-me um pouco.

— Viu só? Com certeza você aprendeu algo — afirmou estranhamente ao efetuar o corte.

Pensei que ele fosse retirar com força o envelope interno, mas interrompeu qualquer movimento. Devagar, abriu o envelope de papelão, rasgando as laterais, até aparecerem fotos em preto e branco.

Eram fotos de casais nus entrelaçados.

— Que diabo é isso? — perguntou logo de cara o senhor Nakano.

— Ao que parece, fotos antigas, não? — opinou Takeo.

Virando-se para mim que, apanhada de surpresa, segurava embasbacada o envelope, Tadokoro disse:

— Volto outra hora. Até lá defina um preço, o.k.? Até — e partiu.

O grito que soltei tão logo vi as fotos pareceu ter sido sugado naquele instante pelo corpo de Tadokoro. Experimentei a ilusão de que seu corpo franzino se expandia e avolumava.

Após a partida de Tadokoro, olhei de novo as fotos e todas apresentavam uma composição trivial. Os casais atuando como modelos aparentavam ser pessoas bastante comuns, dessas que se vê andando pela rua. Havia uma dezena de fotos. Eu as examinei com cuidado, uma por uma.

Agradou-me uma delas. Na luminosidade da tarde, um casal vestido fazia amor exibindo apenas suas nádegas na direção de quem os via. O cenário era uma viela onde se concentravam pequenos bares. Todas as portas metálicas estavam cerradas e na frente delas jaziam grandes cestos de lixo. Nessa ruela melancólica o casal mostrava suas enormes nádegas e coxas grossas.

— Hitomi, você gosta de arte? — inquiriu o senhor Nakano, olhos arregalados, quando apontei aquela foto. Ele tinha em mãos a imagem de um casal nu sentado diante de um espelho. — Eu prefiro esta de tipo mais convencional — acrescentou.

Com a cabeça apoiada sobre os joelhos do homem, a mulher mantinha os olhos cerrados e seus cabelos estavam penteados com esmero.

Ao terminar de olhar com atenção todas as dez fotos, Takeo as colocou sobre a mesa e declarou:

— Nem os homens nem as mulheres são bonitos.

— E o que faremos com as fotos? — indaguei.

— Vou devolvê-las a Tadokoro — respondeu o senhor Nakano.

— Será que não poderíamos vendê-las aqui? — perguntou Takeo.

— Não combinam muito com o estilo da loja.

Terminada a conversa, o senhor Nakano retornou as fotos ao envelope de papelão, inseriu-o no envelope de papel manilha e o colocou sobre a estante no fundo da loja.

* * *

Por algum tempo me preocupei com o envelope manilha na estante. A preocupação me fazia sentir dificuldade em voltar a cabeça para aquela direção. A cada novo cliente que entrava na loja, tremia ao imaginar se não seria Tadokoro. O senhor Nakano prometeu que ele mesmo devolveria as fotos, mas o envelope permanecia abandonado na estante. Em primeiro lugar, ninguém sabia ao certo o endereço do cliente. O tempo foi passando e entramos em um novo ano.

Masayo veio à loja no dia seguinte à nevasca.

— Vocês limparam bem toda a neve da frente da loja — elogiou Masayo jovialmente. A voz dela é sempre animada. De início bastava que abrisse a boca para que Takeo se desmanchasse. Parece que já se acostumou, mas noto que procura manter certa distância dela.

— Aposto que foi nosso Takeozinho que retirou a neve acumulada.

Tendo sido chamado pelo diminutivo, Takeo no mesmo instante se desconcertou. Mais de vinte centímetros de neve acumularam-se no dia anterior. Como desde o início Takeo a retirou várias vezes com diligência, a superfície do asfalto da rua em frente à loja ficava visível. Na calçada brilhante, molhada e negra, o senhor Nakano colocou como sempre o banco e alinhou os objetos.

— A neve não é triste, eu a adoro — afirmou Masayo entre outras coisas.

Masayo é do tipo de pessoa que diz coisas inofensivas. Eu e Takeo apenas ouvíamos calados. Aos poucos os clientes começaram a aparecer. Apesar de a neve ter se acumulado, havia um número inusitadamente grande de clientes justo naquele dia. Três deles compraram aquecedores, dois outros levaram os *kotatsu*[1], dois colchões foram vendidos, e até Masayo nos ajudou a atender os clientes. À tardezinha, quando enfim as coisas se acalmaram um pouco, a maior parte da neve já havia derretido sob o sol. Desaparecera a distinção da parte da calçada que Takeo limpara e do restante que aparecera após a neve ter derretido.

— Que acham de pedirmos por telefone macarrão de trigo-mourisco? — sugeriu o senhor Nakano.

Fechamos a loja sem demora e entramos no cômodo de tatames do fundo. Onde antes estava o *kotatsu* que foi vendido só restava a colcha usada para cobri-lo estirada sobre o tatame. O senhor Nakano trouxe da loja uma mesinha baixa com pernas de encaixar e a colocou diretamente sobre a colcha.

— Está quente — exclamou Takeo sentando-se sobre ela.

— Esquenta quando todos comem juntos — declarou Masayo algo fora de foco.

O senhor Nakano começou a fumar um cigarro enquanto ligava para o restaurante para fazer o pedido. De pé, deixava cair as cinzas em um cinzeiro lascado posto sobre a estante.

— Ah, fiz merda — exclamou ele enquanto agitava de maneira brusca o envelope manilha de Tadokoro. Parece que

---

1. Aquecedor no formato de mesa baixa, dentro do qual se colocam as pernas. Serve como mesa de jantar nos dias frios. [N.T.]

encostou no envelope a ponta do cigarro que fumava. Uma leve fumaça subia, mas acabou desaparecendo à medida que ele sacudia o envelope. A extremidade enegreceu. Ao retirar o envelope de papelão, seu interior estava intacto.

— O que é isso? Algum tipo de gravura? — perguntou Masayo.

Sem dizer uma palavra, o senhor Nakano entregou à irmã o envelope de papelão. Ela o abriu e observou inúmeras vezes as fotos.

— Estão à venda? — indagou.

O senhor Nakano meneou negativamente a cabeça.

— São de má qualidade — concordou Masayo, de modo meio alegre. — Minhas obras são bem melhores que isto — concluiu.

Eu e Takeo nos entreolhamos. Foi uma surpresa constatar a objetividade de Masayo com relação a suas próprias obras. Artistas são inescrutáveis. E Masayo prosseguiu declarando algo ainda mais enigmático.

— Estas fotos não foram tiradas por Tadokoro?

O senhor Nakano deu um grito de admiração.

— Tadokoro foi meu professor encarregado de turma no tempo da escola intermediária.

Ao mesmo tempo que Masayo falava em tom tranquilo, o som de alguém batendo na porta metálica da frente se fez ouvir. Eu e Takeo quase demos um pulo.

— Deve ser o entregador do restaurante — murmurou o senhor Nakano e precipitou-se para a frente da loja com o cigarro nos lábios.

Takeo o acompanhou enquanto eu e Masayo permanecemos no cômodo do fundo. Ela tirou um cigarro do maço do irmão e o acendeu mantendo os cotovelos pregados à mesinha. Sua maneira de colocar os cigarros nos lábios era idêntica à do senhor Nakano.

— Tadokoro aparenta ser bem jovem, mas com certeza já está perto dos setenta — explicou Masayo ao mesmo tempo que comia com ruído seu macarrão com tempura.

Tadokoro fora seu professor encarregado de turma quando estava no terceiro ano da escola intermediária. Ainda é um homem atraente, mas na época ele não chegara aos trinta e, segundo Masayo, era bonito como um ator. Não tinha nenhuma peculiaridade como professor, mas certo tipo de alunas costumava se aglomerar a seu redor como insetos atraídos pelo mel. Entre as alunas deslumbradas por Tadokoro, destacava-se uma colega de turma de Masayo chamada Sumiko Kasuya. Segundo os boatos, os dois ao que parecia costumavam entrar e sair de um lugar onde se via o sinal de uma fonte térmica.

Takeo perguntou o que significava um sinal de fonte térmica e o senhor Nakano, com rosto sério, respondeu que se tratava de hotéis para sexo.

Sumiko acabou largando a escola e Tadokoro foi demitido quando os boatos sobre eles se espalharam demais. Para afastá-la de Takodoro, a família a enviou para a casa dos avós no interior, mas ela continuou pacientemente a se corresponder com ele e um ano depois os dois fugiram juntos. Depois disso, parece que percorreram todo o Japão e quando os ânimos se acalmaram voltaram para a cidade vizinha, onde ele assumiu uma papelaria de propriedade dos pais.

— Foram muito corajosos — foi a primeira impressão expressa pelo senhor Nakano.

— Não estavam brincando — afirmou Takeo em seguida.

— Mas como você percebeu que Tadokoro é o autor das fotos? — perguntei.

— De fato é difícil explicar — disse Masayo mastigando o invólucro do tempura que desde o início deixara de lado.

Eu também adoro comer apenas esse invólucro. Ele fica bem embebido de molho e, ao contrário do que se imagina, é uma delícia. Balbuciando essas palavras Masayo pegou essa crosta do tempura com os pauzinhos.

Na época em que percorria com Sumiko Kasuya todo o país, Tadokoro vivia da venda de fotografias. Mesmo depois de terem fugido, nunca lhe faltaram mulheres. Aproveitando-se de tais relacionamentos, tirava fotos eróticas e as vendia às escondidas. Apesar de ser o trabalho de um amador, era por vezes perseguido por desordeiros locais e grupos mafiosos. Quando as coisas começaram a se tornar mesmo perigosas, interrompeu o comércio de fotografias, mas, talvez por ser algo que combinasse com seu temperamento, posteriormente usou Sumiko Kasuya como modelo e começou a vender as fotos apenas para conhecidos e por um preço próximo ao de custo.

— A mulher daquelas fotos é Sumiko — afirmou Masayo, apontando com o queixo para o envelope sobre a estante.

— Tenho uma igual a uma daquelas.

— Qual? — perguntou o senhor Nakano.

— A das nádegas — foi a resposta de Masayo.

Depois disso, nós quatro permanecemos comendo calados por algum tempo. Takeo, o primeiro a acabar, levou sua tigela até a pia e em seguida foi a vez do patrão se levantar. Imitando Masayo, retirei e comi as crostas de tempura que flutuavam dentro do molho.

— Aquela das nádegas é ótima, não concorda?

Ao me ouvir, Masayo abriu um sorriso.

— Pois saiba que custou bem caro. Sukimo estava na miséria e acabei pagando dez mil ienes pela foto.

— Até mesmo pelo conjunto de dez fotos eu não pagaria mais que mil ienes — afirmou o senhor Nakano num tom despreocupado, ao voltar depois de deixar sua tigela na pia. Takeo concordou, com a fisionomia séria.

Como o senhor Nakano e Takeo foram até a garagem checar o caminhão, eu e Masayo lavamos a louça juntas. Aproveitei para perguntar o que acontecera depois com Sumiko Kasuya.

— Ela morreu — foi a resposta de Masayo. — Parece que de neurose, não pelas traições de Tadokoro, que se tornaram insuportáveis, mas pela perda de seu filho de dezoito anos num acidente. Tadokoro no fundo não é má pessoa. Hitomi, tome cuidado para não ser enganada por um homem desse tipo.

Masayo esfregava vigorosamente as tigelas com a esponja.

— Ah — exclamei, mas, lembrando da atmosfera densa que Tadokoro provocava, senti um frio na espinha, e com certeza não foi de medo. Era a mesma sensação de quando se está prestes a apanhar um resfriado.

Ao deixar a loja acompanhada por Takeo, eu lhe disse:

— Masayo me contou que Sumiko Kasuya morreu.

Esfregando as mãos, ele respondeu apenas:

— É mesmo?

FORMATO Nº 2

* * *

Durante algum tempo Tadokoro não apareceu na loja, mas dois dias após a nevasca surgiu com ar despreocupado.

— Decidi não vender mais as fotos — declarou.

Ao lhe entregar as dez fotos no envelope de papelão, ele aproximou o rosto do meu.

— O que aconteceu com o envelope? — indagou.

Nesse exato momento Takeo entrou na loja, voltando de uma retirada.

— Vou já comprar um envelope.

Tadokoro voltou-se na direção de Takeo.

— Sendo assim, traga um de formato nº 2 — ordenou em seu tom sereno.

Takeo saiu apressado.

— Aprendeu algo vendo as fotos? — perguntou Tadokoro assim que Takeo se foi, aproximando-se ainda mais de mim.

— Parece que antigamente o senhor era professor.

Pensei que ouvindo isso ele se espantaria, mas não moveu um milímetro e achegou-se ainda mais.

— Durante certo tempo — disse, tão próximo que podia sentir seu hálito. A neve remanescente brilhava na sombra.

— Comprei o formato nº 2 — disse Takeo ao voltar. Todokoro se afastou com serenidade, retirou devagar o envelope do plástico de celofane que o envolvia e guardou dentro dele o envelope de papelão.

— Até — saudou e partiu. Logo depois o senhor Nakano entrou, dizendo:

— Vejamos então, você exagerou no preço estipulado hoje, Takeo.

Eu e Takeo olhamos vagamente para a barba do senhor Nakano.

— O que houve? — indagou o patrão com ar apalermado.

Eu e Takeo continuávamos em silêncio.

— Não sabia que aquele envelope é de formato nº 2 — confessou Takeo depois de alguns instantes.

— Quê? — revidou o senhor Nakano, mas Takeo não disse mais nada. Eu também continuei calada observando a barba do patrão.

Peso de papel

Com a chegada da estação das chuvas o senhor Nakano fica menos ocupado. Isso porque, se chove, é impossível as lojas de quinquilharias armarem suas barracas nos finais de semana, e, como na estação úmida as mudanças escasseiam, o número de "retiradas" acaba diminuindo.

— Por que será que há tantas coisas boas nas retiradas em épocas de mudança? — perguntou Takeo ao patrão, que bebia um café em lata.

O patrão esmagou a guimba de seu cigarro na tampa da lata ao terminar de beber e inclinou levemente a cabeça. Como deixava as cinzas caírem sobre a tampa estreita, elas se avolumavam a ponto de parecerem prestes a tombar. Mesmo com o cinzeiro bem diante dos olhos, ele prefere, se possível, usar qualquer outro objeto para depositá-las.

— Por que o patrão não usa o cinzeiro? — perguntei certa vez de modo furtivo a Takeo e ele me respondeu que era provável que o senhor Nakano desejasse vender o objeto. — Mas o cinzeiro não é velho, é do tipo comum, daqueles que se ganha de brinde. — Eu me admirei e Takeo, sem nenhuma expressão fisionômica especial, explicou que o motivo residia no fato de ser o patrão um sequioso comerciante.

— Mesmo sendo ainda jovem, você conhece palavras antiquadas como "sequioso", Takeo!

— Você sabe, Hitomi, eles usam essa palavra com muita frequência em dramas de época da TV como Mito Komon.

— E você assiste a Mito Komon?

— Sou fã de Kaoru Yumi, só por isso.

Dei uma risada discreta ao imaginar a cena de Takeo admirando Kaoru Yumi com devoção. Por vezes na loja recebemos para vender o cartaz publicitário de incenso repelente de mosquitos em que ela aparece. Em certa época era um item muito procurado e bastava surgir na loja para que alguém o comprasse em menos de uma semana. Agora parece já ter caído nas mãos dos colecionadores e não tem tanta saída como antes.

— Vejamos então, quando as pessoas mudam para um local agradável, com certeza desejam trocar o que têm em casa por objetos melhores — respondeu o senhor Nakano. — Por isso aparecem muitos objetos baratos de boa qualidade.

— Objetos baratos de boa qualidade — repetiu Takeo como um papagaio.

O patrão meneou a cabeça concordando.

— E o que acontece quando mudam para um lugar ruim? — retrucou Takeo.

— Que negócio é esse de lugar ruim? — riu o senhor Nakano. Eu também ri. Só Takeo mantinha o rosto sério, não esboçando nem um sorriso.

— Quando se foge durante a noite ou a família se dispersa.

— Vejamos então, nesses casos de urgência, não há tempo para se livrarem dos pertences — explicou o patrão levantando-se e espanejando as cinzas espalhadas sobre o avental negro. Takeo apenas concordou e ergueu-se também.

Mais tarde a chuva se intensificou. O banco sempre colocado na frente da loja foi posto para dentro, comprimindo seu interior. O senhor Nakano limpou as mercadorias com leves passadas de espanador.

— O fato de serem objetos velhos não significa que podemos deixar que se acumule poeira — ele costuma dizer. — Justamente por serem velhos, precisam ser mantidos limpos. Porém, nada de exageros. É difícil, realmente difícil. — O senhor Nakano disse isso rindo enquanto espanava.

Takeo foi jogar a lata de café na lixeira exclusiva, ao lado da máquina de venda automática, disposta bem próxima à loja. Correu até lá sem guarda-chuva. Ao voltar, estava encharcado da cabeça aos pés. O senhor Nakano lhe lançou uma toalha. Tinha estampa de sapos. Foi um item da última retirada. Takeo enxugou os cabelos energicamente e pendurou a toalha num canto da mesa do caixa. Os sapos se molharam e a cor verde escureceu. Todo o corpo de Takeo exalava o cheiro forte da chuva.

A propósito, há tempos Masayo não aparecia.

— Você, Masayo? — percebi quando ouvi o senhor Nakano pronunciar seu nome ao telefone do fundo da loja.

— É verdade... De maneira alguma... Mas, de qualquer forma... É difícil de acreditar... — o senhor Nakano não parava de assentir desse modo.

— O que teria acontecido a Masayo? — perguntei a Takeo, que estava ociosamente sentado no banco colocado no interior da loja para não tomar chuva.

— Quem sabe? — respondeu ele. E tomou outro café em lata.

— Você gosta muito desse café, não? — quando perguntei isso certa vez, Takeo fez uma cara de espanto.

— Se eu gosto? — revidou Takeo.

— Afinal, bebe sempre esse mesmo tipo — ao ouvir isso, Takeo respondeu sem pestanejar:

— Hitomi, logo nesse tipo de coisa você se mostra detalhista.

Mesmo depois dessa conversa, Takeo continuou a beber a mesma marca de café. Eu o imitei uma única vez, mas achei a bebida demasiado adocicada. Café com leite doce. Takeo estava sentado no banco com as pernas bem abertas.

— Vamos, vamos, ao trabalho — ordenou o senhor Nakano voltando do cômodo dos fundos.

Devagar, Takeo se levantou do banco. Saiu fazendo tilintar a chave do caminhão. Como de costume, sem guarda-chuva. O patrão soltou um profundo suspiro ao vê-lo partir.

— O que houve? — perguntei.

Ao que parece ele desejava que alguém lhe perguntasse isso. Sempre que suspira profundamente ou fala sozinho é sinal de que deseja conversar com alguém. Mesmo que não lhe perguntem nada, ele acabará sem dúvida falando, mas antes disso nunca falta um leve sermão e é isso que mata.

Desde que um dia vi Takeo se antecipar perguntando "aconteceu algo?", antes do senhor Nakano proferir sua predicação, comecei a seguir seu exemplo. Ao ser perguntado, o patrão desata a falar como uma mangueira jorrando água. Se não perguntam nada, ele ejeta todo o seu estranho sermão como se uma terra dura obstruísse o bocal da mangueira.

— Bem, quer dizer — começou ele o jorro de palavras.
— É a Masayo.
— Masayo?
— Está envolvida com um cara.
— Como?
— Parece que o homem fixou residência na casa dela.
— Juntaram os trapos, é isso?
— Juntar os trapos é o jeito dos jovens falarem. Estão fazendo como Sachiko e Ichiro.
— Que história é essa de Sachiko e Ichiro?
— Vê o que eu digo? Os jovens não sabem nada e isso me desagrada.

O telefonema era de Michi Hashimoto, tia do senhor Nakano e de sua irmã Masayo. Ela era a irmã caçula do falecido pai dos Nakanos e se casou com o jovem dono de uma loja local de artigos esportivos. Lógico que era um rapaz quando se casou e agora já está aposentado e é seu filho quem cuida dos negócios. O filho tem a mesma idade do senhor Nakano.

Alguns dias antes, Michi visitou Masayo levando-lhe de presente pedaços de torta do café Poésie. Os doces desse café não têm nada de peculiar, seu gosto não é nada espetacular, mas Michi costuma sempre fazer suas compras nos antigos estabelecimentos locais.

— Porque a tradição é importante — esclareceu ela certa vez ao senhor Nakano.

Ele lhe respondeu concordando com a cabeça, mas depois riu, dizendo para mim:

— Neste distrito comercial de nada vale esse negócio de tradição.

Ao visitar Masayo, Michi comprou dois *cheesecakes* no Poésie. Apertou a campainha, sem obter resposta. Imaginou que Masayo tivesse saído e girou a maçaneta da porta, que estava destrancada. A porta se abriu com facilidade para o lado de dentro. Michi se pôs de sobreaviso para o caso de haver algum ladrão dentro da casa. Ouviu um som indistinto. Imaginou ser apenas impressão, mas com certeza era um som. Não eram vozes. Também não era música. Era um som pesado e abafado. O ruído se assemelhava ao de um ou dois seres vivos se movimentando devagar no interior do cômodo.

Certa de que se tratava de um ladrão, Michi se colocou em posição defensiva. Retirou da bolsa o alarme contra molestadores sexuais e se preparou para rapidamente fazer um grande estardalhaço.

— Não é estranho que, com toda aquela idade, ela carregue um alarme contra molestadores sexuais? — resmungou o senhor Nakano no meio da explicação.

— Hoje em dia há muitas situações arriscadas — respondi, e o patrão apenas meneou a cabeça discordando.

— Vejamos então, sendo assim por que teria ela de se aventurar num local perigoso? Não acha que deveria ter saído assim que percebeu a presença de um ladrão? — retrucou suspirando profundamente.

No fundo, o senhor Nakano tentava dizer que, se Michi tivesse fugido, não teria descoberto que Masayo tem um "caso".

Durante algum tempo, Michi permaneceu de pé no vestíbulo, mas após poucos momentos começou a ouvir algo semelhante a gemidos.

— Gemidos?
— Vejamos então, Masayo estava... você sabe... com o cara... — acabou explicando o senhor Nakano com a fisionomia irritada, enquanto usava o espanador.
— Quer dizer que os dois estavam fazendo amor?
— Hitomi, uma moça não deve perguntar as coisas de modo tão explícito.

O senhor Nakano voltou a suspirar, esquecendo ter sido ele próprio quem trouxe à baila abertamente um assunto que conduz a perguntas desse tipo.

Michi entrou sem cerimônias e abriu a porta de correr. Masayo e o homem desconhecido estavam sentados um de frente para o outro. Entre eles havia um gato.
— Eles não estavam trepando. Pelo menos não naquele momento. Era um gato, ouviu bem, um gato. Os gemidos provinham do animal.
— Não foi melhor ter sido um gato?
— Ainda bem. Se tia Michi os tivesse pegado em flagrante, a coisa ficaria feia — sentenciou o senhor Nakano, como se Masayo tivesse cometido um crime.
— Mas Masayo é solteira e livre para levar para casa quem bem entender, não concorda? — afirmei e o patrão franziu o rosto.
— O que as pessoas vão dizer?
— Ahn?
— Temos muitos parentes neste distrito, é complicado.
— E no final das contas Masayo e esse cara... Masayo e ele... estão se relacionando?

— Isso é algo que desconheço.

A conversa do senhor Nakano tornou-se vaga. Apesar de Michi tê-la crivado de perguntas, Masayo manteve-se impassível e calada, o que não permitiu depreender que tipo de homem era ou se haveria uma relação entre os dois. Perguntou também ao homem, que se limitou a responder de maneira evasiva.

Por último, Michi praticamente jogou nos dois a caixa de tortas do Poésie e partiu. "E eu que estava contente por poder comer as tortas com ela", foi o que vociferou Michi do outro lado da linha. De quebra, o senhor Nakano ouviu o sermão de Michi que dizia que ele era o único irmão e por isso precisava cuidar melhor da irmã mais nova.

— Isso tudo porque só comprei dois pedaços. Eram tortas tão insignificantes que eu deveria ter comprado uma dezena ou uma dúzia delas.

— Isso seria demasiado.

— Vejamos então, que obrigação tenho eu de cuidar de uma mulher que tem por volta de cinquenta e cinco anos? — franziu outra vez o cenho o senhor Nakano. — Como devo agir neste caso, Hitomi?

Desejava lhe dizer que aquilo não era da minha conta, mas faltou-me coragem para dizer isso olhando para meu empregador. Eu gostava do meu trabalho. O patrão também não era má pessoa. O salário era baixo, mas razoável pelo trabalho que eu executava.

— Olhe, Masayo parece gostar de você.

— Quê? — retruquei.

Pela primeira vez eu ouvia que Masayo sentia afeição por mim: até então nunca notara nada especial nesse sentido.

— Você não poderia qualquer dia desses fazer-lhe uma visita?

— Quê? — voltei a retrucar, erguendo a voz.

— Preciso que você confira para mim quem é o tal homem — declarou o senhor Nakano, num tom artificialmente brando.

— Quem? Eu?

— É o tipo de coisa que eu só poderia pedir a você, Hitomi.

— Mas...

— Minha esposa e Masayo não se cruzam. Basta você checar o que está acontecendo. Eu lhe pago como hora extra — O senhor Nakano juntou as mãos em súplica.

— Que história é essa de pagar hora extra? — perguntei, e o patrão piscou um olho.

— Não conte nada a Takeo nem à minha irmã — dizendo isso, abriu a caixa registradora, tirou dela uma nota de cinco mil ienes e a colocou em minha mão. Não havia nada que eu pudesse fazer.

— Apenas irei até lá — eu disse, enquanto guardava com rapidez a nota na carteira.

Na mesma noite, terminado o expediente, passei na loja de conveniência no caminho de volta e, além da refeição de carne de frango frita para viagem que costumo comprar, coloquei duas latas de cerveja na cesta de compras. Adicionei também um enroladinho de pasta de peixe recheado de queijo chamado *Chi-chiku* e uma maionese com sabor de lula frita. Depois de hesitar um pouco, acrescentei também duas latas de uma bebida alcoólica leve à base de vodca. Também um *éclair* e um suco de legumes e vegetais. Peguei por último um mangá semanal e me dirigi ao caixa: totalizou pouco mais de três mil ienes.

Caminhei pelas ruas noturnas balbuciando a mim mesma "dinheiro ganho sem esforço". O tilintar das latas de bebida alcoólica e cerveja chocando-se dentro do saco de vinil fazia-se ouvir. No meio do caminho sentei-me no banco de um parque, peguei uma lata de cerveja e bebi. Rasguei o saco dos enroladinhos de peixe e comi três deles. O banco estava úmido da chuva que caíra até a tarde. "Se Takeo estivesse aqui, eu compartilharia com ele a cerveja", pensei por um instante, mas logo imaginei que na realidade isso seria complicado.

Senti a umidade trespassando minhas calças jeans e me levantei apesar da cerveja ainda estar pela metade. Caminhei sorvendo a bebida em pequenos goles. Decidi visitar Masayo na manhã do dia seguinte. Envolta em névoa, a lua flutuava alto no céu. Era uma lua crescente bem delgada.

Pensando bem, as sobrancelhas de Masayo assemelham-se a uma lua crescente.

Mesmo quase sem maquiagem e sem passar batom de cor forte, a tez de Masayo mostra-se sempre lustrosa. A expressão usual "ovo com olhos e nariz" exprime exatamente o formato do rosto dela. Quando jovem deve ter sido bela. O senhor Nakano tem os olhos e o nariz parecidos com os de Masayo, mas como seu rosto é mais quadrangular e bronzeado a expressão mais adequada talvez fosse uma "barra de sabonete de açúcar mascavo com olhos e nariz".

No rosto de Masayo, quase sem maquiagem, apenas as sobrancelhas são objeto de cuidados. São finas e de curvas suaves como as das beldades das pinturas da Era Taisho[2]. Ela me disse certo dia que usava uma pinça para acertá-las fio a fio.

— Com a vista cansada pela idade, às vezes perco a firmeza das mãos — riu. — Mas como durante longos anos arranquei os fios, eles custam a crescer.

Enquanto ouvia a conversa de Masayo, passei o dedo sobre minhas sobrancelhas. Por quase não receberem cuidados, crescem e se espalham à revelia, formando tufos.

Assim que toquei a campainha, Masayo apareceu.

Sobre a sapateira do vestíbulo estava posto um casal de bonecos altos e esguios, que meio ano antes foi exibido na exposição de bonecas artesanais. Calcei um par de chinelos e acompanhei Masayo. Depois de muito ponderar, comprara quatro pedaços de torta no Poésie. Ao entrar na sala entreguei-os a Masayo, que levou a mão à boca para esconder um ligeiro sorriso.

— Haruo lhe pediu para vir, estou certa? — perguntou.

Assenti.

— Quanto ele lhe pagou por isso? — insistiu.

— Mas... não, o que é isso — gaguejei, e Masayo arqueou as sobrancelhas semelhantes à lua crescente.

— Haruo está com medo de levar um fora e por isso não veio ele próprio — afirmou. — Humm, cinco mil ienes? Que pobreza — acrescentou enquanto enfiava o garfo na torta de limão do Poésie.

---

2. A Era Taisho se inicia em 1912 quando o príncipe Yoshihito assume o poder após a morte do imperador Meiji e vai até 1926. Foi um período marcado por problemas políticos e econômicos, mas também pelas vanguardas artísticas e pelo modernismo. [N.E.]

Sem perceber eu acabei contando sobre a hora extra recebida. Quando digo que foi sem perceber estou mentindo, pois no fundo eu, numa leve malevolência, gostaria de sentir sua reação ao lhe dizer esse valor um tanto baixo.

— Me perdoe — disse, cortando cabisbaixa minha torta de cereja.

— Hitomi, você parece gostar de tortas e folhados, não?

— Como?

— Uma torta de cereja, outra de limão, um mil-folhas e uma torta de maçã — com a voz maviosa como a de um pássaro, Masayo enumerou os tipos de tortas que eu comprara no Poésie. Em seguida levantou-se e abriu uma gaveta sob o telefone, de onde tirou uma carteira.

— Diga a ele qualquer coisa que julgue apropriada — disse, envolvendo num lenço de papel uma nota de dez mil ienes e a colocando ao lado de meu prato.

— Por favor, não há necessidade — empurrei de volta o embrulho, mas Masayo o enfiou em meu bolso. A ponta do lenço se desdobrou e era possível ver a metade superior da nota para fora.

— Aceite sem constrangimentos. Afinal, Haruo quer conivência. Se desejar, coma também a torta de maçã — ela sugeriu, enquanto dava tapinhas em meu bolso. O lenço de papel se movia lentamente. — Há muito já passei dos cinquenta e está mais do que na hora de ele me deixar viver a vida em paz, que diabos — Masayo balbuciou o mesmo que dissera o senhor Nakano e levou com pressa a torta de limão à boca. Eu também comi com avidez a torta de cereja. Assim que terminou a torta de limão, ela atacou o mil-folhas sem pestanejar.

Com a boca cheia ela começou a falar sobre o homem. Chamava-se Maruyama. Uma vez aberta a torneira, da mangueira de Masayo também jorrava água com abundância igual à do senhor Nakano.

— Sabe, no passado eu o rejeitei — explicou Masayo de maneira alegre. — Depois disso, ele se casou com Keiko, filha de um comerciante de arroz do distrito vizinho, constituiu família, mas há pouco eles se divorciaram. Poderíamos dizer que foi o tipo de divórcio "solicitado abruptamente pela esposa". Ela lhe apresentou a carta de petição do divórcio e ao que parece ele aceitou de imediato. Keiko estava um pouco impaciente. Ela não parecia imaginar que Maruyama fosse concordar com o divórcio com tamanha facilidade.

Da mangueira de Masayo jorrava água sem parar. Pelas fotos que me mostrou, Maruyama era um homem de estatura e peso medianos e olhos caídos. Nas fotos viam-se os dois, lado a lado, com um santuário ao fundo.

— É o santuário de Hakone — disse ela entusiasmada. — Aproveitei para comprar peças de artesanato regional.

Do cômodo de seis tatames que ficava nos fundos Masayo trouxe uma caixa de madeira em marchetaria.

— Ah, como é linda.

Ao ouvir isso ela sorriu abaixando a extremidade das sobrancelhas.

— Objetos tradicionais são excelentes, lindos, não? — concordei com um meneio vago da cabeça. — Isso mostra o quanto a família Nakano é afeita às tradições. Ofereça a torta ao senhor Maruyama, por favor — retornei à torta de maçã que ela pusera próximo a mim.

— Posso? — disse — e devolveu a torta com todo o cuidado para o interior da caixa.

— E agora, o que digo ao senhor Nakano? — consultei Takeo.

— Qualquer coisa adequada — respondeu enquanto bebia seu Lemon Sour. Com os dez mil ienes recebidos de Masayo eu e Takeo saímos para beber.

Mesmo tendo bebido, Takeo não falava muito.

— Você gosta de assistir a filmes? Qual o seu *game* predileto? É gostoso trabalhar com o senhor Nakano, não concorda? Não acha este sashimi de fígado uma delícia? — perguntei aos poucos.

— Nenhum em particular. É normal. É, com certeza — Takeo só respondia isso. Mesmo assim, quando por vezes erguia o rosto, percebia-se não estar chateado por ser inquirido.

— Masayo parecia animada.

— Deve ser normal já que arranjou um homem — declarou com fisionomia inexpressiva.

— Takeo, como andam você e sua namorada? — lancei.

— Não andamos. Há quatro meses estou sem ninguém — disse e voltou a beber.

— E eu estou sem namorado há dois anos, dois meses e dezoito dias — ao ouvir isso Takeo me perguntou sorrindo que história era aquela de dezoito dias. Quando ele ri passa uma impressão de insensibilidade maior do que quando está sério.

— Ele é pesado — foi o que disse Masayo. — Maruyama é mais pesado do que aparenta — Masayo me segredou alisando a caixa de madeira marchetada de Hakone.

— Você se refere ao peso dele? — quando eu retruquei, Masayo ergueu as sobrancelhas em formato de lua crescente e explicou, com um riso considerável, o que seria exatamente esse tipo de peso.

Observando a expressão insensível de Takeo, lembrei-me do riso considerável de Masayo. Uma voz retida no fundo da garganta... Como poderia expressá-la?... Ah, sim, sutil. Esta é a palavra: sutil. Era esse o tipo de voz.

— Takeo, você pretende continuar trabalhando muito tempo para o senhor Nakano?

— Quem sabe?

— Ele é um tanto excêntrico, não acha?

— É, com certeza — o olhar de Takeo tornou-se vago.

Em seguida, tocou com a mão direita o dedo mindinho da mão esquerda. O dedo sem a falange afagava o dedo incólume da mão esquerda a partir da primeira junta. Depois de acompanhar os movimentos de Takeo por alguns momentos, pedi-lhe para me deixar tocar a ponta do mindinho da mão direita que fora lesionado. Enquanto me deixava tocar seu dedo, com a mão esquerda Takeo tomou da jarra de Lemon Sour e bebeu todo o líquido remanescente.

— Parece um peso de papel — declarei, afastando a mão do dedo de Takeo.

— Peso de papel?

— Maruyama tem um jeito de peso de papel — dissera Masayo. — Concorda comigo, Hitomi? Quando um homem está por cima, você não se sente como uma folha de papel sendo subjugada por um peso?

— Peso de papel do tipo que vem dentro dos estojos de pincéis para caligrafia? — retruquei, e Masayo franziu o cenho.

— Por isso não gosto dos jovens. Pelo visto você nunca usou um peso de papel. Além daqueles para segurar uma folha ao praticar caligrafia, em geral são usados também para segurar objetos — disse Masayo enquanto recolhia com o garfo os fragmentos do mil-folhas espalhados sobre o prato.

Há pesos de papel na loja do senhor Nakano. Eles são mesmo práticos. Eu uso um deles para segurar os papéis na caixa de recibos. Quando os papéis se acumulam, parece que vão sair voando por todo lado. Uso o peso de papel para contê-los.

Ao ouvir Masayo dizer isso, lembrei-me de que no passado eu também coloquei um peso de papel pesado sobre folhas de papel finas para segurá-las.

— Takeo, você é pesado? — indaguei-lhe: estava cada vez mais bêbada.

— Quer comprovar na prática?

— Não, agora não.

— Pode experimentar quando quiser, à vontade.

Assim como eu, Takeo estava com os olhos mortiços. Ele não parecia ser muito pesado. O senhor Nakano também dá a impressão de ser leve. Naquela noite gastei um total de quase seis mil ienes. Eu e Takeo nos embebedamos e no caminho de volta acabamos nos beijando duas vezes. A primeira vez foi bem em frente ao parque, um selinho apenas, a segunda foi do lado de um arbusto, e, ao introduzir minha língua em sua boca, senti que ele recuou ligeiramente.

— Me perdoe — disse eu, e ele logo tratou de inserir a língua em minha boca com dedicação.

— Está tudo bem — respondeu. Com a língua em minha boca, o que ele disse soou como "eshtaduduben".

— Que negócio é esse de estar tudo bem? — Eu ri, Takeo riu, e com isso interrompemos o beijo. — *Bye, bye* — eu acenei e Takeo me respondeu o mesmo, no lugar do "então", seu indefectível cumprimento nas despedidas. O *bye, bye* dele me provocou um terrível desassossego.

Masayo estava sozinha. O homem não estava lá. Pelo menos não estava quando a visitei. Quando fiz o relatório da visita, o senhor Nakano confessou ter se tranquilizado. Takeo carregou o banco para fora da loja.

Há tempos não fazia um dia tão bonito. O senhor Nakano alinhou com elegância sobre o banco as lanternas, máquinas de escrever e pesos de papel habituais.

— Ah, pesos de papel — balbuciei e Takeo me olhou de soslaio.

— São pesos de papel — repetiu Takeo com voz diminuta.

— Que tanto vocês falam em pesos de papel? É algum código secreto? — interveio o senhor Nakano.

— Não, não é nada — replicou Takeo.

— Não é nada — repeti.

Balançando a cabeça, o senhor Nakano foi até a parte de trás, onde o caminhão estava estacionado. Nesse dia estavam programadas três retiradas. Ouviu-se sua voz chamando Takeo, que partiu de imediato.

Talvez em função do tempo bom, muitos clientes apareceram na loja. A maioria dos clientes costuma entrar e apenas olhar, mas vários deles vão até o caixa para pagar por suas compras. Apenas coisas baratas, como pratinhos ou camisetas usadas, mas o tilintar da caixa registradora ressoou na loja com mais frequência do que o usual. O dia foi bastante corrido e havia clientes mesmo depois do entardecer. Por volta das sete da noite, horário habitual de fechamento, ainda passava pela loja uma ou outra pessoa com jeito de funcionário a caminho do lar. Quando às oito horas o senhor Nakano e Takeo voltaram depois de terminada a última retirada, decidiram baixar pela metade a porta metálica corrediça embora ainda houvesse dois clientes na loja.

— Chegamos — anunciou o senhor Nakano ao entrar.

Takeo surgiu atrás do patrão, calado.

Ouvindo o barulho da porta que era baixada, um dos clientes saiu e o outro se dirigiu ao caixa.

O cliente trouxe um peso de papel e um cinzeiro, brinde de algum lugar, que o senhor Nakano fazia questão de não usar.

— Senhor Nakano, quanto é este? — perguntei, olhando ora para o cinzeiro ora para o patrão, que acabou vindo até o caixa.

— O fato de ter escolhido este peso de papel demonstra que o cavalheiro possui olhos de especialista — comentou o patrão, cobrindo o homem com sua verborragia. Será mesmo? O cliente tinha cara de quem não concordasse nem um pouco. — Bem, o cinzeiro custa quinhentos ienes... não, vamos deixar por quatrocentos e cinquenta — o senhor Nakano não parava de falar.

A fisionomia de Takeo se mantinha inexpressiva. Várias caixas de papelão com objetos das retiradas estavam empilhadas próximo à entrada da loja.

Depois que os clientes partiram, o senhor Nakano baixou por completo a porta metálica.

— Estou morrendo de fome — declarou.

— Eu também — atalhou Takeo.

— Meu estômago está colando nas costas — eu disse por último.

O patrão nos perguntou se bastariam três tigelas de arroz com carne de porco à milanesa e retirou o telefone do gancho.

Enquanto jantávamos, o senhor Nakano perguntou que história era aquela de peso de papel, mas tanto eu como Takeo nos fizemos de desentendidos. Senti o cheiro de suor exalando dos dois. Ao terminar seu prato, Takeo de repente começou a rir.

— De que afinal você está rindo?

O senhor Nakano suspeitava de algo. Takeo disse apenas "cinzeiro" e continuou a rir. O patrão se levantou com ar desalentado e começou a lavar sua tigela.

Na prateleira ao lado das caixas empilhadas por Takeo havia pouco, depois do peso de papel no formato de coelho ter sido comprado pelo cliente, só restava aquele em forma de tartaruga que lhe fazia par. Apenas o som da água usada pelo senhor Nakano reverberava pela loja às escuras. Takeo não parava de rir.

O ônibus

— Há para duas pessoas aqui — declarou o senhor Nakano ao retirar as passagens aéreas do envelope de correio registrado.

O envelope fora despedaçado. Ainda que dono de uma loja de quinquilharias e atuando numa profissão que requer certa meticulosidade, ele em geral é bastante desmazelado no trato dos objetos.

— O sogro de Tamotsu Konishi faleceu — continuou.

— Ah — concordou Takeo, com seu ar apático de sempre.

Juntei-me a ele também emitindo um "ah". Pela primeira vez ouvíamos o nome de Tamotsu Konishi.

— Tamotsu passava a impressão de ter sido muito bem criado desde pequeno. Só ele mesmo para enviar duas passagens aéreas — admirava-se o senhor Nakano.

— Ele me pede para ir a Hokkaido. Se possível, já no próximo fim de semana. A princípio, a trabalho. Seria para uma retirada, ou, mais exatamente, para uma avaliação — esclareceu o senhor Nakano, de olhos bem abertos, agitando entre os dedos, com um leve ruído, uma das quatro passagens: duas de ida, duas de volta. Olhou primeiro para Takeo. Depois disso, seu olhar se transferiu para mim.

— O senhor faz mesmo avaliações de antiguidades? — perguntei.

Ele meneou um pouco a cabeça em sinal negativo.

— Não, absolutamente. Falta-me olho para esse tipo de negócio. Por que Tamotsu estaria me pedindo a avaliação?

Resmungando, o senhor Nakano cuspiu num lenço de papel.

— Nos últimos tempos, meus pulmões estão um pouco estranhos — ultimamente ele pegou o hábito de dizer isso. — Takeo, Hitomi, aconselho vocês a evitarem fumar. Eu posso parar quando quiser, basta que eu queira. Apenas desejo respeitar minha aparente liberdade de não parar. Ah, quando se chega à minha idade!

Takeo partiu para os fundos com a chave do caminhão na mão, sem demonstrar se ouvia ou não o que o senhor Nakano dizia.

— Quem é esse senhor Konishi? — perguntei relutante.

— Um amigo dos tempos de colegial.

— Ah — concordei outra vez.

Era difícil crer que o senhor Nakano pudesse ter um dia estudado no colegial. Teria ele usado um uniforme de gola alta? Teria ele caminhado ao lado de um colega, ambos mastigando sanduíches de croquete de carne? Teria ele o branco dos olhos mais acinzentado e não turvo como agora?

— Desde aquela época, mulher nunca faltou para Tamotsu — confessou o senhor Nakano arfando levemente. E mais uma vez escarrou no lenço de papel. — Depois de muito se divertir, casou-se com uma milionária e foi morar na casa dos pais dela em Hokkaido.

Ah, concordei pela terceira vez.

— E ainda por cima essa mulher era maravilhosa.

Desisti de dizer "ah" e o olhei de frente. Ele parecia querer acrescentar algo, mas aproveitou que eu começara a virar as páginas do caderno de anotações da loja para se levantar. Gritou "Takeo" e dirigiu-se aos fundos. Sairiam juntos para uma retirada.

A retirada dessa vez seria na casa de conhecidos de Masayo. Como era uma família tradicional, com certeza haveria boas peças, disse Masayo, mas o senhor Nakano executou devagar os preparativos afirmando que "em casas de grandes proprietários de terras muitas vezes não se consegue nada de interessante".

Sem qualquer motivo aparente suspirei ao ouvir o barulho do caminhão com os dois partindo. Havia combinado com Takeo de nos encontrarmos à noite. Fui eu quem o convidou.

— Há tempos não tinha um encontro a dois — revelou Takeo enquanto se sentava. Foi ele quem definiu como local de encontro aquele café que aparentava ter mais de trinta anos de atividade.

— Quem foi mesmo que pintou aquele quadro na parede?

— Seiji Togo.

— Muito nostálgico, não acha?

— Não conheço bem.

— Mas você sabe o nome do pintor.

— Mera casualidade.

— Não precisa desses floreios.

— Perdoe-me, trata-se de uma questão de hábito.
— Viu, de novo.
— Ah.

Quando voltou para a loja ao cair da noite, sua camiseta estava encharcada de suor nas costas, mas o Takeo sentado agora diante de meus olhos exalava um leve aroma de sabonete.

— Sua garota não deu mais notícias?
— Absolutamente nada — foi sua resposta seca.
— De novo.
— Ah.

Takeo pediu chá preto. Com limão. Ao fazer o pedido cumprimentou a dona do estabelecimento, inclinando um pouco a cabeça. Era mais um abaixar de queixo do que propriamente uma inclinação da cabeça. Os gestos de Takeo são sempre desajeitados.

— Vem sempre aqui, pelo visto.
— É barato e não está sempre cheio.

Acabei sorrindo. Takeo é desajeitado, mas eu também sou.

— Vamos jantar? — sugeriu Takeo e eu assenti.

Fomos a um restaurante especializado em espetinhos de carne de frango assada e comemos fígado salgado, asas de frango e bolinhos fritos. Havia também pele de frango à vinagrete, e quando pedi isso Takeo exclamou: "ah, vinagrete".

— Não gosta? — perguntei.
— Antigamente me obrigavam a tomar vinagre todos os dias — respondeu ele.
— Quem?
— Minha ex.
— Por quê?

— Dizia que era eficaz.
— Estranho... — Eficaz para quê? — perguntei rindo, mas Takeo não respondeu.

Por último, Takeo pediu uma tigela de arroz, pele de frango à vinagrete e vegetais em conserva como acompanhamento e a devorou num piscar de olhos. Eu bebi em pequenos goles a soda limonada restante.

— Foi convite meu, eu pago — eu disse, mas Takeo se levantou de pronto e, pegando a conta, dirigiu-se ao caixa.

De início caminhou a passos tímidos, mas, ao chegar bem perto da caixa registradora, acabou tropeçando onde não havia nada em que pudesse tropeçar. Agi como se não tivesse visto.

Depois de deixarmos o restaurante, eu disse: "parece um verdadeiro encontro amoroso" e Takeo revidou franzindo o cenho:

— Verdadeiro encontro amoroso?

A noite mal começara e os promotores dos clubes em seus ternos pretos se postavam ao longo das ruas, conversando de ombros colados um ao outro.

— Quer beber um pouco mais? — propôs Takeo e eu concordei.

Entramos num bar com jeito de ter pouca clientela, um pouco afastado da rua comercial principal. Takeo pediu conhaque com soda e eu bebi uma piña colada. Eu havia pedido uma bebida alcoólica branca e me trouxeram isso.

Saímos depois de tomarmos dois drinques cada um. Takeo segurou minha mão enquanto caminhava. Desajeitados, andamos de mãos dadas. Ao nos aproximarmos da estação de trem, ele soltou minha mão. Disse "até" e entrou na estação Acompanhei-o até a catraca para me despedir, mas em nenhum momento ele se voltou. Como ainda estava com fome, passei numa loja de conveniência e comprei pudim. Ao chegar em casa, a lâmpada da caixa postal do telefone piscava. Era uma ligação de Takeo. A mensagem deixada era curta: "Foi divertido."

Sua voz carecia de entonação. Podia-se ouvir no fundo a transmissão pelo alto-faltante do interior da estação. Ouvindo a mensagem gravada, puxei a tampa do pudim e o comi devagar. Voltei a fita três vezes para ouvir a voz de Takeo. Depois disso, apertei com cuidado o botão de apagar.

O senhor Nakano partiu para Hokkaido no final de semana.

— Takeo, você não vem comigo? — convidou o senhor Nakano, mas Takeo recusou.

— Por que não vai? É Hokkaido, e, ainda por cima, de graça — perguntei-lhe depois, furtivamente. Fitando-me, ele respondeu:

— Tenho medo de avião.

— Você só pode estar de gozação — eu ri, e Takeo voltou a me fitar.

— Fora isso, é bem possível que o senhor Nakano me peça para pagar parte da despesa do hotel e até parte da passagem aérea — continuou.

— Ele não chegaria a esse ponto — eu disse, embora talvez ele viesse a sugerir mesmo algo do gênero, o que no fundo me fez admirar a argúcia de Takeo.

Ignorando nossas conjecturas, o senhor Nakano partiu cedo na manhã de sexta-feira para o aeroporto de Haneda. Sem dúvida já devia ter embolsado o valor da segunda passagem. Ele se juntaria ao encarregado de uma empresa, um conhecido dele de Hokkaido, e os dois chegariam à casa de Tamotsu Konishi como se ambos chegassem de Tóquio.

— Muito astuto de sua parte — elogiei.

— Hitomi, dê valor a minha sinceridade — revidou Takeo com a fisionomia séria.

É difícil entendê-lo.

A passagem aérea de volta enviada por Tamotsu Konishi estava com a data em aberto.

— Quando voltarei? Só Deus sabe — gabava-se o senhor Nakano.

Masayo, que viera se entreter na loja, caiu na risada.

— Com tão poucos clientes, vou deixar a loja nas mãos de Takeo e Hitomi e me aposentar — prosseguiu o senhor Nakano.

— Sendo assim, eu tomo as rédeas do negócio — afirmou Masayo.

— Se deixar a administração de um estabelecimento igual a este em suas mãos, irmãzinha, iremos logo à falência.

— Você se refere à sua loja como "um estabelecimento igual a este"?

— Vejamos então, apesar de ser "um estabelecimento igual a este", é graças à minha gestão firme e milagrosa que os negócios florescem.

São irmãos difíceis de entender. O senhor Nakano partiu em viagem. Masayo aparece todos os dias para conferir o cofre. Ali estão o dinheiro das vendas, o livro de despesas e um amuleto de Inari Toyokawa. Este último foi comprado por Masayo para que os negócios prosperassem. Ela sugeriu colá-lo no lintel, mas o senhor Nakano recusou-se de maneira obstinada a colocar o amuleto em um local visível.

— Vejamos então, eu cresci ouvindo Janis Joplin — disse ele certa vez, olhando de esguelha o amuleto guardado dentro do cofre.

Takeo emitiu um "ah" com sua fisionomia inexpressiva de sempre.

Um cartão-postal chegou três dias depois de o senhor Nakano ter partido em viagem. Estava endereçado à Quinquilharias Nakano.

— Quer dizer que a loja então se chama Quinquilharias Nakano? — perguntei, e Masayo meneou horizontalmente a cabeça.

— É a primeira vez que ouço este nome — respondeu.

Masayo leu primeiro, entregando-me o cartão em seguida. Depois de lê-lo, passei-o a Takeo, que o fitou, praticamente sem descolar os olhos dele.

"Estou agora em Sapporo. Comi um prato de lámen. Também comi carne de carneiro frita. Ishii teve um contratempo e deverá permanecer até depois de amanhã em Sapporo.

Hokkaido é tão vasta que passa a impressão de desassossego, como os atrativos de uma mulher de grande compleição.

Desejando que todos estejam com saúde,

            Haruo Nakano"

* * *

Takeo leu o cartão com voz miúda. Seria esse Ishii a pessoa da firma de Hokkaido que acompanharia o patrão? Takeo inclinou a cabeça para o lado, em dúvida.

Nós também estávamos justamente comendo lámen. Era macarrão chinês preparado por Masayo. Ela caprichou nos brotos de feijão, folhas de alho-porro e brotos de bambu. Quase não apareciam clientes na loja.

— Hitomi, se você estiver ocupada, posso tomar conta da loja — se oferecia Masayo às vezes.

— Não, tenho tempo de sobra — eu respondia, e depois de fumar dois ou três cigarros Masayo voltava para casa.

Ela aparecia sem falta às onze da manhã, horário de abertura da loja, e por volta das sete da noite, quando a fechávamos. Ela é bem mais pontual do que o irmão e quando permanecia na loja as vendas eram boas.

— Devo ter algo que apazigua as pessoas — gabou-se.

— Será que as pessoas compram quando estão calmas? — perguntou Takeo com ar vago.

Fazia exatamente uma semana desde o "verdadeiro encontro romântico" entre mim e Takeo. Nesse ínterim, eu lhe mandei dois e-mails e dei um telefonema. Cada resposta a minha mensagem era algo como "Estou bem. E você?" No telefonema, depois de cinco minutos se esgotavam os assuntos a conversar e eu acabava desligando logo.

— O que é preciso fazer para se poder conversar sem preocupações com um rapaz? — perguntei a Masayo numa tarde em que Takeo não estava. Ela verificava o livro de despesas, mas ergueu a cabeça e ponderou por instantes.

— Transar com ele pode facilitar um pouco as coisas.
— Ah! — exclamei.
— Olhe, é um milagre que esta loja ainda esteja funcionando — declarou Masayo admirada. Depois disso fechou com força o livro. — Haruo talvez não deseje de fato voltar — afirmou, por detrás de um sorriso enigmático. — A loja está descendo ladeira abaixo e ele está sendo atacado por uma mulher.
— Não diga, é mesmo? — repliquei, e Masayo semicerrou os olhos.
— E é alguém de temperamento forte. A mesma história de sempre — disse, encolhendo os ombros. — Por que será que ele gosta sempre do mesmo tipo de mulher? Que idiota.

Eu ignorava se a mulher a que Masayo se referia seria a terceira esposa do senhor Nakano ou a provável amante dele. Inquirir Masayo seria temeroso. Também não era capaz de me imaginar transando com Takeo.

— Vou trocar os objetos — anunciei, e saí para mudar de posição os cinzeiros e um abajur postos com certa elegância sobre o velho banco.

A estação das chuvas ainda não terminara, mas dias quentes similares aos do verão se sucediam, com os raios de sol escaldantes iluminando os cinzeiros.

"A avaliação terminou sem problemas. A lábia de Ishii foi providencial. Viajarei alguns dias em companhia de Tamotsu. Embora more em Hokkaido, ele não dirige e nos deslocaremos de ônibus. Há trens, mas de ônibus há menos baldeações. Como demora mais ou menos duas horas para

ir de uma cidade a outra, a vontade de urinar no meio da viagem deixa qualquer um em apuros.

Hoje pernoitamos numa estação de águas de frente para o mar, à margem da rodovia nacional. A ideia era irmos até o ponto final, mas Tamotsu de repente decidiu passar a noite aqui. Nas redondezas só existe este albergue e ao redor não há cidade, lojas, casas de praia, absolutamente nada.

Como soubemos de uma gruta na ponta do cabo, resolvemos visitá-la, mas Tamotsu amarelou ao saber que havia por lá siris totalmente brancos (por não apanharem sol). Apesar de estar careca e gordo, Tamotsu ainda faz sucesso com as mulheres.

Desejando que todos estejam com saúde,

Haruo Nakano"

Takeo leu devagar. Fazia calor. Pensamos que enlouqueceríamos quando a canícula começou, mas me pergunto como, passado esse momento, conseguimos suportar.

— Quer um sorvete? — perguntou Takeo.

Quando estávamos apenas os dois na loja, por vezes Takeo deixava de lado o tom formal.

— Quero sim — eu disse, e Takeo correu em direção à loja de conveniência do outro lado da rua. Comprou um sorvete com sabor de coca-cola.

— Hitomi, este está bom? — perguntou ao me entregar.

— O senhor Nakano escreve o tempo todo, não? — eu disse, e Takeo assentiu com a cabeça. Como estava com a boca cheia de sorvete, não podia responder.

Takeo acabara de chegar de uma retirada numa casa cuja família estava de mudança. Como o motivo não era falecimento, apenas mudança, não havia muitos objetos. Takeo os retirou sem pagar nada por eles. Foram duas caixas de papelão repletas de tralhas. Ele as trouxe para a loja e, ao colocá-las no chão, da maior delas saiu rolando uma velha lata de doces. Tinha lindos padrões verde-claros. Em vão tentei abri-la, pois a tampa estava dura e enferrujada.

Takeo, a meu lado, tirou-a de minhas mãos.

— Humm — disse ele, conseguindo abrir a tampa com facilidade.

Dentro havia vários objetos semelhantes a borrachas no formato de monstros.

— E agora? — exclamou Takeo.

— Que houve?

— Talvez tenhamos algo de valor aqui.

As cores berrantes dos monstros, amarela, vermelha e laranja, não estavam nem um pouco desbotadas.

— Mas, de graça, não teria sido ruim? — indaguei e Takeo concordou de leve com a cabeça.

— Tudo bem, eu não sabia. Se fosse de meu conhecimento, eu me sentiria mal.

"Estava tudo bem por não ser do conhecimento dele?" Repeti de modo impreciso em minha mente suas palavras.

— Takeo, que acha de jantarmos juntos de novo? — eu propus sem pensar precisamente no motivo.

— Humm, vamos — ele respodeu de imediato.

— Então, vamos jantar lá em casa — prossegui. — Pode ser hoje à noite.

— O.k., estarei lá.

Takeo voltou a usar um tom mais polido. Mordi o palito do sorvete. Gotas doces misturadas ao gosto de madeira pingavam da ponta do palito.

Pouco antes de encerrar o expediente me dei conta de que minha casa estava em completa desordem. Takeo já havia saído. Ao terminar o trabalho que está sob sua responsabilidade, ele sempre volta às pressas para casa.

Masayo entrou na loja e, trocando de lugar com ela, me precipitei para fora, como se fugisse. De volta a minha casa, enfurnei na parte de baixo do armário as roupas, revistas e CDs que deixara jogados, passei o aspirador de pó a uma velocidade extraordinária, esfreguei o vaso sanitário e, como não houvesse mais tempo, decidi deixar o chão e a banheira na sala de banhos do jeito que estavam; ao dar uma última olhada ao redor, senti que estava tudo por demais organizado, fora do natural, o que me fez retirar algumas revistas e CDs do armário e espalhá-los.

Takeo chegou exalando outra vez o aroma de sabonete. "Eu deveria ter tomado uma ducha", pensei por um instante, mas lembrei-me logo depois que eu desistira da ideia para que ele não pensasse que eu o esperava com ansiedade. É por isso que se apaixonar é complicado. Mais complexo ainda é discernir primeiro se você quer ou não se apaixonar.

— Não vamos forçar as coisas — balbuciei erguendo uma das mãos em direção a Takeo.

— Olá — ele disse.

Um jeito de falar ao mesmo tempo íntimo e seco.

— O que não vamos forçar? — perguntou Takeo.
— Que... que... ouvido bom você tem — eu me atrapalhei toda. Takeo não era apenas Takeo, mas pareceu-me "um homem chamado Takeo". — Vamos pedir algo? Uma pizza talvez? — sugeri, precavida.
— Hitomi, você gosta de pizza?
— Normal.
— Humm! — exclamou Takeo.
— Que pizza vamos pedir? — perguntei.
— Quem sabe alguma com tomates?
— Quero uma com anchovas.
— Humm, muito bom.

Takeo estava sentado numa cadeira. Era na realidade um banquinho amarelo sem encosto. Eu o comprei baratinho na loja do senhor Nakano. Fiquei com ele por ter gostado da cor amarela que transmitia leveza. Preparei uma salada de pepino (apenas cortei e derramei molho por cima) e, depois de retirar os copos de cerveja do armário e alinhar os pratos, nada mais restou para fazer. Afinal, o que as moças e os rapazes deste mundo fazem nos vinte minutos que antecedem a chegada da pizza? Senti uma ligeira sensação de desespero apoderar-se de mim.

— Viu? Eu recebi um cartão-postal do senhor Nakano. — disse Takeo, procurando no bolso traseiro sem se levantar do banquinho. O cartão-postal dobrado ao meio apareceu e Takeo o leu lentamente como de costume.

"*Takeo, como vai?*

Estou bebendo. Desde que cheguei aqui me embebedo com facilidade. Talvez seja porque estou o tempo todo no ônibus.

Durante o dia havia muitas moscas na praia. Com certeza moscas recém-nascidas. Eu fitava o enxame voando em círculos e zumbindo.
As moscas pareciam absolutamente alheias a mim.
Ah, a imensidão de Hokkaido! Talvez essa vastidão seja a causa da rápida embriaguez.
Não entendo as mulheres.
Takeo, apesar de jovem você parece despreocupado em relação a elas e eu o invejo por isso.
Aparentemente Tamotsu voltará depois de passar esta noite com a mulher que conheceu ontem.
Takeo, ouça-me bem, evite se envolver além da conta com mulheres.
Abraços,

Haruo Nakano"

— Estou um pouco preocupada com o senhor Nakano — disse eu, e Takeo se estirou ao comprido.

— Estava apenas bêbado, só isso.

— Algo o atormentaria?

— Pense bem, uma pessoa atormentada não teria tempo para escrever um cartão-postal como este.

Como o modo de falar de Takeo era displicente, olhei de repente para ele. Pela primeira vez hoje eu olhava direito seu rosto. Seus olhos estavam cerrados. Por trás de seu tom de voz exibia a fisionomia de um pequeno animal encolhido em sua toca. Pareceu-me que seu corpo liberava uma leve descarga elétrica.

— Está zangado? — perguntei com voz débil.

— Por que estaria?

Ele tinha o mesmo tom displicente, mas a descarga elétrica continuava. Talvez sua cabeça não estivesse enfurecida, mas seu corpo estava. Afastei os olhos dele. Quem era afinal Takeo? Eu ignorava.

— Ele leva a vida na flauta, muito bom — balbuciou Takeo.

"Seu tom de voz é mesmo displicente. Por que cargas d'água eu o convidei para vir aqui em casa? Teria sido melhor se fosse o senhor Nakano, que leva a vida na flauta, quem estivesse aqui agora", pensei com seriedade.

Jurava conhecer um pouco Takeo pelo fato de vê-lo todos os dias. Porém, percebi que as coisas eram totalmente diferentes. "E se eu me atirasse sobre ele agora, de imediato?" Foi uma das ideias que me passaram pela mente. As palavras de Masayo possuíam certa lógica. Quando se transa, muitas coisas acabam permanecendo no ar.

Takeo balançava as pernas sobre o banquinho. Logo ouviu-se o som da campainha e paguei pouco mais de dois mil ienes pela pizza.

— Bom apetite — disse Takeo, e começamos a comer.

Esvaziamos algumas latinhas de cerveja. Depois de devorarmos toda a pizza, Takeo acendeu um cigarro.

— Você fuma! — exclamei.

— Às vezes — respondeu ele.

Permanecemos um diante do outro, sem nada especial para conversar. Bebemos mais uma latinha de cerveja cada um. Takeo olhou duas vezes para o relógio. E eu, três.

— Bem — disse ele se levantando. No vestíbulo ele aproximou os lábios de minha orelha. Imaginei que fosse me beijar, mas me enganei. — Eu não sou bom nessas coisas de sexo — confessou. — Desculpe.

Enquanto eu permanecia boquiaberta, Takeo fechou a porta e partiu. Voltei a mim alguns instantes depois. Lavando os copos e pratos percebi que Takeo escolhera para comer as partes da pizza com pouca anchova. Não sabia se deveria me enfurecer, entristecer ou rir.

No dia seguinte, Takeo já estava na loja quando eu cheguei. Masayo também. Olhei o relógio, era quase uma hora. Era eu quem estava atrasada.

Bastou que eu chegasse para que Masayo partisse. Na realidade só um pouco mais tarde percebi que Takeo não tinha nada para fazer na loja naquele dia.

— Tome — disse Takeo, me entregando dois mil ienes.
— Da pizza e das cervejas. Ontem foi muito gostoso — acrescentou.

— Ah — concordei com displiscência.

— Na noite passada por algum motivo eu não conseguia pegar no sono e acabei vendo televisão até o amanhecer. Por que os programas da madrugada são tão sem graça?

Sem uma palavra, guardei na carteira os dois mil ienes. Como sempre a loja estava às moscas e no período de uma hora não apareceu ninguém.

— Vinagre... — encetou Takeo de súbito.
— Hein?
— Minha namorada ouviu dizer que vinagre é eficaz em distúrbios de ereção e me obrigava a beber todos os dias.
— O quê?
— Veja bem, não que eu tenha esse tipo de problema, apenas me falta tesão.
— Ah, sim, claro.

— Foi difícil explicar a ela. Por fim, as coisas tornaram-se incômodas entre nós.

Dito isto, Takeo outra vez se calou.

— Será que vamos receber carta do senhor Nakano hoje? — perguntei para quebrar o silêncio, e Takeo sorriu. — Acha que ele pegou ônibus hoje também? — lancei um olhar furtivo à fisionomia de Takeo.

— Qual seria sua expressão, sozinho dentro do ônibus? — Takeo também ergueu os olhos para me fitar.

Imaginei que o senhor Nakano entraria empurrando a porta, mas por mais que o tempo passasse ninguém aparecia.

— Hitomi, desculpe eu ser assim tão sem jeito — disse Takeo em voz baixa.

— Sem jeito para quê?

— Para tudo.

— Não é bem assim. Eu também sou como você.

— É mesmo? Diga... Coisa rara — Takeo me olhava diretamente nos olhos enquanto falava. — Hitomi, viver também é difícil para você?

Takeo acendeu um cigarro que tirou do pacote amassado largado pelo senhor Nakano num canto da estante antes de partir. Eu também peguei um e tentei fumar. Assim como o patrão, Takeo também cuspiu em um lenço de papel. Sem responder à pergunta de Takeo, indaguei:

— Quando você acha que o senhor Nakano voltará?

Takeo respondeu:

— Só Deus sabe.

Depois disso, apertou os lábios e tragou a fumaça do cigarro.

A espátula

Tchi, um breve ruído. O flash brilha lindamente.

— Vejamos então, tenho medo de câmeras digitais — declarou o senhor Nakano, não parecendo nem um pouco temeroso.

— Vejamos então o quê? — pergunta Masayo, erguendo o rosto colado à câmera.

— Não fazem ruído.

— Que ruído?

— O som do obturador.

— Faz um barulho bem baixo — responde Masayo voltando a aproximar o olho do visor da câmera e a se agachar.

Ela tira a foto da frente do vaso de flores de vidro que foi colocado diretamente no chão, rente à parede. Em seguida, uma de lado. Uma em primeiro plano do fundo do vaso. A parede está meio encardida. Há pouco, Takeo carregou para os fundos da loja os pacotes que sempre estiveram empilhados em desordem ao longo da parede. No interior caótico da loja, apenas a extremidade da parede onde o vaso fora colocado era um espaço sereno, transbordante de esmaecida luminosidade.

— A partir de agora participaremos de leilões pela internet — encetou Masayo logo após o senhor Nakano ter voltado de Hokkaido. — Tokizo colocará as fotos em seu site e venderemos a rodo.

Falando assim, Masayo todas as semanas fotografava com entusiasmo as "ofertas especiais". A cada vez éramos obrigados, eu e Takeo, a seguir as instruções dela para que ficasse livre a extremidade da parede ou a segurar, inclinado em um ângulo de quarenta e cinco graus, o rebatedor (era assim que Masayo chamava o simples papelão branco, o que levava o senhor Nakano a resmungar quando ela não estava presente: "Que podemos fazer? Afinal, ela é uma artista").

Esse Tokizo era um antiquário de peças ocidentais conhecido de um amigo de Maruyama, o concubino de Masayo. Ela se admirou quando o senhor Nakano disse que Tokizo parecia ser um especialista em relógios.

— Não acredito que conheça Tokizo.

— Eu o encontrei algumas vezes nas reuniões de trocas. Aquele velho de músculos enrijecidos como uma garça consegue usar a internet?

— Garça ou músculos, o importante é que ele tem enorme espírito empreendedor, ao contrário de você — disse Masayo com franqueza sem despregar os olhos do visor da câmera.

Falando em garças, o senhor Nakano engordou enquanto estava em Hokkaido. Mais do que a uma garça, seu corpo assemelhava-se ao de um bode definhado: apenas o estômago estufado como se tivesse várias toalhas enroladas ao redor e, apesar de rosto e membros permanecerem inalterados e o peito continuar encovado de tão magro, a barriga inchara.

— Teria contraído alguma doença grave? — indaguei furtivamente a Takeo, que meneou a cabeça negando.

— Aquilo ali é excesso de comida.
— Será?
— Meu avô também fica daquele jeito quando engorda.
— Deve ter comido muitas cavalas, batatas e coisas assim.
— Sem dúvida foi a carne de carneiro — sentenciou Takeo.

Não demorou muito para o senhor Nakano recuperar a forma anterior. Com o tempo as três toalhas de banho que pareciam envolver sua barriga se reduziram para duas, depois uma e por fim ele acabou ficando um pouco mais esbelto do que era antes.

— Agora emagreceu depressa demais. Talvez esteja doente de fato, não acha? — perguntei, e Takeo riu.
— Hitomi, você gosta mesmo do senhor Nakano, não é?
— Ahn?
— Você se preocupa demais com ele.

Estava certa de que não era isso. Tratava-se de mera curiosidade.

— Você se engana — afirmei em seguida. Mas não fui capaz de prosseguir dizendo que era apenas curiosidade, pois isso me deixava meio acanhada.

Suor escorria da fronte em direção às faces de Takeo, que acabara de baixar a carga de uma retirada. Olhei furtivamente para seu suor. Cerrei os olhos e, como comecei a sentir vontade de roçar um joelho contra o outro, abri às pressas o caderno de anotações.

Havia diversas anotações no caderno. *12h30: Heights Kitano 204. Leilão, até 120.000. Telefonema sobre inspeção veicular. Reclamação, senhora, pedra de amolar.*

"Pedra de amolar" estava escrito com caneta marcadora azul clara. "Senhora" em laranja, o "Re-" de "Reclamação" em preto, "-clama-" em azul e "-ção" em vermelho. É provável que o senhor Nakano tenha anotado enquanto falava ao telefone. Quando o telefonema se alonga, ele sempre abre o caderno de anotações e rabisca. Por isso, no meio das palavras "telefonema sobre inspeção veicular", estavam desenhados a silhueta das costas de um rapaz, provavelmente Takeo, várias linhas sem sentido e o esboço de um vaso de flores. Embora mal feitos, por algum motivo é possível compreender com clareza os desenhos do senhor Nakano.

O vaso de flores era aquele que Masayo estava fotografando com sua câmera digital.

— Talvez seja um Gallé — ela sugeriu, e o senhor Nakano rebateu com uma risada.

— O que é Gallé? — indagou Takeo.

Depois de pensar por um momento, o senhor Nakano respondeu:

— É o nome dado a quem fabrica objetos de vidro nos quais parecem estar colados padrões representando libélulas ou cogumelos.

— Devem ser pavorosos.

— Gosto não se discute, certo?

— Vocês não são capazes de entender a beleza deste vaso? — perguntou Masayo tirando outra foto, dessa vez em um ângulo inclinado de cima para baixo. Tchi, fez-se ouvir um débil ruído.

— Eu de jeito nenhum me acostumo com essas câmeras digitais — se queixou o senhor Nakano. — Não dá para notar sem o barulho, a voz — resmungou.

É possível chamar esse som de voz? Takeo inclinou a cabeça para um lado. O senhor Nakano se levantou, passou por trás de nós e partiu.

— Haruo é mesmo convencional — afirmou Masayo enquanto deslocava com cuidado o vaso, colocando em seu lugar rente à parede o bibelô de um animal de difícil identificação. — Isso é um cachorro, não? — pergunta, analisando o bibelô de vários ângulos.

— Não seria um coelho?

— É um urso, não tem erro.

Ouviu-se através da parede o barulho do senhor Nakano dando partida no caminhão. O motor custava a pegar. Ouvia-se o ruído da ignição para logo em seguida tudo voltar a silenciar.

— A bateria está fraca — concluiu Takeo, dirigindo-se aos fundos da loja.

O *tchi* do obturador apertado por Masayo tornou-se inaudível, apagado pelo som do motor rateando. A pressão exigida sobre o obturador da câmera digital era tão leve que não se distinguia o momento em que o dedo de Masayo o apertava. Confusa sobre onde deveria focar, com a câmera em mãos, Masayo ora se imobilizava ora se deslocava, em movimentos similares aos dos bonecos nos teatros de sombras.

Transferi devagar o olhar ao caderno de anotações. Fixei-me por um momento na "pedra de amolar" em azul-claro. Do fundo da loja ecoava pela enésima vez o barulho rouco da ignição do caminhão.

— O que acha? — interpelou-me o patrão.

Até algum tempo atrás havia um grupo de três senhoras de meia-idade na loja. Elas deviam ter a mesma idade do senhor Nakano ou um pouco menos e com certeza deviam ter vindo de trem bater perna pela região.

— Desde que reformaram o prédio da estação de trem há cerca de dois anos, o tipo de clientela mudou ligeiramente — Masayo comentara um pouco antes.

Uma das senhoras era linda. Duas delas usavam anéis e brincos pesados e vestiam camisetas originais adornadas com rendas e desenhos de gatos, do tipo que se questiona onde teriam sido compradas, e apenas uma vestia um frouxo suéter de verão simples e bege sobre um par de calças apertadas, tendo como acessório apenas um relógio de pulso dourado aparentemente de boa qualidade.

— Aquele relógio é bem caro. Deve ser uma antigualha.

— Nossa loja comercializa quinquilharias. Não lidamos com antiguidades e antigualhas. — Sorri ao relembrar das palavras do senhor Nakano em meu primeiro dia no emprego.

— No final das contas aquelas três partiram sem comprar nada.

A mulher de relógio de ouro no pulso hesitou por instantes com o peso de papel no formato de tartaruga nas mãos. Depois recolocou-o no lugar e, em seguida, contemplou a tigela de porcelana Imari proveniente da retirada realizada na casa de um conhecido de Masayo. Nesse ínterim, as duas senhoras demasiado enfeitadas comentavam, em meio a críticas, o cardápio do restaurante onde aparentemente haviam almoçado.

A ESPÁTULA

"Estava escrito trufas, mas eu pensei que aquele grãozinho preto caído dentro da sopa fosse alguma sujeira." "O sorvete de lechia talvez tivesse do fruto apenas o aroma." "Aromatizante de lechia do tipo que é vendido em locais como Hong Kong." "Nossa, seria fantástico que eles tivessem ido até Hong Kong só para isso." "É lógico que também são vendidos no Japão." As duas continuavam conversando com eloquência enquanto aproximavam o nariz para cheirar uma bolsa de tintura natural criada por Masayo.

— Imaginei que ela fosse comprar a tigela Imari — comentei, e o senhor Nakano concordou com a cabeça.

— Na sua opinião, o que elas diriam ao entrar num hotel com o acompanhante?

— Quê? — eu respondi.

Como de costume, o senhor Nakano mudou bruscamente o tema da conversa.

— O que ela diria?

— Vejamos então, as mulheres costumam dizer coisas como "Você escolhe demais o momento para entrar no hotel".

— Ahn? — repliquei. — A senhora de há pouco diria algo desse tipo?

— Por que isso acontece? — O senhor Nakano olhou-me de cenho franzido. Mas, na realidade, era eu quem desejava franzir o meu.

O patrão relaxou depressa o cenho e começou a dizer cheio de admiração, entre outras coisas, que gostaria de ouvi-la dizer isso para ele.

— Há algo de errado em se escolher o momento propício?

— O problema é que se perde o elã quando se escolhe demais.

Dei uma gargalhada ao ouvi-lo pronunciar a palavra elã. Ele prosseguiu com o rosto sério.

— A entrada dos hotéis na cidade se situa em geral numa rua de grande circulação de pessoas, não é? Se for um hotel no interior, à margem de uma rodovia nacional, não há com o que se preocupar já que se entra de carro, mas no caso de um hotel na cidade é preciso atentar aos olhares ao redor. Em especial à luz do dia — explicou o senhor Nakano.

Ouvia suas explicações entremeando alguns "ah é?" e "hum", até que soltei um leve suspiro ao me dar conta de que eu me acostumara completamente a esse jeito de falar dele, que de início eu estranhava. Sem fazer caso, ele prosseguiu.

— Olhamos para trás e para frente, ao redor, e então entramos com rapidez. Apenas isso — explicou ele sem despregar os olhos de mim. Tinha a expressão séria. — Ao entrar havia um degrau. A mulher tropeçou.

— E o senhor não tropeçou? — perguntei, e ele assentiu com a cabeça.

— Pode não parecer, mas meus reflexos são afiados.

— Então ela tropeçou como o senhor disse?

— Sim — respondeu o senhor Nakano. — Depois entramos no quarto, fizemos várias coisas e quando terminamos a mulher me censurou, apesar de afirmar ter sido bom.

Ouvindo seu jeito de falar entrecortado, lembro-me de Masaki, com quem estudei durante três anos na mesma turma na escola elementar. Ele possuía na cabeça uma parte careca do tamanho de uma moeda de dez ienes e tinha baixa estatura, mas seus pés eram grandes e fora de proporção e jogava queimada bem mal. Ele era sempre o primeiro a receber uma bolada e sair da quadra. Como eu era em geral a segunda ou terceira, muitas vezes permanecíamos ociosamente lado a lado ao longo da quadra.

Quase não mantinha conversa com Masaki, mas certa feita ele de repente me disse:

— Eu tenho um osso, sabia?

A maioria das crianças fora tocada pela bola e só restavam duas ou três das mais fortes em campo. Eu e Masaki nos afastáramos até a barra de ferro e contemplávamos a bola indo e vindo dentro da quadra.

— Tenho o osso de meu irmão mais velho — foi o que Masaki me contou.

— Que diabo você quer dizer com isso? — perguntei, e ele respondeu que o irmão morrera dois anos antes.

— Mas como você conseguiu o osso?

— Roubei da urna com as cinzas dele: eu o adorava.

Disse apenas isso e pendurou-se na barra de ferro, mergulhado em profundo silêncio. Eu também não repliquei.

Pouco antes da formatura no colegial encontrei Masaki. Há tempos não o via, crescera bastante e me disse estar estudando para prestar os difíceis exames vestibulares de uma universidade. Perguntei se seria a Universidade de Tóquio e ele assentiu levemente com a cabeça, rindo.

— Para você, só a Universidade de Tóquio tem exames difíceis, estou errado?

Admiti com empáfia que ele estava certo e olhei para a cabeça dele. Dissimulada pelos cabelos, não se via a calvície de dez ienes.

— De que forma ela o censurou? — perguntei ao senhor Nakano.

— Bem, ela me achava bom demais em tudo.
— Isso me cheira a ufanismo pessoal, revidei.
— De jeito nenhum — o senhor Nakano mostrava perplexidade no rosto. — Creio que ela gozou duas vezes, eu fiz com calma, troco a cueca todos os dias.
— Ahn?
— E se não bastasse dizer que nada disso é charmoso, no momento de gozar ela se cala. Nem um gemido. Em geral, as mulheres costumam gritar um pouco. De fato, ela é para mim incompreensível. Algo como aquela câmera digital.
— Ah — exprimi secamente. De que outra forma poderia responder?

Um cliente entrou. Um rapaz. Passou depressa os olhos pelo interior da loja e pegou alguns conjuntos de figurinhas infantis dos anos 1970. Quando veio ao caixa pude observar que entre os conjuntos de figurinhas da Era Showa[3], os mais caros da loja, ele escolhera justamente os mais baratos. Agradeci e os coloquei em um saco de papel. O cliente observava meus gestos com uma fisionomia inexpressiva. Quando comecei a trabalhar, ficava nervosa quando alguém checava meus movimentos com o olhar, mas hoje em dia já não sinto nada. Os clientes de uma loja de quinquilharias em geral têm um jeito inoportuno ao pagarem no caixa e ao receberem a mercadoria. O senhor Nakano saiu suspirando. Logo em seguida o cliente partiu. Estava quente e úmido e o céu prenunciava chuva.

---

3. A Era Showa (1926-1989) foi o reinado mais longo de todos os imperadores japoneses. Durante este período o Japão enfrentou a Grande Depressão e participou da Segunda Guerra Mundial. A segunda metade foi marcada pela reconstrução política e econômica do país. [N.E.]

A ESPÁTULA

* * *

Encontrei-me por acaso com o "banco" do patrão.

O "banco" era a amante do senhor Nakano. Quando ele dizia "vou dar um pulo no banco" em geral significava que iria se encontrar com a mulher e desde o dia que Takeo me contou começamos a empregar o termo para designar a amante do patrão, embora nenhum dos dois jamais a tivesse visto.

Cruzei com a mulher casualmente numa rua próxima ao banco.

O senhor Nakano, como sempre, saíra não muito tarde anunciando que iria ao "banco", e por isso pedi a Takeo, que acabara de terminar uma retirada, para cuidar da loja e decidi ir eu também até o banco pagar o aluguel.

Por ser início de mês, o banco estava lotado. Recebo meu salário em dinheiro. O salário mensal, descontadas as ausências, me é entregue no final do mês num envelope pardo. Como por vezes o senhor Nakano erra os cálculos, sempre retiro o dinheiro do envelope e o conto. Até hoje ele já errou duas vezes para menos e uma vez para mais. Mesmo quando errou para mais eu o avisei.

— Hitomi, como você é honesta! Isso deve lhe causar transtornos — disse ele com uma voz estranha, recebendo com indulgência os três mil e quinhentos ienes que eu estendia em sua direção.

Como minha vez na fila custaria a chegar, decidi ir primeiro comprar meias-calças. Lembrei-me da cerimônia de casamento de uma prima no mês seguinte. Nascida no mesmo ano que eu, ela trabalhou três anos na área comercial de uma empresa de viagens após se formar pela universidade, mas acabou doente devido ao trabalho árduo. Ao que parece, devido a seu inato espírito diligente, não foi capaz de viver à toa e inscreveu-se numa agência de emprego, mas agora também trabalha sem descansar. Admirei-me ao saber que seu noivo era seu chefe na empresa para a qual fora enviada a trabalho. O cargo de chefe, de razoável destaque — nem muito, nem pouco — era bem o tipo que agradaria minha prima. Imaginando que o presente oferecido aos convidados no banquete de casamento estaria na "lista de escolha de presentes equivalentes a quatro mil ienes", dirigi-me à loja de roupas e acessórios ocidentais próxima ao banco. No momento em que saía, saltou-me aos olhos a silhueta do senhor Nakano e de seu "banco".

Foi justamente na hora em que os dois dobravam a esquina. Alguns passos adiante havia a entrada de um hotel. Sem poder imaginar que eles entrariam num estabelecimento tão perto da loja, quase de modo instintivo segui o senhor Nakano. O "banco" tinha pernas lindas. Vestia uma saia justa de cor escura, quase preta, que chegava até um pouco abaixo do joelho, uma camiseta apertada ao corpo e um lenço frouxo e solto na parte de trás, que envolvia seu pescoço. Quando o "banco" virou-se, de súbito senti um calafrio instantâneo, mas logo ela se voltou para a frente sem aparentar ter me notado.

A mulher era bonita. Beldade seria talvez uma palavra um pouco exagerada, mas sua pele, quase sem sinais de maquiagem, era delgada e alva. Os olhos eram estreitos, mas seu nariz era bem configurado. Seus lábios transmitiam uma sensação indescritível. Sentia-se asseio nela.

Quem imaginaria que a mulher qualificada pelo senhor Nakano como "incompreensível e que não gritava" seria tão formosa. Eu os seguia meio boquiaberta. O patrão e o "banco" avançavam. Ao chegarem em frente ao hotel, ele girou rapidamente o corpo para trás. Examinou toda a rua com olhos de quem adivinha algo. De início, ele pareceu não me reconhecer. Porém, logo depois, arregalou os olhos. Em seus lábios podia-se ler "Hitomi".

Ele foi assim tragado na entrada do hotel. Não entrou porque queria, mas, independentemente de sua vontade, parecia ser sugado para dentro. O "banco" foi aspirado com ele. De fato, tiveram muita habilidade. Isso me impressionou.

Recompus-me, fui até a loja de roupas e comprei um par de meias-calças. Depois de alguma hesitação, escolhi uma de rede. Lembrei-me de um artigo numa revista de moda que li em uma livraria, segundo o qual "os homens simplesmente adoram uma meia-calça de rede discretamente à mostra entre as botas e a saia". Depois de comprá-la, lembrei-me de que, por ser verão, não calçaria botas e não tinha uma saia com um comprimento que deixasse entrever a meia-calça, mas de qualquer forma era indiferente já que eu só teria oportunidade de usá-la na cerimônia de casamento. Talvez pudesse colocá-la como uma fantasia quando Takeo aparecesse em casa. Mas fantasia de quê? Pensava nessas coisas sem sentido enquanto caminhava pela rua em direção à loja.

Um pouco antes de o patrão voltar para fechar a loja percebi que eu esquecera de efetuar o depósito do aluguel. "Bem-vindo" de volta, eu o saudei quando acabara de regressar e ele respondeu "Cheguei" como se nada tivesse acontecido. Com caneta esferográfica azul, anotei "banco" no caderno. A palavra alinhava-se descuidadamente abaixo da "pedra de amolar" em letras grossas de marcador azul.

A propósito, pedra de amolar é o mesmo que esmeril? Pretendia perguntar ao patrão, mas ele se retirara para os fundos. Quando estava prestes a partir gritei "estou indo", voltando-me para o fundo da loja e de lá mesmo ele respondeu "bom descanso". Ouvi em seguida um "até amanhã". Sua voz clara e oscilante parecia a de um fantasma diurno.

"Parece que alguém da vizinhança foi esfaqueado", apareceu gritando o proprietário da loja de bicicletas que fica bem próxima ao nosso estabelecimento.

Segundo ele, só se sabia até então que um homem de meia-idade levara uma facada. Acontecera em um beco sem saída do bairro comercial e o homem fora levado numa ambulância. Não havia testemunhas e ao que parece a própria vítima telefonara para a polícia. Apenas com a chegada da ambulância percebeu-se que ele estava caído no chão e quando começou a aumentar o número de curiosos ele já havia sido removido.

O dono da loja de bicicletas, de uniforme, era obeso, o oposto do senhor Nakano.

— Aquele cara não bebe nem fuma — o patrão costumava dizer.

Ele parecia procurar manter distância do outro lojista, que por vezes dava as caras na loja com ares de veterano por estar no ramo havia mais tempo.

O patrão me contou que os dois frequentaram a mesma escola elementar e secundária.

— Conhece essas pessoas que apontam o lápis com extrema habilidade usando, por exemplo, canivetes Higonokami? Essas pessoas que não só afiam bem, como também cinzelam maravilhosamente na extremidade contrária coisas como Couraçado Yamato? Pois bem, quando eu esqueci minha lapiseira e lhe pedi um lápis, ele só me emprestou um cotoco de ponta rombuda e gasta. Ele ocultou com a palma da mão os lápis com as inscrições bem trabalhadas Couraçado Yamato ou Zero-Sen. Ele é desse tipo de cara.

Essa foi a crítica que fez o senhor Nakano certa vez sobre o proprietário da loja de bicicletas.

Logo depois tomamos conhecimento de que o esfaqueado era alguém do bairro comercial e à noitinha descobrimos ser tal pessoa nada mais nada menos do que o próprio senhor Nakano. O telefone tocou e fui atender sem pressa (O patrão nos instruiu a só responder após o terceiro toque. Se nos precipitamos para atender, o cliente acaba recuando e desiste de vender o que pretendia.) Era ligação de Masayo.

— Procure não se espantar — ela me preveniu com uma voz que parecia soar ainda mais serena do que a usual. — Haruo foi esfaqueado.

— Hã? — eu retruquei.

O proprietário da loja de bicicletas precipitou-se outra vez com estrépito. Olhou para mim, que conversava ao telefone e assentiu com um grande gesto de cabeça.

— Mas foi bem leve. Quase sem hemorragia.

— Ah — eu respondi, e notei minha voz fraquejar.

Na proporção inversa, Masayo acalmava-se cada vez mais. Pensei com meus botões que no fundo dá no mesmo a voz fraquejar ou intencionalmente tornar-se calma.

— Eu fecharei a loja hoje. Provavelmente chegarei um pouco tarde. Poderia esperar?

— Ah — respondi, dessa vez com a voz normal.

De olhos brilhantes, o dono da loja de bicicletas olhava meus lábios e minha mão segurando o telefone. Desejava gritar "tá olhando o quê, seu babaca?", mas não tenho o costume de berrar, portanto fui incapaz de fazê-lo. Em vez disso, coloquei o fone no gancho com calma e olhei diretamente para a frente.

— Nosso pequeno Nakano foi esfaqueado? — perguntou ele.

— Bem, não sei — respondi.

Depois disso continuaria calada, não importava o que ele fosse perguntar. Algum tempo depois Takeo voltou. O proprietário da loja de bicicletas contou a maior parte do "crime sem explicação do bairro comercial", mas a conversa não vingou por ter o incidente muitos pontos obscuros e pelas respostas lacônicas de Takeo.

— Hitomi, quer que eu vá ao hospital? — indagou Takeo assim que o proprietário da loja de bicicletas partiu.

— Ah, não perguntei o nome do hospital.

— Basta ver com a polícia.

Takeo de pronto pegou o telefone da loja e fez várias ligações sucessivas. Segurando o fone com uma das mãos e apoiando um cotovelo sobre o caderno de anotações aberto, Takeo escreveu o nome e o telefone do hospital com uma caneta esferográfica azul. As palavras "Hospital Satake.

Nishi-machi 2-chome" alinhavam-se abaixo do "banco". Estou indo, disse, precipitando-se para os fundos. Ouviu-se várias vezes o som de ignição do caminhão, o motor por fim pegou e Takeo buzinou uma vez. Depois disso, levantou um pouco a mão em minha direção e voltando a segurar o volante do caminhão olhou fixamente em frente através do para-brisa.

O hospital Satake situava-se num local difícil de encontrar. Nesse dia, não fiz de fato uma visita ao quarto de hospital do senhor Nakano, apenas acompanhei Masayo por ela ter declarado, depois de fechar a loja, que iria na mesma hora visitar o irmão.

No dia em que foi esfaqueado, pouco depois de ter acordado da anestesia, o senhor Nakano estava animado a ponto de devorar metade de uma banana que descascou e segurava em uma das mãos.

— Vou aproveitar para pedir que façam vários exames — avisou ele com tranquilidade.

— Como está o ferimento? — perguntei, mas foi Masayo quem respondeu.

— Ora, com uma coisinha daquelas não se pode ferir decentemente. — Era uma estranha forma de falar.

— Ferir decentemente?

— Pensei que fosse uma faca, mas não passava de uma espátula.

Masayo também pegou uma banana e a descascou. Sua maneira de usar as mãos era delicada, mas, assim como o irmão, era bem desleixada ao descascar frutas.

Masayo explicou então que o patrão fora esfaqueado com uma espátula.

— Espátula? — repliquei.
— Isso mesmo. Isso será motivo de gozação.
— Alguém pode ser ferido com uma espátula?
— Lógico que não.
— Mas houve hemorragia, não?
— Está aí algo bem típico de Haruo. Creio que podemos dizer que sim.

Ao receber o telefonema de Masayo imaginei que quem esfaqueara o senhor Nakano só poderia ter sido o "banco". Todavia, não fora ela.

— Lembra que há pouco recebi um longo telefonema?
— Um longo telefonema?

Duas ou três vezes por dia o senhor Nakano recebia longos telefonemas. Em geral, tratava-se de um cliente ligando pela primeira vez. Parece que as pessoas, quando vendem ou compram objetos velhos, tornam-se mais cautelosas. As mesmas que adquirem produtos novos por catálogo sem nenhuma hesitação, mesmo quando muito caros! O senhor Nakano às vezes resmunga.

— Quando foi esse telefonema longo?
— Provavelmente há cerca de uma semana. Lembra da mulher que telefonou reclamando e me mandando fazer a afiação de uma pedra de amolar? — Assim dizendo, o senhor Nakano pegou outra banana, dessa vez descascando até o final, e a enfiou toda na boca.

— Se comer tudo de uma vez vai engasgar — advertiu Masayo.

— Isso não é nada, uma besteira.

— Há muitas notícias nos jornais de gente que morreu engasgada com bananas.
— Você se engana: está confundindo com *mochi* no Ano-Novo.
— Não seria aquilo escrito no caderno de anotações? — perguntei, lembrando-me da palavra "reclamação" escrita em preto, azul e vermelho.
— Isso mesmo. A mulher era insistente. "A espátula que adquiri em sua loja não corta, por isso afie-a". Ela se enfureceu.
— É possível afiar espátulas?
— Provavelmente as de boa qualidade. Porém, no caso das finas e fracas que vendemos, eu duvido um pouco. — O senhor Nakano inclinou a cabeça ao dizê-lo.

Por um momento, permaneceu com o olhar fixo no vazio.

— Vejamos então, era uma mulher de voz agradável — prosseguiu o patrão.

Ele recebeu outra ligação dessa "mulher de voz agradável". Ela lhe pedia que levasse a pedra de amolar e a encontrasse num local relativamente afastado do bairro comercial.

— Fora um telefonema insólito. Em nosso ramo de negócios acontece muita coisa estranha, de deixar qualquer um insensível, mas apesar disso achei esquisito o "local relativamente afastado". Em geral, não se marca encontro em um lugar não especificado. Contudo, encantado pela voz, acabei indo.

— Você não tem jeito mesmo — limitou-se a admitir Masayo em voz baixa.

O senhor Nakano lhe dirigiu um olhar furtivo.

Ele foi sem pressa até o local afastado do bairro comercial no horário designado, levando a pedra de amolar na mão, sem embrulhá-la. A mulher estava lá. Usava um avental com proteção no peito, tinha os cabelos levantados, sob a saia até os joelhos viam-se meias brancas e calçava sandálias. O patrão impressionou-se com a parte da frente da sandália, similar a uma rede. Era do tipo vendido até mais ou menos 1975. A exatidão com que o identificara denotava sem dúvida sua condição de comerciante de quinquilharias.

A mulher aparentava a mesma idade do senhor Nakano. Usava um batom de cor viva. É perigosa, ele pensou. Ela tem um jeito temerário. Era a intuição do comerciante de quinquilharias. Ou melhor, a intuição normal que teria qualquer pessoa.

"— Agache-se — ordenou a mulher.

— Como? — revidou o senhor Nakano.

— Agache-se aí e afie minha espátula — disse a mulher."

— Era a mesma voz agradável que ouvi ao telefone. Ouvindo-a assim diretamente parecia ainda mais atraente. Tive um princípio de ereção — balbuciou o senhor Nakano.

Masayo estalou a língua em sinal de reprovação.

O patrão agachou-se como se estivesse enfeitiçado. Colocou a pedra de amolar no chão, verteu a água mineral da pequena garrafa de plástico que a mulher lhe estendera e começou a afiar devagar a espátula também entregue por ela. Imponente, a mulher mantinha-se de pé no meio da viela.

O senhor Nakano continuou a afiar a espátula com vagar.

* * *

— Vamos levar frutas para ele — sugeriu Takeo.
— Com certeza ele não se interessará muito por flores.

Provavelmente ainda sob o efeito da anestesia, logo em seguida o senhor Nakano acabou dormindo e por mais que Masayo o sacudisse, empurrasse ou puxasse, ele não acordava. Depois disso, envolvidos na atribulação da loja sem o patrão, eu e Takeo não fomos mais visitá-lo no hospital. Embora estivéssemos ociosos enquanto o senhor Nakano se divertia em Hokkaido, nos últimos tempos a loja estava tendo um extraordinário sucesso.

Quando enfim chegou o dia de descanso, eu e Takeo decidimos nos encontrar à noitinha para irmos ao Hospital Satake. Perdêramos a oportunidade de ouvir o motivo do senhor Nakano ter sido esfaqueado pela mulher após afiar a espátula. Pensei em perguntar a Masayo, mas receava conversar sobre o assunto ali. Ninguém poderia garantir que a qualquer momento o proprietário da loja de bicicletas vizinha não se precipitaria loja adentro com seus olhos reluzentes.

Takeo escolheu morangos. Argumentei que eram caros, mas ele insistiu por se tratar de uma visita a um doente. Quando entramos no quarto do senhor Nakano carregando dois pacotes de morangos enormes, ele não estava mais lá. Fomos informados que fora transferido para um quarto com seis pacientes.

Quando imaginava que seria constrangedor perguntar em um quarto com seis pessoas a razão de ter sido esfaqueado, ao abrir a cortina ao redor do leito do senhor Nakano deparei-me com o "banco".

— Ah — eu disse, e o "banco" sorriu.

Como de costume, era sensual o contraste entre seus olhos perspicazes e os lábios carnudos.

— Esta é Sakiko, da loja Asukado — o senhor Nakano fez a apresentação com jovialidade. — Hitomi e Takeo — disse, dirigindo-se a Sakiko.

— A Asukado, que comercializa vasos e objetos semelhantes? — perguntou Takeo e Sakiko assentiu.

— É de fato um antiquário, não? — prosseguiu Takeo e Sakiko meneou um pouco a cabeça. Seu gesto poderia ser afirmativo, neutro ou negativo. Seu modo de ser parecia em nada combinar com o do senhor Nakano.

— Hitomi, você com certeza está doida para ouvir a continuação de nossa conversa do outro dia — disse o senhor Nakano sem baixar o tom de voz.

Adotava diante de Sakiko exatamente a mesma atitude de quando estava apenas com Masayo e comigo. Sakiko sugeriu a mim e Takeo que nos sentássemos.

— Não é bem assim, é que... — titubeei, mas o senhor Nakano, sorrindo de modo malicioso, prosseguiu:

— Não tente resistir, é ruim para o corpo e segurar demais causa impotência. — Estava curiosa para ver que cara Takeo estaria fazendo, mas não olhei para ele.

— Eu afiei, então — começou ele, como sempre de maneira intempestiva.

— Eu afiei, então. Vagarosamente. E quando terminei, levantei-me e entreguei a espátula à mulher. "Será que corta? Será que corta mesmo?" — ela perguntou. "Claro que sim." Eu respondi e ela, sem nenhum indício prévio, cravou a espátula em minha barriga, bem no flanco. Sem nenhum movimento de puxar a faca para trás ou mantê-la levantada, apenas com um gesto natural das mãos, como a espantar um inseto diante dos olhos, fincou o objeto em minha barriga, desse jeito.

O senhor Nakano contou aquilo no tom de quem decorara bem um *script* repetido incontáveis vezes. Eu e Takeo estávamos atônitos.

— Como eu a afiara bem, mesmo uma espátula com a qual em geral não se pode furar ninguém acabou me penetrando com facilidade.

No momento em que o senhor Nakano parou de falar e fechou a boca, Sakiko soltou um grito. Em seguida, de repente, começou a chorar. Pensava-se que as lágrimas em abundância se esvairiam como um fio após o intumescimento de seus olhos, mas elas não cessaram. Sem uma palavra, Sakiko apenas chorava. Devia ser o que se costuma denominar "chorar copiosamente". De repente o senhor Nakano virou-se para mim e pediu "Um lenço de papel, por favor", e eu lhe passei um pacote de lenços recebido como propaganda de uma empresa financeira que dizia "Use estes". Ele o passou a Sakiko e ninguém disse mais nada a partir de então. Sakiko derramava lágrimas em silêncio. Sem usar o lenço, chorava e seu nariz não parava de escorrer.

Teria chorado por uns dez minutos? Do mesmo modo que começou, de súbito parou de chorar. Sakiko permanecia imóvel, à semelhança de uma estátua, sem aparentar ouvir o senhor Nakano afirmar que tudo correria bem, já que a tal mulher depusera e um processo com certeza seria aberto contra ela. Lembrei-me rapidamente do bibelô fotografado por Masayo com sua câmera digital e que eu não distinguira se era um cachorro, um coelho ou um urso. "Se fotografássemos Sakiko de diferentes ângulos, provavelmente teríamos fotos vendáveis." — foi algo que também pensei por um instante.

— Foi culpa minha. — desculpou-se o senhor Nakano. Pela maneira como disse, parecia ele mesmo ignorar a razão para estar se desculpando. Sakiko se mantinha calada. Enfim, estendeu a mão em direção ao pacote de lenços de papel, assoou o nariz ruidosamente e olhou com rispidez para o senhor Nakano.

— Pode deixar que daqui em diante eu vou gritar — declarou.

— Ahn? — exclamou o senhor Nakano com uma voz bizarra.

— Estou dizendo que grito. Por isso, não se meta com outras mulheres além de sua esposa.

Apesar da voz miúda, Sakiko disse pausada e distintamente cada palavra.

— Ah — respondeu o senhor Nakano. Sua voz se assemelhava à de um lutador de sumô empurrado com força para fora da arena. — Ah, isso, prometo sim, claro — o senhor Nakano hesitava.

Obstinada, Sakiko levantou-se e deixou o quarto. Caminhou sem se voltar.

Eu e Takeo nos apressamos em sair do quarto, andando a passos rápidos até o elevador.

— Que jeito durão ela tem — balbuciou Takeo.

— Masayo comentou dia desses. O senhor Nakano sempre se envolve com mulheres de temperamento severo.

— Mas ela é linda.
— Você aprecia esse tipo de mulher? — perguntei. Procurei afetar um tom indiferente, mas sem muito sucesso.
— Não tenho um tipo preferido ou algo assim — respondeu ele. — Falando nisso, Hitomi, o que aquela mulher quis dizer com "eu vou gritar"?
— Significa que ela vai berrar no momento do orgasmo, é isso.
— Ahn? — exclamou Takeo em voz alta.
Por alguns momentos permanecemos em silêncio. Depois disso, por fim, suspirei:
— Se eu tiver de reencarnar, não desejaria voltar como senhor Nakano.
Takeo não conteve o riso.
— Duvido que você renasça com o corpo dele.
— Sim, também acho difícil.
— De qualquer forma, essa Sakiko não me desagrada — confidenciou.
Eu tampouco a detestava. É lógico que também me sentia assim com relação ao senhor Nakano. Há muitas pessoas neste mundo das quais não desgosto, de algumas estou mais perto de gostar e de outras, ao contrário, mais perto de odiar, e me pergunto afinal de quantas pessoas gosto de verdade. Pensando isso, segurei de leve a mão de Takeo. Ele estava aéreo.
Ao sair do hospital e olhar para cima, uma estrela cujo nome ignoro, mas que sempre pode ser vista nesta estação e horário, brilhava fracamente no céu ainda bastante iluminado.
— Takeo — chamei.

— Sim — respondeu ele.

Repeti seu nome e ele me beijou. O beijo sem língua de sempre. Também permaneci imóvel, sem usar a língua. "Que beijo caloroso", pensei. Em algum lugar fez-se ouvir o som de um motor sendo ligado, mas logo fez-se o silêncio.

Um grande cão

— Vejamos então. Como se chamava... aquele... muito grande...?

O senhor Nakano perguntou enquanto tirava seu avental preto. Naquele dia não havia retiradas programadas, mas recebemos, um pouco antes, um telefonema de um cliente pedindo uma avaliação. Embora esse não fosse o forte do patrão, o cliente pediu com tanta insistência que, sem alternativa, o senhor Nakano se comprometeu a ir.

— O que é grande? — repliquei.

Como de costume, o patrão começou a falar intempestivamente.

— De pelos compridos, e, como posso dizer, com jeito de mulher difícil de se aproximar — prosseguiu ele, imperturbável.

— Está falando sobre uma mulher?

— Claro que não. Não é uma pessoa.

— Não é uma pessoa?

— Estou dizendo que é um cão. Um cão.

O senhor Nakano disse isso num tom impaciente, jogando o avental sobre o tatame do cômodo nos fundos da loja.

— Um cão — repeti.

— Sim, isso mesmo, um cão. Vocês sabem, um cão daquele tipo alto, comprido, magro e que vive correndo para lá e para cá nos jardins da casa de algum nobre.

Eu ri ao ouvi-lo dizer isso. A expressão correr para lá e para cá em nada combinava com a palavra nobreza.

— Bem, estou indo — anunciou ele enquanto vestia um casaco de náilon cheio de bolsos.

— Tenha cuidado — retruquei.

Ouvi o barulho nítido do motor. Na semana anterior a Quinquilharias Nakano, conforme palavras de seu dono, efetuou um "troca tudo" do motor do caminhão. Na última inspeção veicular constatou-se que não só a bateria estava nas últimas como também a correia do motor estava prestes a se romper.

— Eu e Takeo estamos acostumados a dirigir esse caminhão e poderíamos dar um jeito de continuar a usá-lo mesmo com o problema na correia. — O senhor Nakano não parava de resmungar sozinho, os olhos colados na fatura recebida da oficina mecânica.

— Será que ele fala mesmo a sério? — Perguntei em segredo a Takeo e ele assentiu, sisudo.

— O senhor Nakano não está brincando.

De qualquer modo, o motor do caminhão passou sem problemas pelo "troca tudo" e o ferimento do senhor Nakano cicatrizou por completo. Nos exames aos quais aproveitou para se submeter foi diagnosticado com diabetes em nível leve e, a não ser pela estranha e excessiva erudição que adquiriu acerca de calorias no momento das refeições, voltou ao normal, e foi segurando o volante do caminhão com apenas uma das mãos que fez uma grande curva na rua.

UM GRANDE CÃO

Os raios de sol de verão, curtos e densos, penetravam a loja. Sentada numa cadeira, eu massageava os ombros.

A história do cão que corria para um lado e para outro nos jardins da casa de algum nobre partiu de Maruyama, o "qualquer coisa" de Masayo (conforme expressão usada pelo senhor Nakano).

— Sabia que o tal Maruyama mora num apartamento no bairro vizinho? — disse o patrão com voz um pouco insatisfeita.

— É mesmo? — respondi.

— Se ele é qualquer coisa de Masayo, seria natural morarem juntos. Até porque a casa é grande.

A casa onde mora Masayo era herança dos pais dela e do senhor Nakano e, apesar de velha, era uma construção primorosa.

— Não acha um descaramento da parte dele morar intencionalmente separado de minha irmã?

— Sempre desconfiei de uma leve tendência do senhor Nakano a um complexo com relação à irmã — respondi sem me comprometer a dizer que talvez fosse mesmo um descaramento.

— E o proprietário do apartamento...

Nesse ponto da conversa, por um momento, ele manteve um mutismo significativo. Sem me importar com esse silêncio persuasivo, continuei a produzir sacos colando diligentemente folhas de papel almaço. Para os clientes que adquirem objetos grandes, colocamos as mercadorias em bolsas de papel com alça de lojas de departamento ou lojas de roupas, mas para objetos pequenos e não muito volumosos preparamos na loja sacos usados antigamente nas quitandas, dobrando folhas de papel em quatro e colando os cantos.

— Os sacos que você produz, Hitomi, são lindos — exprimiu sua admiração o senhor Nakano.

— É mesmo? — respondi.

— Sim, você tem habilidade manual. Faz sacos de papel muito melhores do que os de minha irmã.

— É mesmo? — repeti.

Sendo trazido de volta pela palavra "irmã", o senhor Nakano começou a falar sobre o "cachorro no jardim de alguém da nobreza". Em linhas gerais, a história foi a seguinte:

O proprietário do apartamento de Maruyama era um homem astuto e desalmado.

O prédio chamava-se Maison Kanamori 1 e, apesar de ter sido construído havia quarenta anos e estar bem estropiado, o dono descarado cobrava um aluguel quase idêntico ao de um apartamento num prédio novo. Deve-se admitir, porém, que ele cuidava com diligência das tarefas de renovar a fachada, repintava e trocava os papéis de parede, imprimindo por dentro e por fora uma aparência próxima à de uma construção nova.

Cômodos asseados e amplos, embora antigos, e muitos armários. Era a medida exata para o locador tolo ser enganado e acabar de imediato pagando o depósito inicial, ignorante da realidade dissimulada da Maison Kanamori, com suas paredes deixando passar as vozes dos vizinhos do lado, o soalho irregular e as inúmeras baratas saindo à noite das tubulações para esvoaçar pelos cômodos.

Outro ponto ruim era a vista privilegiada da Maison Kanamori. Oito ou nove em cada dez prováveis locadores, que com sensibilidade percebiam os indícios vagos de irregularidades do soalho e baratas e pensavam em desistir, acabavam abrindo um enorme sorriso tão logo contemplavam bem diante dos olhos o jardim, "orgulho dos proprietários" — expressão perfeita para descrevê-lo — com todo o seu verde.

A Maison Kanamori é composta de três prédios construídos lado a lado no terreno dos proprietários. O jardim, "orgulho dos proprietários", sempre cuidado sem falta pelos donos, circunda o prédio principal, onde reside o dono, e os três prédios do condomínio. Misturados aos carvalhos, bétulas brancas, magnólias, bordos e outras plantas que crescem frescas em bosques, há caquizeiros, pessegueiros e laranjeiras e outras árvores frutíferas, além de jasmins, azáleas, hortênsias, cuja combinação desordenada e densa forma um ambiente vistoso. Como vegetação rasteira foram plantadas flores pequenas, brancas e azuis, ao estilo inglês, e a entrada do terreno possui um grande arco de rosas.

— Soa como um jardim sem nexo nem linha norteadora — opinei e o senhor Nakano assentiu com a cabeça.

— Como Maruyama é distraído, a ponto de ter sido seduzido por minha irmã, acabou sendo enganado por esse astuto proprietário — assegurou o patrão com autoridade, meneando a cabeça.

O patrão explicou que se fosse apenas o aluguel caro, ainda seria possível suportar, mas a astúcia do proprietário da Maison Kanamori criava animosidade com os inquilinos.

— Animosidade? — perguntei.

— Isso mesmo, animosidade — respondeu em voz afetada e baixa.

O casal de proprietários demonstrava tamanho apego pelo jardim que não permitia absolutamente que os inquilinos o danificassem por pouco que fosse. Ainda passaria se dirigissem essa animosidade apenas a algum locatário que tivesse no passado arruinado o jardim, mas eram severos até mesmo com os inquilinos que nada haviam feito. Apesar do casal parecer humilde, tímido e ignorante das coisas mundanas ao mostrar os apartamentos, uma vez assinado o contrato mudavam da água para o vinho e subiam nas tamancas por qualquer coisa.

— Nas tamancas? — repliquei impressionada, o que fez o senhor Nakano rir.

— Por exemplo, se alguém para a bicicleta a um canto do jardim, uma hora depois há várias etiquetas coladas sobre ela de "Proibido deixar bicicletas aqui" ou "Providenciando a remoção".

— Etiquetas?

— O casal parece ter se dado ao trabalho de produzi-las.

— Isso é algo terrível, não? — eu disse e o senhor Nakano assentiu com a cabeça.

— E, ainda por cima, essas etiquetas são difíceis de descolar.

— Para começar, por que não podiam parar as bicicletas?

— Impedem os raios do sol de chegar às plantas e há a possibilidade de as rodas passarem por cima delas.

— Maruyama é incapaz de julgar bem as pessoas. — o senhor Nakano prosseguiu com jeito alegre e depois se levantou. — Bom, vamos fechar por hoje — anunciou e começou a guardar os objetos colocados sobre o banco fora da loja.

UM GRANDE CÃO

Para dizer a verdade, eu também conheço a Maison Kanamori. Está localizada a menos de cinco minutos a pé da casa de Takeo. Certo dia eu e Takeo passamos por ela (é claro que não entramos nem cumprimentamos ninguém) quando caminhávamos juntos, sem que soubéssemos bem o porquê, até a casa dele. Apenas naquele lugar as árvores são densas como um bosque e o jardim, "orgulho dos proprietários" nas palavras do senhor Nakano, é sem dúvida motivo de ufanismo e tem indubitável elegância.

— Este lugar parece totalmente distinto de tudo ao redor — afirmou Takeo olhando para o fundo do jardim.

— Que tal entrarmos? — propus, mas Takeo meneou a cabeça negando.

— Aprendi com meu avô muito tempo atrás que não se deve entrar sem autorização em jardins alheios.

— Humm — eu disse.

Aborreci-me um pouco por Takeo ter se oposto ao que eu sugerira. Tive vontade de tascar-lhe um beijo ardente ali mesmo, mas me contive.

— E qual a relação entre esse proprietário e o cão dos nobres? — perguntei, mas o senhor Nakano estava absorto no fechamento da porta metálica e não me ouvia mais. Ele é assim mesmo. — Mesmo com o sol já posto continua quente, não? — eu lhe disse e saí pela porta dos fundos. Ao lado da meia-lua distintamente visível, a mesma estrela que eu admirara ao voltar da visita ao senhor Nakano no hospital brilhava.

— Até amanhã — disse, dirigindo-me ao interior da loja, mas do mesmo modo o patrão não respondeu. Juntamente com o ruído da porta metálica baixando, ouvi-o cantarolando.

* * *

No final das contas acabamos conhecendo por intermédio de Masayo toda a história do cão dos nobres.

— Vocês sabem, os filhos dos proprietários emanciparam-se há tempos — começou ela a explicar de modo quase tão brusco quanto o fazia o irmão, alguns dias após ter ouvido do senhor Nakano a história da Maison Kanamori.

Pela primeira vez havia muito tempo todos os membros da Quinquilharias Nakano estavam reunidos: o senhor Nakano, Takeo, eu e Masayo.

— É a primeira vez desde a internação de Haruo, não é? — disse Masayo, olhando para cada um de nós.

— Falando nisso, que fim levou a esfaqueadora do patrão? — perguntou Takeo.

— Parece estar presa agora — respondeu Masayo de pronto.

— Ah — respondeu Takeo.

Ninguém comentou nada de concreto, nem sobre quando seria o julgamento nem sobre a pena à qual ela provavelmente seria condenada. Parecia não se tratar de discrição, mas de falta de hábito de colocar em palavras esse tipo de questão.

— Por isso, entediado, sem o que fazer, o casal começou a criar um imenso cão afegão — prosseguiu Masayo.

— Ah — também exclamei.

— E eles tratavam esse cão com dedicação ainda maior do que a que tinham com o jardim.

— Ah — foi a vez de Takeo exprimir.

— Quando Maruyama deu de cara na rua com o casal que levava o cão para passear...

— Ah — exclamei de novo.

— ...depois de ser alvo dos olhares severos do casal, recebeu ordem deles para se afastar.

E o que fez o senhor Maruyama?

— Ele se afastou — respondeu Masayo e durante alguns momentos riu baixinho. Eu também ri. Os lábios de Takeo afrouxaram-se um pouco. Apenas o senhor Nakano apresentava o rosto abatido.

— Vamos, parem de embromação, e você, Takeo, relaxe a tensão pois estamos indo a Kabukicho — declarou o senhor Nakano, mantendo inalterada sua fisionomia abatida.

Ele e Takeo deveriam ir juntos realizar uma retirada em um apartamento no bairro. Em geral apenas um deles iria, mas por se tratar aparentemente da retirada de um único artigo, o senhor Nakano pressentiu que seria um cliente difícil de lidar.

— O que o leva a imaginar isso? — perguntei, e ele me respondeu depois de ponderar por alguns instantes:

— Esse cliente usou palavras extremamente polidas ao telefone.

Mesmo depois de o senhor Nakano e Takeo terem saído, Masayo permaneceu por algum tempo na loja. Quatro clientes apareceram em sequência, e cada um deles comprou um copo com o logotipo de uma empresa de cerveja ou um prato com a borda quebrada, conforme Masayo lhes sugerira com muita naturalidade.

"Será que não haverá problemas com o cliente de Kabukicho?", perguntei algum tempo depois dos clientes escassearem, e Masayo, inclinando a cabeça, disse com suavidade: "vai dar tudo certo".

— Os proprietários do apartamento do senhor Maruyama são mesmo estranhos — eu disse depois de mais algum tempo e Masayo inclinou ainda mais a cabeça.

— De fato, e isso porque Maruyama é uma ótima pessoa. Espero que os proprietários não encrenquem com ele — dessa vez ela demonstrou apreensão ao falar.

Logo depois Masayo foi embora. A partir daí não apareceu mais nenhum cliente. Sem nada para fazer, tentei me lembrar de como eram os cães da raça afegã, mas, incapaz de formar uma imagem, misturei borzói e bassê.

Os proprietários criavam esse cão afegão dentro de casa. Masayo contou que corria o boato de que teriam mandado fazer sob encomenda um *futon* de casal e nele dormiam em companhia do cachorro.

— Um *futon* e não uma cama? — perguntei e Masayo assentiu com a cabeça.

O telefone tocou de repente, justo quando eu imaginava de modo vago a figura do enorme cão deitado de comprido sobre o *futon*. Pulei assustada da cadeira. A pessoa ao telefone desejava saber quanto pagaríamos por uma panela elétrica de arroz fabricada por volta de 1975 e, informando a hora que o senhor Nakano regressaria, eu desliguei. Até o patrão e Takeo voltarem nenhum cliente apareceu.

— Era um elmo — informou Takeo.

Como sempre Takeo sentou-se na banqueta amarela. Eu estava sentada em uma cadeira de madeira adequada a um aluno da escola primária. Essa cadeira não era da loja do senhor Nakano: comprei-a no bazar de uma igreja próxima a minha residência anterior.

Parece que Takeo acabou se acostumando a sentar na banqueta amarela sem espaldar, mas a cada vez o fazia com cautela, o que me leva a desconfiar que a cor amarela provavelmente o intimida.

— Elmo? — repliquei.

— Como o senhor Nakano previra, o cliente era um *yakuza-san* — respondeu Takeo, colocando os cotovelos sobre a mesa de jantar.

— *Yakuza-san?* — O uso do honorífico *san* para um mafioso era tão estranho que acabei rindo.

— De qualquer forma é um cliente. E, comparado a outros clientes, se mostrou muito simpático.

O apartamento do *yakuza-san* localizava-se no último andar de um prédio magnífico de frente para a rua da Prefeitura Distrital de Kabukicho. Procuraram uma vaga na rua, mas nos arredores inúmeros Presidentes, Benz e Lincolns negros estavam estacionados ao longo das calçadas, não havendo espaço para entrar no meio deles. Sem alternativa, o senhor Nakano e Takeo foram até um estacionamento afastado e acabaram chegando após o horário combinado.

— O patrão estava um pouco nervoso — disse Takeo, balançando para a frente e para trás o tronco sobre a banqueta.

— Como fica o senhor Nakano quando está nervoso? — perguntei e Takeo parou de se balançar.

— Suas palavras ganham uma polidez extraordinária.

— Em nada difere de você com esse seu *yakuza-san*. — Caí na gargalhada e Takeo recomeçou o movimento do tronco. O assento da banqueta emitia um som agudo.

Apesar de terem se atrasado, os dois foram recebidos com cortesia. A linda esposa do *yakuza-san* surgiu carregando uma bandeja com um aromático chá preto que vertera em xícaras de Ginoli. Leite concentrado, cubos de açúcar no formato de rosas.

"Por favor, por favor" — ela oferecia e os dois apressaram-se em tomar todo o chá.

— Tomei tão rápido que me queimei — disse Takeo, curto e grosso. — Também nos serviram bolo. Um bolo bem preto. Não era muito doce e era quase todo feito de chocolate.

— E também o comeu às pressas? — perguntei e Takeo balançou forte a cabeça, aquiescendo.

— Estava gostoso?

— Uma delícia.

Takeo durante algum tempo vagueou o olhar pelo vazio.

— Quer dizer então que você gosta de doces? — perguntei e Takeo balançou levemente a cabeça, explicando que apesar de não ser muito doce o bolo era muito saboroso. — Pare de fazer barulho com o assento — eu disse e Takeo fez uma cara assustada.

Em seguida relaxou o tronco e interrompeu o movimento.

Depois de o senhor Nakano e Takeo terem terminado o bolo, o *yakuza-san* bateu palmas. Uma porta se abriu de imediato e dois homens trouxeram sobre uma tábua um conjunto de elmo e armadura. Eles vestiam camisa social branca e calças em tom escuro. O que parecia ser mais jovem do que Takeo portava uma gravata. O outro, sem gravata, era um *skinhead* e tinha óculos redondos como os de John Lennon. Os dois homens saíram de imediato após colocarem no chão o elmo e a armadura.

"Seria mais ou menos quanto?" — perguntou o *yakuza--san* com voz imponente.

"Bem, vejamos."

Contagiada pelo sotaque da região de Kansai do *yakuza--san*, havia também, misturada no jeito de falar do senhor Nakano, entonação semelhante.

"O senhor é capaz de fazer esse tipo de estimativa?"

— Existe uma cotação mais ou menos fixa para elmos e armaduras — explicou Takeo e abaixou a cabeça. Como não podia mais movimentar o tronco, deve ter ficado entediado. Fiz de conta que não notei.

O senhor Nakano orçou em cem mil ienes. Com voz grossa, o *yakuza-san* disse não fazer objeção. De imediato a linda esposa apareceu trazendo uísque. Verteu uma dose num *short glass* e adicionou água mineral Fuji no mizu, com a qual enchera um *chaser glass* de cristal Baccarat. Takeo nem tocou a bebida, mas o senhor Nakano esvaziou, um após outro, três *short glasses*.

Talvez pelo efeito rápido do álcool, o senhor Nakano tornou-se intrépido.

"Não teria mais nada para vender?" — perguntou sem receios, o que provocou um tremor em Takeo.

Calado, o *yakuza-san* afundou o corpo na poltrona.

"Temos um jarro de forma rara que vem da loja..." — a esposa disse. — "É bonito, não acha? É um jarro de vidro para bebidas ocidentais. Eu coleciono algumas peças" — declarou a esposa, fixando os olhos ora no senhor Nakano ora em Takeo.

"Ela é do tipo de mulher que se pode chamar de terrível, não?" — O senhor Nakano disse isso mais tarde a Takeo, quando os dois estavam no caminhão. "Com certeza trabalha em algum cabaré. Aposto que impinge aos clientes bebidas alcoólicas ocidentais caríssimas do tipo que nós nunca beberemos, em estabelecimentos onde jamais colocaremos os pés."

A cada parada num sinal, ouvia-se o barulho de um objeto se movimentando na caçamba do caminhão. Embalados de forma simples, o elmo e a armadura deveriam estar escorregando. Ao entrarem na estrada de rodagem Koshu, Takeo encostou o caminhão no acostamento. O senhor Nakano cochilava havia algum tempo. Takeo colocou com todo o cuidado o elmo e a armadura embrulhados entre caixas de papelão que sempre estiveram empilhadas dentro do veículo. Ao voltar ao assento, o patrão continuava dormindo. Estava com a boca semiaberta e roncava levemente.

— A comida hoje está muito gostosa.

Takeo deixou escapar isso ao terminar a história do *yakuza-san*.

— Você acha? — repliquei de modo áspero.

Coisa raríssima, eu de fato me empenhei na preparação do jantar daquela noite. Gratinado de camarão. Salada de tomate e abacate. Sopa com tiras finas e compridas de cenoura e pimentão. Como quase nunca cozinho seriamente, demorei duas horas para preparar apenas esses pratos.

— Não está lá essas coisas — respondi, apanhando o gratinado com o garfo e levando-o à boca. — Está insosso. — Em seguida bebi a sopa, que estava salgada demais.

Eu e Takeo comemos em silêncio. Abrimos duas latas de cerveja. Nessa noite Takeo praticamente absteve-se de beber. Eu ainda estava na metade do prato e Takeo já havia terminado.

— Estava delicioso — elogiou.

Balançou um pouco o torso. Mas logo soltou um "ah" e manteve-se estático.

— Que tipo de cão era mesmo o afegão? — perguntei.

Ele disse "humm" e por um momento franziu as sobrancelhas. Por fim, puxou um bloco de anotações do canto da mesa e com um lápis compôs um esboço. Focinho pontudo, pelos longos: o desenho era de um cão afegão sem o que tirar nem pôr.

— Você é um exímio desenhista, Takeo! — exclamei.

— Menos, menos — revidou ele, recomeçando a balançar a parte superior do corpo.

— Sendo assim, desenhe um borzói para mim — pedi, e ele, continuando em seu embalo, deslizou várias vezes o lápis pelo papel.

Em instantes delineou-se a figura do cão.

— Incrível, realmente incrível — exclamei admirada e Takeo coçou várias vezes a ponta do nariz com a articulação do dedo indicador.

Ele desenhou um após o outro, conforme lhe pedia, um bassê, uma panela elétrica de arroz da era Showa, uma das "bonecas artesanais" de Masayo. Em seguida, fomos para a cama e Takeo começou a fazer um esboço de mim mesma estendida. Fiz a pose da "Maya" de Goya e Takeo mais que depressa me desenhou.

— Essa será a "Maya vestida" — eu disse, e Takeo respondeu com um "Ahn?".

Alguns momentos depois, enquanto fazia o esboço, Takeo de repente soltou um "ah".

— O que houve? — perguntei.

Ele se levantou e veio se colocar sobre mim.

Tirou seu jeans com rapidez. Eu também pensei em me despir, mas ele me impediu. Era um jeans meio apertado e demorou um pouco, mas Takeo conseguiu tirá-lo como se descascasse uma fruta. Transamos brevemente.

— Sabe, foi muito bom — eu disse ao terminar e ele me fitou.

Sem dizer uma palavra, despiu a camiseta que ainda vestia. Eu também ainda usava a minha, mas esperei um pouco achando que ele provavelmente fosse tirá-la para mim. Ele não o fez. Hesitei se deveria continuar com ela ou não. Ele se mostrava aéreo.

— Takeo! — eu chamei, e ele, continuando com a fisionomia vaga, apenas disse baixinho o meu nome.

Os dias quentes de verão continuaram por algum tempo. Quando imaginava que durariam para sempre, refrescou de súbito e o clima tornou-se parecido ao do começo do outono. A Quinquilharias Nakano nos últimos tempos prosperara nos negócios, o elmo e a armadura adquiridos do *yakuza-san* foram vendidos por pouco mais de um milhão de ienes, e um boneco *daruma*[4] sem nada de especial, comprado por mil ienes, obteve lances de até setecentos mil num leilão pela internet.

— Nesse passo, poderei contratar mais duas ou três funcionárias como você, Hitomi — balbuciou o senhor Nakano.

— Apesar disso, meu salário com certeza não aumentará, — disse em segredo a Takeo, mas o salário que recebi ao final daquele mês teve um acréscimo de seis mil e quinhentos ienes. Um valor com a cara do senhor Nakano.

Depois de muito tempo, eu e Takeo fomos beber no dia do pagamento. Escolhemos um restaurante tailandês situado no interior do prédio da estação, seduzidos pela oferta de um chope por cem ienes para os clientes que entrassem até as sete horas. Bebemos até depois das oito e, por último, Takeo, como sempre, pediu uma porção de arroz e a misturou às frituras de carne de frango temperada com *nam pla*, um condimento tailandês. Dividimos a conta, e quando saíamos do restaurante percebemos Masayo e Maruyama sentados perto da porta.

— Ora, ora — exclamou Masayo com jovialidade. Takeo recuou meio passo. — Que tal irmos todos beber juntos? — propôs. Antes mesmo de podermos responder Masayo se mudou para o lado de Maruyama, que estava sentado a sua frente.

Em seguida, apontou para a cadeira vizinha, na qual estivera sentada.

---

4. *Daruma*: popular amuleto japonês em forma de boneco arredondado, geralmente feito de papel machê. Pinta-se uma pupila quando a pessoa faz seu desejo e a outra só é adicionada quando o pedido é realizado. [N.E.]

— Pois é mesmo algo estranho — encetou Masayo tão logo nos sentamos.

— Ahn? — replicamos ao mesmo tempo.

— Não se vê mais o cão — prosseguiu Masayo levando a caneca de chope à boca. Um garçom estava de pé ao lado da mesa. — Ah, será que é preciso pedir algo? Sendo assim, o que acham de uma cerveja? Uma garrafa, por favor. Não precisa ser Singha, pode ser uma japonesa comum mesmo — Masayo fez o pedido sem delongas.

— Não é?

Assim que o garçom partiu, Masayo olhou para Maruyama a seu lado como se demandasse sua confirmação.

— Você se refere ao cão afegão dos proprietários de Maruyama? — perguntei, voltando-me para o próprio Maruyama, que assentiu com um leve gesto da cabeça.

— Como se não bastasse, aumentou terrivelmente o número de etiquetas coladas, não é? — indagou Masayo olhando de novo para Maruyama.

O garçom trouxe a cerveja. Masayo a verteu depressa nos copos e os colocou diante de mim e de Takeo. Formou apenas espuma, que acabou transbordando do copo de Takeo. Sem se importar, Masayo continuou a falar.

— Dia desses, Maruyama contemplava por um momento os jasmins do jardim dos proprietários e, pasmem, no dia seguinte havia três etiquetas coladas na porta.

— Três? — perguntei. Takeo sorvia de maneira pacata a espuma da cerveja.

— Em cada uma delas estava impresso "Cuidem bem das plantas do jardim" — contou Masayo em tom de indignação.

Maruyama voltou a assentir de modo ambíguo. Senti vontade de rir, mas como ninguém o fazia acabei me contendo.

— Em que lugar da porta estavam colados?

— Num dos cantos, bem abaixo das etiquetas do Censo Nacional e da TV NHK.

— Não diga! — disse Takeo como se suspirasse.

Masayo lançou sobre ele um olhar penetrante. Mais do que depressa ele abaixou a cabeça.

— São difíceis de descolar, um trantorno — Maruyama abriu pela primeira vez a boca. Uma linda voz, grave e possante.

— Bem, uma vez que a porta pertence originalmente aos proprietários, isso não deve constituir nenhuma ilegalidade — prosseguiu Masayo com energia.

— Ah — eu respondi. Takeo permaneceu calado.

Maruyama bebeu toda a cerveja de sua caneca. Masayo também bebeu a cerveja fazendo uma pausa. Eu segurei meu copo. O líquido não estava muito gelado. Ao colocá-lo na boca, apenas o forte cheiro de álcool se fez sentir.

Maruyama estendeu os *hashis* em direção a um pedaço de frango frito. Era o mesmo prato que havíamos comido. Masayo estendeu ao mesmo tempo os *hashis*. Eu e Takeo nos mantínhamos em silêncio enquanto os dois comiam o frango. Takeo acompanhava com o pé o ritmo da música tailandesa que tocava no restaurante. Por causa do ritmo não muito definido, o pé tendia a se atrasar na batida.

— Bem, já está na hora de irmos.

Aproveitei que Maruyama e Masayo pareciam concentrados em comer o frango para me levantar. Takeo também se ergueu como se o arrastassem. Masayo ergueu o rosto, fitando-nos como querendo dizer "Já vão tão cedo?". Com a boca cheia de frango, sua voz não saía.

Fiz um ligeiro cumprimento. Takeo me imitou. No momento em que pensávamos em virar as costas, Maruyama revelou em voz grave e possante, enquanto enxugava as pontas dos dedos com um guardanapo:

— Parece que o cão morreu.

— Você gosta de cães, Hitomi? — perguntou-me o senhor Nakano.

— Em geral sim.

— Dizem que é complicado quando se perde um animal de estimação — ele continuou a folhear de modo displicente o caderno de anotações.

— É mesmo? — repliquei.

Nunca criei nem cães nem gatos. No caminho de volta, no dia em que encontramos Maruyama e Masayo no restaurante tailandês, Takeo balbuciou "é duro ver seu cão morrer".

— Takeo, você tinha um cachorro? — perguntei, e ele confirmou com a cabeça.

— Comecei a trabalhar na loja do senhor Nakano porque meu cão morreu.

— Não diga — respondi, mas Takeo não fez menção de explicar.

— O cão vira-latas que criava desde o jardim de infância morreu no ano passado — disse apenas isso e se calou.

— Hoje sou eu quem vai acompanhar você.

Takeo desanimou após falar sobre o cão e caminhei com ele até sua casa.

Ao chegarmos próximo da casa, ele havia recuperado o ânimo.

— Pensando bem, vou levar você até sua casa — ele declarou e fez menção de voltar para a estação, mas eu o impedi.

Depois que ele cruzou o portão, dei meia-volta e me dirigi à estação. Deveria levar em torno de dez minutos, mas quando menos percebi estava andando por um caminho desconhecido. Difícil distinguir as ruas em bairros residenciais. Ao que parecia eu me perdera.

Caminhava por ruas onde postes de iluminação alinhavam-se a intervalos regulares, quando de repente me vi num local sombrio. Apartamentos antigos se sucediam. Nenhuma vivalma. Acreditando ser um cemitério ou algo do gênero, me pus em guarda, e nesse momento ouvi um cão ladrar a distância. Espantada, procurei retornar, quando me dei conta de onde estava.

Era o terreno dos proprietários do apartamento de Maruyama.

Permaneci imóvel durante algum tempo. Lembrei-me da voz de Takeo afirmando ser duro ver seu cão morrer. Veio-me também vagamente à memória o jeito indolente de Maruyama.

Motivei-me dizendo a mim mesma "Vamos, entre", e avancei, ágil, para dentro do jardim "orgulho dos proprietários". Os três prédios estavam em silêncio e o edifício principal, residência dos proprietários, mergulhado na escuridão. Atravessei o arco de flores e caminhei a passos largos pelo jardim. As trepadeiras de florescência noturna enroscavam-se ao tronco das grandes árvores com suas enormes flores brancas. A relva estalava sob meus sapatos.

Andei um pouco mais até chegar a um lugar onde havia uma elevação no terreno. A superfície elevava-se em comprimento e profundidade equivalentes aos de uma pessoa deitada. Era o único local sem plantas. Exalava o cheiro de terra fresca revolvida e outra vez consolidada.

Parei bem ao lado da elevação. Depois de alguns momentos, meus olhos se acostumaram. Na extremidade havia uma pequena cruz. Nela estava dependurada a foto de um cão de focinho longo. Havia uma etiqueta colada na parte superior da cruz, com o epitáfio "Aqui jaz Pes".

Dei um berro e saltei para trás. Saí do jardim correndo. Senti que estava esmagando a relva sob meus pés, mas sem me importar continuei a correr. Cheguei à estação andando ligeiro. As pontas de meus dedos ao pegar as moedas na carteira para pagar a passagem estavam um pouco trêmulas. Dentro do trem, as luzes fluorescentes me ofuscavam os olhos.

— Estou pensando em criar um cachorro — declarou o senhor Nakano de modo despreocupado.

— É uma ideia — repliquei mornamente.

Eu não contara a ninguém o que vira naquela noite no jardim dos proprietários do apartamento de Maruyama. Tampouco a Takeo, é óbvio.

— Recomeçou a fazer calor — disse o senhor Nakano, se alongando. — Quando esquenta demais os clientes não saem de casa. Sabe, Hitomi, se entrássemos no vermelho, você devolveria os seis mil e quinhentos ienes do outro dia? — ele riu e alongou-se uma vez mais.

— Nem pensar — respondi.

Ele se levantou e entrou no cômodo dos fundos.
— Ouvi dizer que Maruyama vai se mudar — anunciou ele dos fundos.
— Não diga, vai morar com Masayo? — indaguei.
— Parece que não: devido às ofensivas dos proprietários com as etiquetas ele ficou com medo e parece ter encontrado um apartamento bem próximo e mais em conta.

Pensando em Maruyama, cujo aspecto não dava a entender que os proprietários lhe metessem medo, cumprimentei ligeiramente com a cabeça um cliente que acabara de entrar. O homem postou-se na seção de molduras e começou a examiná-las com atenção. Pegou uma por uma as cinco peças alinhadas, virou-as e aproximou-as do rosto.

Logo depois o cliente disse que levaria uma delas, apontando para a peça.

— Esse preço inclui a pintura? — perguntou.

Vi que a moldura enquadrava o esboço de uma moça na pose de "Maya desnuda". Era idêntico ao que Takeo desenhara quando veio havia pouco tempo a meu apartamento.

Soltei um grito de admiração. O esboço daquele dia deveria ser o de uma "Maya vestida", mas o que estava dentro da moldura era a pose de uma "Maya desnuda". Fiquei confusa e boquiaberta.

— Seja bem-vindo — disse o senhor Nakano, saindo do fundo da loja.

O vidro da moldura refletia com muito brilho a luminosidade recebida da tarde de verão.

Celuloide

— Naquele dia não estava nua, estava? — perguntei e Takeo assentiu levemente. — Você me despiu sem que eu me desse conta — depois de indagar percebi o quão bizarra fora minha pergunta.

Ao falar sobre não estar nua referia-me ao tal desenho. A pose da "Maya vestida" daquele, quando eu menos esperava, virou uma "Maya desnuda" e estava num quadro da loja.

"Você me despiu sem que eu me desse conta" é uma maneira estranha de falar. É impossível me vestir ou despir dentro de um quadro.

— Desde quando estou nua? — corrigi.

Essa pergunta também era esquisita, mas o jeito com que Takeo me olhava de cima para baixo me enervava e não encontrava a maneira certa de perguntar.

Takeo estava calado.

— É bom que você saiba que esse tipo de coisa me faz sentir mal.

Takeo abriu a boca, mas logo a fechou outra vez. A "Maya vestida" parecia-se comigo, mas a "Maya desnuda" não era uma sósia, mas eu mesma. O aspecto das coxas, a distância entre os seios, até a característica das coxas bem curtas em contraposição às longas canelas, tudo era uma cópia fiel de mim, a ponto de me arrepiar.

— Pois um cliente a viu.

Como Takeo permanecia mudo, minha voz soou alta. Odiava-me por estar tão resmungona, e a voz cada vez mais se aguçava.

— O desenho — encetou Takeo.

— O que tem o desenho? — revidei sem trégua.

Takeo voltou a fechar a boca. Ele fitava o soalho com os olhos de um pequeno animal obstinado vivendo à beira do rio.

— Vamos, diga algo — prossegui, mas Takeo permaneceu calado.

Takeo não emitiu palavra depois disso. Diante de seus olhos rasguei em pedaços o esboço de "Maya desnuda" versão Hitomi.

— Hitomi, você parece sonolenta nos últimos tempos — comentou o senhor Nakano.

— Bem, quer dizer, humm — respondi. — É por causa do calor. O condicionador de ar de casa quebrou.

— Por que não pede a Takeo para consertá-lo? — sugeriu o patrão.

— Como é? — repliquei. — Takeo consegue consertar aparelhos de ar-condicionado e coisas assim?

— No ano passado, quando o ar-condicionado do caminhão da loja entrou em pane, Takeo acabou consertando-o com perícia — contou o senhor Nakano. — Não sei ao certo, mas ele desmontou uma vez e depois de mexer aqui e ali estava consertado — explicou, revirando os olhos.

— Quer que eu peça a ele?
— Não se preocupe.
Sentia que minha maneira de falar denunciava meu desassossego e rejeitei categoricamente a proposta. O senhor Nakano me olhava com a expressão fisionômica de um pombo ciscando grãos de feijão no átrio de um templo. Jurava que ele me perguntaria se eu e Takeo havíamos brigado, mas limitou-se a inclinar a cabeça.

O senhor Nakano saíra. Estava fumando um cigarro na calçada em frente. Embora Masayo não se cansasse de adverti-lo a parar de espalhar cinzas diante da própria loja, novamente deixava cair de maneira despreocupada os restos do cigarro. Sua sombra alongava-se em diagonal atrás dele. As sombras densas e curtas do auge do verão desapareceram.

Setembro chegou e, depois de haver refrescado durante alguns dias, de súbito voltou a fazer um calor infernal à medida que outubro se aproxima. O condicionador de ar da loja é imenso e, como o modelo é antigo, quando começa a funcionar emite um barulho ensurdecedor.

— Esse ar-condicionado é com certeza uma mulher — afirmou o senhor Nakano certa vez. — Sem mais nem menos se irrita. E diz tudo o que tem para dizer. Depois disso, se acalma. E você pensa que acabou. Porém, saibam que sem aviso volta de repente a se enfurecer.

Takeo riu ao ouvir as palavras do senhor Nakano. Como isso fora antes do incidente da "Maya desnuda", eu também ri despreocupadamente. Ao mesmo tempo, o barulho do condicionador de ar aumentou e, depois de nos olharmos por um instante, voltamos a gargalhar.

O senhor Nakano ia acender o segundo cigarro. Encurvou-se e, apesar da temperatura externa estar próxima dos trinta graus, parecia estar com frio. O interior da loja estava sossegado. O calor voltara, mas os clientes não. A rua em frente à loja estava tranquila. Nenhum carro passava. O senhor Nakano espirrou. Não o ouvimos. Pensei que estivesse calmo, mas o som do ar-condicionado estava mais alto do que o esperado. Meus ouvidos deviam ter se acostumado a ele, pois já não ouvia mais os gemidos do aparelho.

Acompanhei de modo distraído os movimentos do senhor Nakano como se assistisse a um filme mudo. Depois de hesitar se deveria ou não fumar um terceiro cigarro, ele colocou de volta no maço aquele que estava entre os lábios. Contudo, como o maço estava amassado, não pôde guardá-lo direito. Suas costas se acorcundavam cada vez mais à medida que se esforçava para empurrar o cigarro. Em sua sombra as costas também se arredondavam. Por fim, sem poder devolvê-lo ao maço, ele o repôs nos lábios. Girou a cabeça. Sua sombra acompanhou-lhe o movimento, mas em ritmo mais lento do que seu corpo.

Um gato passou em frente ao senhor Nakano. Ele disse algo, dirigindo-se ao animal. Naquelas últimas semanas, o bicho pegara o hábito de urinar em frente à loja. A cada vez era preciso limpar com cuidado.

— Mijo de gato fede demais — disse o senhor Nakano, aborrecido, enquanto empunhava com vigor uma vassoura.

Enquanto eu e o patrão espiávamos a gata malhada, achando que ela urinaria ali para sempre, Takeo a alimentava às escondidas. Ele colocava ração atrás do caminhão, num pote semelhante a um pequeno almofariz. A gata aparecia invariavelmente depois das quatro da tarde. Até as seis, quando o patrão costumava voltar das retiradas ou da cidade, ela já dera cabo de toda a comida.

Takeo a batizou de Mimi. A voz dele ao chamá-la era muito mais delicada do que quando se dirigia a mim.

Durante o dia nenhum cliente apareceu. Apesar de não ser uma loja de antiguidades de alta classe, mesmo em dias de pouco movimento pelo menos três clientes a visitavam à toa, apenas para olhar.

Justo antes do fechamento, o senhor Nakano soltou um "vejamos então". Embora no auge do verão restasse luminosidade até a hora de baixar a porta, a partir de algum momento, para mim impreciso, começou a anoitecer mais cedo. Quando o sol se punha, ao contrário do início de setembro, a temperatura caía um pouco.

— Ahn? — respondi.

Embora fizesse tempo que não se ouvia o "vejamos então" do senhor Nakano, não tinha ânimo para rir dele naquele dia. Quer dizer, desde que parei de falar com Takeo, tornei-me insensível a tudo que via ou ouvia. Eu também me aborrecia comigo mesma por isso.

— Todas as mulheres no fundo são muito obscenas? — perguntou o patrão. Como de hábito, perguntou de maneira abrupta. Eu nunca o entenderei.

— Obscenas? — revidei. Pensei em não dar atenção, mas como estivera calada durante todo o dia, deu-me vontade de emitir algum som.

— Sabe, encontrei algo estranho escrito por uma mulher — declarou e sentou-se pesadamente sobre uma cadeira da loja. Aquela peça era uma verdadeira antiguidade, algo raro em nosso estabelecimento comercial. Foi fabricada nos Estados Unidos no final do século XIX. Embora o espaldar fosse do tipo com motivos transparentes e finos, o senhor Nakano acomodava-se nela sem nenhum cuidado. Com certeza ele reclamaria caso Takeo ou eu nos sentássemos ali.

— O que seria esse algo estranho? — indaguei. A mulher a que ele se referia deveria ser Sakiko. O senhor Nakano começou a balançar a perna aparentando nervosismo.

— Bem... — encetou, mas logo se fechou em copas.

— Isso que ela escreveu seria uma carta? — como o senhor Nakano custava a abrir a boca, fui eu quem perguntou.

— Nada de cartas.

— Um desenho, então?

— Também não.

Procurei recordar o rosto de Sakiko. Tinha dificuldade em relembrar o semblante da mulher que eu conhecera no quarto de hospital no qual o senhor Nakano se internara após o episódio da espátula. O que me voltava à memória não era o rosto, mas a voz plangente, mais densa e carregada de sentimento do que eu imaginara.

— Ela afirma não passar de mentira — enfim o senhor Nakano abriu a boca.

Lembro-me do semblante de Sakiko no momento em que entrava no hotel acompanhada do senhor Nakano. A impressão captada por meus olhos quando ela se virou de repente provavelmente durou apenas uma fração de segundo, mas permanece gravada com clareza em minha memória. Todavia, ignoro se seria de fato o rosto dela ou se seria uma forma modificada misturada à minha memória incerta.

— Mentira?

— São de uma obscenidade gritante as invencionices dessa mulher.

— Não diga! — repliquei. Não entendia o nexo da conversa. — Qual é a ligação entre a mulher e o que ela inventa?

— Vejamos então — o senhor Nakano pôs a mão na cabeça e intensificou o balancear da perna. — Vejamos então, ela está escrevendo. Sabe, algo assim como um romance. É isso o que ela inventa.

— Ah, Sakiko é escritora? — gritei sem perceber.

— Espere um pouco, Hitomi, você sabe o nome dela? — O senhor Nakano parou de balançar a perna para perguntar.

— Esqueceu que nos encontramos no hospital?

— Não me lembro de tê-la apresentado como minha amante.

— Isso estava na cara. Em primeiro lugar, ela chorava como uma bezerra desmamada — o senhor Nakano mostrou-se embasbacado. Não consigo mesmo compreendê-lo.

— Sério? — balbuciou ele.

— Ela escreve sob algum pseudônimo?

— Olhe, em primeiro lugar eu não me relaciono com escritores.

— Mas não foi o senhor mesmo quem disse que Sakiko está escrevendo um romance?

— Quem falou de romance? Disse que era algo semelhante a um romance. Aliás, não tem nenhum enredo.

— Até que ponto é obsceno?

— Em geral, todas as cenas — o senhor Nakano suspirou profundamente.

— Parece um roteiro de vídeo pornô — tentei dizer de modo tímido.

— Filmes pornôs têm roteiro? Sempre pensei que filmavam e editavam de improviso.

— Engano seu. Aparentemente alguns deles são verdadeiras obras de arte.

— Eu prefiro filmes pornôs simples e fáceis de entender.

A conversa descarrilara. O senhor Nakano se encostava negligentemente no espaldar da cadeira contemplando o teto. A tábua do encosto se curvou. A cadeira está firme? — fiz menção de perguntar. Porém, me contive. Uma vez, quando o senhor Nakano espanava um pequeno jarro, este estava prestes a cair e gritei "Cuidado!", e o objeto acabou caindo e se quebrando. Ele não me recriminou, mas compreendi que em momentos semelhantes deveria evitar me dirigir a ele. Poucas vezes adianta ser alertado sobre um perigo. Por isso, gasto logo todo o meu dinheiro. Masayo sempre costuma dizer isso. Haveria ou não uma relação entre as duas coisas?

Por um lado eu gostaria de perguntar que tipo de escritos seriam na prática aqueles chamados de "obscenidade gritante"; por outro não desejava saber. O senhor Nakano retornou a seu mutismo. O espaldar da cadeira emitia um chiado sinistro.

No dia seguinte o senhor Nakano sairia cedo para um leilão em Kawagoe e deixou comigo a chave da loja. Levantei a porta metálica e depois de enfileirar com rapidez as mercadorias sobre o banco fui até o cômodo dos fundos guardar a chave. Foi quando me deparei com um recado deixado pelo patrão sobre o cofre.

"Hitomi, leia e me diga o que acha", escreveu ele com caneta marcadora azul e, ao acompanhar com os olhos seus garranchos, deparei-me com folhas manuscritas. Os papéis eram de cor bege, pautados, da marca Kokuyo, de quatrocentos caracteres por folha, do tipo que é distribuído nas escolas nas aulas de redação.

Não havia nada escrito na página de rosto. Peguei as folhas, passei à segunda página, onde o texto começava após um espaçamento de cinco linhas.

"*Da linha mediana*", li primeiro em voz alta. Uma linda escrita ao estilo dos calígrafos. Fora redigida com caneta-tinteiro preta de ponta fina.

"*Da linha mediana jamais se afastar*", prossegui.

"*Testa, linha do nariz, lábios, queixo, pescoço*", nada havia ali de obsceno, pensei, e continuei a ler. Todavia, a partir da terceira linha perdi a voz.

O texto era o seguinte:

"*Da linha mediana jamais se afastar. Testa, linha do nariz, lábios, queixo, pescoço, peito, boca do estômago, umbigo e do clitóris até a vagina, indo até o ânus. Acaricie-me com delicadeza utilizando a ponta de seu dedo. Lenta e repetidamente, incessantemente, em um perpétuo movimento. Porém, jamais afaste seus dedos da linha mediana de meu corpo.*

"*Por exemplo, quando seu dedo deslizar por meu peito, que ele não se afaste em direção aos mamilos nem siga acariciando até a linha côncava de meus quadris.*

"Repito: acaricie com o dedo a linha mediana. Ainda estou de calcinha. Penetre-a com seu dedo e, sem fugir à linha mediana, acaricie com especial delicadeza meu clitóris, vagina e ânus. Sem parar um só instante.

"Proibo-o de apertar, esfregar ou pressionar, mesmo sem muita força. Pouco mais pesado do que uma pluma, pouco mais leve do que uma corrente de água, mantendo sempre a mesma intensidade. Continue a acariciar vagarosamente com seu lascivo dedo médio minhas linhas suaves da testa ao cóccix."

Engoli em seco enquanto lia. Era um tipo de obscenidade diferente da que eu imaginara. Contudo, naquele momento lembrei-me com nitidez do rosto de Sakiko. Não apenas o semblante quando diante do hotel virou o rosto para trás por um instante; também me veio com clareza à mente a face inchada de tanto chorar no hospital.

Um cliente entrou. Virei para baixo às pressas o manuscrito e debrucei-me ao lado da caixa registradora.

— Seja bem-vindo — acabei dizendo com uma voz mais alta do que o normal.

O cliente olhou para mim espantado. Era um estudante das redondezas, frequentador habitual da loja. Ele cumprimentou-me relutante com um leve balanço da cabeça, estendendo o queixo.

— Peculdes, peculdes — lançou o senhor Nakano ao entrar de fininho.

— Peculdes? O que é isso, afinal? — perguntei, franzindo o cenho.

— Desculpe ao contrário. Imagine que só em Kawagoe me dei conta de que talvez eu tenha cometido um ato de assédio sexual contra você — confessou o senhor Nakano enquanto tirava o boné de tricô verde.

No início de setembro ele cortara o cabelo à escovinha.

"Haruo acabou ficando realmente calvo" — comentou Masayo —, "mas depois de cortar os cabelos o formato da cabeça ficou muito bom. Ao contrário, você talvez seja do tipo que brilhe mais com a careca lustrosa" — exprimiu Masayo em tom de admiração, mas o senhor Nakano parecia indignado.

— Em geral, isso seria assédio — repliquei de modo solene. O senhor Nakano olhou-me fixamente. Sua camisa exalava um odor de poeira. Como muitos objetos colocados à venda são guardados por longo tempo, sempre que vai ao leilão retorna coberto de pó.

— Mudando de assunto, conseguiu comprar coisas boas? — perguntei num tom costumeiro. O rosto do senhor Nakano se alegrou.

— Então diga, Hitomi, o que achou? — revidou ele sem responder minha pergunta.

— Que achei acerca de quê? — fingi inocência.

Eu passara toda a manhã lendo o manuscrito de Sakiko. Realmente fantástico. Seria a própria Sakiko a narradora escrevendo em primeira pessoa? O manuscrito continha uma descrição indecorosa e pormenorizada desde as preliminares, no início do sexo, até as brincadeiras finais. A narradora deve ter gozado pelo menos uma dúzia de vezes. Li com voracidade, soltando exclamações. Cinco clientes apareceram, mas, provavelmente por sentir a paixão que eu devotava à leitura, todos logo acabaram partindo, assim como o primeiro estudante, e o faturamento do dia fora zero.

Quando fui até a loja de conveniência comprar um sanduíche para meu almoço, lembrei-me de tirar uma cópia do manuscrito de Sakiko. Senti certa dor na consciência, mas justifiquei dizendo a mim mesma que não fora eu quem pedira para lê-lo. Ofuscou-me a luz branca da copiadora, vazando por uma fresta na tampa que pressionava o manuscrito.

— Deixe de maldade comigo, Hitomi. Você leu, não? — perguntou olhando de soslaio para as folhas do manuscrito que eu pusera reunidas com cuidado ao lado da caixa registradora.

— Bem, eu li — assenti. — O senhor costuma fazer amor daquele jeito? — prossegui perguntando, procurando manter um tom natural.

— Hitomi, isso não seria assédio sexual no sentido inverso? — questionou ele, fazendo beiço.

— Estou enganada? — insisti.

— Eu não conseguiria fazer daquele jeito.

— É mesmo?

— Faço amor de modo, digamos, sincero — afirmou coçando o alto da cabeça. Ouvi o som do roçar de sua unha.

— É normal que os adultos em geral transem daquela forma complicada? — perguntei sem tirar os olhos do rosto dele. Afinal de contas, no texto escrito por Sakiko a narradora e seu parceiro lambiam-se um ao outro por todas as partes do corpo, em todas as posições possíveis, emitindo sons impudicos e entregando-se ao prazer total.

— Ignoro por completo — respondeu desalentado o senhor Nakano. — Sabe, depois que ela escreveu aquilo tudo, perdi a confiança em mim. — O senhor Nakano prosseguiu com o olhar abatido. De repente, o corpo dele exalou novamente o odor de poeira.

— Então, sua maneira de fazer amor é mais simples? — perguntei sem perceber, levada pela curiosidade.

— Não, quer dizer, eu já tenho idade, então, você sabe, aquilo... Mas, aquelas, como se chamam? Tolices? Adornos? De fato não tenho jeito para essas coisas, de verdade.

Falando nisso, no texto de Sakiko havia, parafraseando o senhor Nakano, "aquela coisa... como se diz?, com jeito de literatura".

— Mas o que o senhor conseguiu comprar hoje? — mudei de assunto.

Ele continuou não respondendo minha pergunta sobre o dia no trabalho, mantendo sua expressão apática. Em certo momento, fez menção de se sentar na mesma cadeira antiga da véspera, mas após alguma hesitação acabou desistindo. Foi se atirar sem ação sobre uma banqueta oscilante de três pernas com um assento forrado em couro sintético, à venda havia tempos.

Ouviu-se o ruído do caminhão nos fundos. Provavelmente era Takeo que voltava. Masayo deveria estar com ele. Ela acompanhou Takeo alegando que seria uma "coleta de informações" para as próximas criações de bonecas. A retirada do dia aconteceu numa casa cujo proprietário, um velho diplomata, acabara de falecer.

— Havia dois Shinsui Ito[5] — disse Masayo, animada, ao entrar.

---

5. Shinsui Ito (1898-1972), famoso pintor japonês. [N.T.]

O senhor Nakano ergueu a cabeça, absorto. Takeo entrou logo atrás de Masayo. Depois de olhar de maneira furtiva para o rosto da irmã, o patrão voltou a abaixar a cabeça. Desde que Takeo entrara eu olhava para outro lado.

Havia cerca de cinco dias que não via Takeo.

— Então, o que está acontecendo aqui? — perguntou Masayo com voz interessada. Plantado atrás dela, Takeo tinha o rosto inexpressivo. Quando ergui a cabeça por um instante, meu olhar cruzou o dele. Por reflexo eu o encarei, mas ele se manteve apático.

Quando estava em casa, o telefone tocou na hora em que eu derramava água quente para o yakisoba instantâneo.

— Merda — exclamei, segurando o fone entre o ombro e a orelha.

— Aqui é Kiriyu. É da casa da senhorita Suganuma? — perguntou a voz do outro lado da linha.

— Ahn? — repliquei.

— Aqui é Kiriyu. É da casa da senhorita Suganuma? — insistiu a voz.

— De que se trata? — respondi rispidamente.

Por um instante meu interlocutor emudeceu.

— O que quer? — interpelei ainda mais friamente.

Depois de um curto silêncio ouvi som de tosse.

— Pelo visto Kiriyu é seu sobrenome — como Takeo não pronunciava uma palavra sequer, sem outra alternativa eu tive de falar.

— Imaginei que você soubesse.

— Tinha uma vaga noção — eu disse. Na realidade eu o sabia bem, mas me irritava a ideia de confessá-lo a Takeo.

— Me perdoe por ter desenhado você nua — desculpou-se Takeo como se lesse um script em tom monótono. Sua maneira de falar sugeria que havia ensaiado repetidas vezes o que diria, pronunciando de fato essas palavras até seu significado acabar desgastado para ele.

— Tudo bem — respondi baixinho.

— Me perdoe.

— Tudo bem — repeti, sentindo-me um pouco triste pela insistência de Takeo em se desculpar.

— Desculpe.

— ...

Como me calei, Takeo também guardou silêncio. Eu olhava sem ver o ponteiro dos segundos do pequeno relógio posto em frente ao telefone. Ela se movimentou lentamente do 6 até o 11.

— O macarrão do yakisoba vai amolecer — disse, ao mesmo tempo que ele dizia "Eu... bem... o seu corpo nu...".

— O que tem o meu corpo nu?

— É lindo — prosseguiu Takeo com uma voz quase inaudível.

Não consegui ouvir.

— Repita, por favor — eu disse.

— Não posso — respondeu ele.

— Estou preparando yakisoba — expliquei.

— Sim, compreendo — disse.

Por fim, Takeo pediu desculpas mais uma vez e desligou o telefone. Passei o fone para a mão e olhei para o relógio onde o ponteiro dos segundos movera-se até o 6. Permaneci vendo-o prosseguir em vários giros. Quando me lembrei e fui tirar a tampa da panela do yakisoba, como eu imaginara, o macarrão absorvera a água quente restante e amolecera.

No dia seguinte, o outono chegou de repente. O calor se foi e o céu tornou-se estranhamente alto.

O senhor Nakano estava ocupado, pois desde o término do verão havia feiras por toda parte na região de Kanto. Takeo também foi ajudar o patrão numa das feiras. Até Masayo, que em geral passava algum tempo na loja a cada três dias, vinha estando ocupada com os preparativos para uma exposição de bonecas que aconteceria em novembro.

Coisa rara, nesse dia muitos produtos foram vendidos e, apesar de serem todos objetos pequenos, o faturamento ultrapassou os trezentos mil ienes. Quando o senhor Nakano não retornava até o fechamento, eu tinha o hábito de trancar a loja, deixando o dinheiro na caixa registradora, e entregava a chave a Masayo, mas, preocupada com a quantia grande em dinheiro, permaneci na loja mesmo depois de fechá-la.

Baixei a porta metálica pelo lado de fora, dei a volta pelos fundos e a tranquei a chave. No local onde sempre colocávamos um *kotatsu* não vendido, quando havia, estava uma grande mesa baixa de pernas de encaixar. Apesar de ser uma mercadoria da loja, nós costumávamos usá-la em revezamento no almoço. O senhor Nakano diz que podemos deixar cair molho nela o quanto quisermos, pois isso dará sabor à mesa e ajudará na venda.

Sentada à mesa baixa, preparei um chá, bebi um segundo e depois um terceiro já completamente ralo e mesmo assim o senhor Nakano não voltava. Como deixei uma mensagem na caixa postal do seu celular avisando que o esperava na loja, pensei que quando ele voltasse eu o ouviria bater na porta traseira e me preocupei achando que talvez não tivesse ouvido.

Abri a porta traseira e olhei a garagem, mas o caminhão não estava lá.

Tirei da bolsa de pano que sempre carrego comigo a cópia do texto "semelhante a um romance" escrito por Sakiko.

Contemplei de modo distraído a frase "No início do orgasmo minha voz é aguda, mas aos poucos se reduz e se adensa". A bem da verdade, tinha a impressão de que desde o início de setembro a frequência com que o senhor Nakano "vai ao banco" se reduzira um pouco.

O telefone tocou. Hesitando se deveria ou não atender, caminhei em direção ao aparelho posto ao lado da caixa registradora. Como as luzes da loja estavam apagadas, andei devagar para não tropeçar nas mercadorias.

O telefone tocou por longo tempo. Quando atendi, precisamente na décima quinta chamada, ainda não haviam desligado.

Antes que eu pudesse dizer Quinquilharias Nakano, o interlocutor disse:

— Sou eu.

— Ahn? — repliquei. O interlocutor se calou. Pressenti que era Sakiko.

— O senhor Nakano ainda não voltou da feira em Fujisawa — informei, na medida do possível aparentando despreocupação.

— Obrigada — respondeu Sakiko. Depois de um curto silêncio ela perguntou: — É a senhorita Suganuma quem fala, não é?

Apesar de raramente ser chamada por meu sobrenome desde que comecei a trabalhar como temporária na Quinquilharias Nakano, de um dia para o outro eu o ouvira duas vezes.

— Isso mesmo.

— Você deve ter lido... — disse Sakiko.

— Sim — respondi com sinceridade.

— O que achou? — perguntou ela.

— Fantástico — acabei usando uma maneira de falar parecida à de Takeo.

Sakiko se pôs a rir.

— Diga — Sakiko falava no mesmo tom de quem conversa sempre ao telefone com uma amiga. — Diga, você não acha que as bonecas de celuloide são eróticas?

— Ahn? — repliquei.

— As articulações dos braços e pernas e as partes giratórias sempre me fascinaram, desde pequena — prosseguiu Sakiko.

Sem responder, permaneci calada, sem ousar emitir nenhum som.

Quando dei por mim Sakiko havia desligado e eu continuava de pé no escuro segurando o fone.

— Celuloide — balbuciei.

Tenho dificuldade em pronunciar o "lulo" dessa palavra.

Recoloquei o fone no gancho e voltei para o cômodo dos fundos. Nunca tive uma boneca de celuloide. Quando pequena, em geral as bonecas eram produzidas em vinil mole e recebiam nomes estrangeiros como Jenny, Sheila ou Anna.

Olhei mais uma vez para o "romance" de Sakiko e meus olhos mergulharam na palavra boceta. Era uma cena na qual o parceiro forçava a narradora a pronunciá-la.

Pensando ser algo que mesmo o senhor Nakano poderia fazer, coloquei a cópia em minha bolsa de pano. As luzes de neon brilhavam intensamente. Cobri os olhos com a palma da mão.

Máquina de costura

— Havia um de Seiko Matsuda à venda — informou o senhor Nakano.
— De que época? — perguntou Tokizo.
— Final de 1970 — respondeu o patrão, folheando o caderno de anotações.

O caderno está sempre colocado em frente ao telefone da loja e nele Takeo escreveu "Seiko → cerca de final dos anos 1970". Era uma caligrafia ordenada e elegante, difícil de imaginar que pertencesse a Takeo, considerando seus modos habituais.

— De qualquer forma, se permitir que eu cole uma foto e escreva o anúncio de venda apropriado, posso enviá-lo logo por e-mail — explicou Tokizo com animação.

Masayo costuma chamar Tokizo em segredo de "senhor Garça". Isso porque ele é magro como a ave e tem o ar majestoso de um homem de estirpe.

Masayo me confidenciou certa vez num cochicho o boato de que Tokizo teria se formado em Gakushuin[6].

— Não diga, Gakushuin?

---

6. Gakushuin: instituição educacional fundada em Tóquio em 1877 (Era Meiji), para a educação dos filhos da aristocracia japonesa. Após a Segunda Guerra Mundial, tornou-se uma instituição privada. [N.E.]

De modo vago, Masayo respondeu imitando o mesmo tom.

— Pois é, isso mesmo.

Era impossível julgar se Tokizo teria por volta de 65, passara dos setenta ou já estaria chegando à casa dos noventa.

"Como dia desses comentou que recebia pensão, decerto já passou dos sessenta" — afirmou Masayo certa vez.

"Irmãzinha, você não teria uma queda por Tokizo?" — perguntou o senhor Nakano.

Masayo ergueu bem alto as sobrancelhas bem arrumadas em formato de lua crescente e revidou:

"O que quer dizer com isso?"

"Você parece querer saber tudo o que se relaciona a ele."

"Você se engana" — disse Masayo e virou o rosto. Acreditando que fosse mesmo um engano, inconscientemente contemplei o perfil de Masayo. Era um rosto sem nenhuma lanugem. Perguntei uma vez se ela o raspava e obtive dela resposta negativa. Meus pelos são finos. E naquela região também quase não nascem.

— Quê? — eu ergui a cabeça espantada e Masayo mantinha um rosto indiferente.

O senhor Nakano também estava impassível. Difícil entender esses dois irmãos.

— Se há riscos o preço inicial de oferta cai um pouco, apesar de ser um tipo raro de pôster em tamanho natural.

— Não importa que comece com um preço baixo, mas você acha que depois os lances subirão?

O senhor Nakano e Tokizo discutiam acerca da mercadoria que seria leiloada pela internet, conforme fora combinado.

Naqueles últimos tempos o porcentual do faturamento da Quinquilharias Nakano oriundo de vendas pela internet aumentara. Confiar tudo a outra pessoa era arriscado.

— Haruo, tome vergonha e aprenda a mexer no computador.

Masao costuma aconselhar, mas o senhor Nakano não se mostrava nem um pouco propenso a começar e desde o início deixou tudo nas mãos de Tokizo. Acho que é parente de Sakiko. Takeo me contara isso havia algum tempo e este talvez fosse o motivo do acordo.

— Então ele é parente de Sakiko? O mundo do senhor Nakano é mesmo pequeno, não acha? — comentei, e Takeo, depois de ponderar por um momento, respondeu:

— O meu é ainda menor, é só você e meu cachorro morto.

— É, seu cachorro morreu — eu disse, e ele repetiu:

— Sim, meu cão.

Eu não sabia se devia rir ou chorar.

Foi Takeo quem trouxe para a loja o pôster em tamanho natural da foto de corpo inteiro da cantora usado como campanha promocional, com reforço de papelão no verso, fabricado havia cerca de vinte anos por uma empresa de máquinas de costura.

— É Seiko Matsuda, não é? — perguntou alegremente o senhor Nakano.

— Um colega da escola secundária faz coleção de ídolos. Só que este aqui está um pouco fora dos itens colecionáveis — explicou Takeo, carregando o enorme pôster debaixo do braço.

— Quando se entra numa loja e se depara com um painel de uma pessoa de corpo inteiro como este, qualquer um se espanta — disse Masayo.

— Não é a esse tipo de painel que chamam de *toshindai pop*? — respondeu o senhor Nakano lançando repetidas vezes o olhar ao rosto de Seiko Matsuda.

— Você o conseguiu de graça? — perguntou o senhor Nakano a Takeo.

— Ele disse que me venderia por cinco mil ienes.

— Ele não o deu? Que grande mão de vaca! — berrou o patrão, batendo com a mão na testa.

Em silêncio, Takeo deitou Seiko Matsuda sobre o tatame. A cor das franjas de cabelo que se empinavam para fora e a do cabelo ao lado das orelhas se deterioraram e desbotaram.

— Seiko Matsuda é uma gracinha, não? — eu disse e o senhor Nakano assentiu com a cabeça, acrescentando que possuía vários discos dela.

— É mesmo? — apenas assenti e ele, entusiasmado, continuou:

— Na minha idade, comprar um disco de Seiko Matsuda tem outro significado.

— Que significado?

— É uma Seiko com o sabor de algo *kitsch*.

Takeo foi para os fundos da loja no meio da conversa com o senhor Nakano.

— É mesmo? — repeti, respondendo ao patrão.

— Quando ouve Ayu não-sei-das-quantas você com certeza sente o prazer de um mundo à parte — prosseguiu ele.

— Ayu — balbuciei. — Essa Ayu a que o senhor se refere é a cantora Ayu Hamasaki? — repliquei imitando intencionalmente o jeito de falar de Takeo e o senhor Nakano deixou cair os braços.

"Que mundo à parte é esse?", pensei em perguntar, mas desisti achando que de nada adiantaria implicar com o patrão por isso.

— Deixe para lá — ele disse baixinho para si e foi procurar por Takeo. O pôster em tamanho real de Seiko Matsuda continuou virado para cima sobre o tatame. Numa das mãos, ela segurava uma máquina de costura, e a outra mantinha com leveza sobre o peito, sorrindo.

— Ayu — repeti para mim mesma e balancei a cabeça.

— Só falta agora a escova — disse Takeo.
— Escova? — perguntei.
— Para a limpeza.
— Mas já tem uma vassoura.
— Com uma escova se pode esfregar com mais força.

A limpeza a que Takeo se referia era a da urina da gata em frente à loja. Nos últimos tempos a frequência aumentara para pelo menos três vezes ao dia. Na entrada da viela ao lado da loja brotaram do asfalto tufos de capim rabo-de-raposa, que se tornaram o local conveniente para as excreções da bichana.

— E quem vai esfregar com a escova?
— Você, eu, qualquer um...
— Eu? Nem a pau.
— Está bem, faço sozinho.

Takeo me olhou de cima.

— Não estou dizendo que não farei a limpeza, mas com escova nem morta. Faço com a vassoura.

— Entendido.

É duro o olhar que ele me lança por cima. Será que esse idiota está me vigiando? Por um instante me aborreci.

— Você continua a dar ração a ela? — indaguei. Apesar de incomodado pela urina da gata, Takeo não deixa de colocar ração no quintal dos fundos.

— A gata que vem atrás da comida não é a mesma que urina aqui.

— Quem garante? — revidei com ironia intencional. Takeo se calou. Seus ombros se retesaram. No mesmo instante me arrependi.

Preparávamos anotações de compras. "Dois vasos de tamanho médio, terrosos." Era a letra de Masayo. Logo abaixo o senhor Nakano escreveu "três rolos de fita adesiva, caneta marcadora preta, salgadinhos de milho com sabor de curry".

— Que eu saiba não se vendem salgadinhos em lojas de ferramentas, certo? — tentei conversar com Takeo, mas ele permaneceu de bico fechado.

O telefone tocou. Como ele estava mais próximo do aparelho, esperei até o quarto toque, mas Takeo não fez menção de se mover. Atendi colando o fone ao ouvido, mas por instantes o silêncio prosseguiu, até que desligaram.

— Caiu — procurei na medida do possível dizer com jovialidade, mas Takeo ainda se mantinha calado. O calor enfim desaparecera de verdade, mas os dias de bom tempo se sucediam. As nuvens pairavam alto no céu. O senhor Nakano hoje foi também à feira de profissionais do ramo, realizada em Kawagoe. Subiu no caminhão, avisando que perguntaria qual a cotação de mercado de Seiko Matsuda.

— Gatos são umas gracinhas, não? — eu disse, na mesma voz jovial de antes, procurando algum assunto para conversar.

— Você acha? — enfim Takeo abriu a boca.

— Sem dúvida.

— Nem tanto.

— Sendo assim, por que você dá comida a ela?

— Sem razão.

— Afinal, o que há com você? O que eu disse de errado?

Uma abelha entrou zumbindo pela porta da loja deixada totalmente aberta. Mantendo-se cabisbaixo, Takeo olhou de soslaio para o inseto voando. A abelha logo saiu.

— Sem razão — repetiu Takeo. Em seguida, dobrou em silêncio a lista de compras, colocou-a no bolso de trás da calça e deu-me as costas.

— Tem dinheiro? — indaguei atrás dele.

— Tenho — apenas respondeu, sem se voltar.

Irritei-me ainda mais com a voz imperturbável de Takeo. Deu-me uma vontade enorme de lhe lançar um desaforo.

— Não vamos mais nos ver — declarei.

Takeo se virou.

— Acabou tudo entre nós.

Ele pareceu ter emitido um som de admiração, mas sua voz não chegou até mim.

Por instantes Takeo permaneceu de pé, mas deu-me as costas de novo e desta vez acabou saindo logo da loja. "Espere", fiz menção de dizer, mas minha voz não saiu.

Ignorava por completo o que me levara a dizer sem mais nem menos tudo aquilo. A abelha entrou outra vez. Ao contrário de antes, não saiu logo e permaneceu voando e zumbindo por toda a loja. Aproximou-se da caixa registradora emitindo um irritante som de asas. Agitei a toalha do senhor Nakano posta sobre a cadeira. A toalha apenas cortava o ar. A abelha prosseguiu seu voo, com suas asas reluzindo serenamente.

— Ouvi dizer que o anúncio do walkman II com a Seiko chegou a duzentos e setenta mil ienes — disse o senhor Nakano com os olhos arregalados.

Ele perguntou a um amigo na feira de Kawagoe qual a cotação do pôster de tamanho natural.

— Duzentos e setenta mil ienes! — foi a vez de Masayo exclamar arredondando os olhos. Apesar de irmãos, o senhor Nakano e Masayo em geral não se parecem em nada, mas viram sósias quando fazem essa expressão de surpresa.

— Ele contou que os pôsteres de Junko Sakurada num comercial do antigripal Estaque e o de Kumiko Okae no do analgésico Dickinin são também muito procurados.

— Não diga. É mesmo? — assentiu Masayo vigorosamente com a cabeça. Sob pretexto de estar preparando a exposição de bonecas artesanais, ela vinha aparecendo todos os dias na loja naqueles últimos tempos.

— Fico inspirada quando venho aqui.

Dizendo isso, ela passava quase todas as tardes na loja. Por felicidade os negócios andavam bem já havia um mês. Quando ela estava no caixa, por alguma razão os clientes compravam como se estivessem enfeitiçados.

— Será que o pôster da Seiko anunciando a máquina de costura chegará aos duzentos mil? — perguntou Masayo, fascinada. A Seiko Matsuda trazida por Takeo estava de pé a um canto do quarto dos fundos.

— Como pode carregar com tanta facilidade uma máquina de costura aparentemente tão pesada? — Masayo questionou com ar de admiração.

Os ídolos da música são mesmo poderosos. De fato, jamais poderei entender Masayo.

— Como tem uma grande linha de dobradura nos quadris, acho difícil obter duzentos mil por ela, mas quem sabe chegue a uns cem mil — respondeu com serenidade o senhor Nakano. Havia já dois dias que o patrão trocara seu boné em tricô fino por uma touca com pompom. "O inverno está mesmo chegando!" — Um cliente regular da loja exclamou ao vê-la.

— O que acha, Hitomi? — perguntou ele e eu soergui o rosto.

Enviei um e-mail a Takeo pela manhã e não obtive resposta. No dia anterior ele foi à loja de ferramentas, mas não retornou. Apesar de eu ter permanecido na loja sem nada para fazer até perto das oito da noite, no final das contas ele não apareceu.

Takeo parecia ter vindo cedo à loja naquela manhã e deixado o que comprara na loja de ferragens, mas cheguei atrasada e acabamos não nos encontrando.

— O idiota do Takeo não comprou os salgadinhos — exclamou o patrão, visivelmente irritado. O pompom da touca balançou.

— Quer que eu vá comprar? — propus.

— É muito trabalho — o patrão disse, tirando já algumas moedas.

— Se houver troco, você pode comprar qualquer coisa que lhe agrade.

Masayo riu das palavras do irmão.

— Você não está mandando uma criança às compras!

Caminhei até uma velha padaria um pouco afastada da rua comercial. Enquanto andava chequei meus e-mails. Nenhuma nova mensagem. Estava tão concentrada no celular que meu pé acabou se prendendo numa bicicleta estacionada.

Ergui a bicicleta caída e, ao tentar abaixar o pé de apoio, ouvi um som e notei que ele estava curvado num ângulo estranho. Larguei a bicicleta às pressas e ela tombou outra vez. Depois disso, por mais que tentasse colocá-la de pé ela não se sustentava. Sem alternativa, encostei-a num poste e me afastei de fininho. Nesse momento o celular tocou.

— Alô — atendi, mal humorada.

— É a senhorita Suganuma? — perguntou a voz.

— Pare de me chamar pelo sobrenome.

— É só pelo sobrenome que desejo chamá-la.

— Sendo assim, não precisa mais me telefonar — gritei ao telefone.

Ouvi um som forte e ao me virar vi a bicicleta que eu havia encostado ao poste de novo estatelada no chão. Fingi que não era comigo e comecei a caminhar a passos largos.

— Não se zangue — pediu Takeo.

— A culpa é sua de falar coisas que me irritam.

Tentei me lembrar do texto da mensagem que eu escrevera pela manhã. "Tudo bem com você? Será que ontem eu disse sem querer algo que não devia? Se foi isso, peço desculpas." Eu devia ter escrito algo parecido.

— É você quem não deveria dizer coisas se não as sente realmente — disse ele com voz miúda.

— Ahn? — repliquei.

— Então, não nos veremos mais?
— É lógico que não penso dessa forma — abrandei a voz. Em questão de um instante meu rosto se descontraiu, mas logo em seguida apertei os lábios.
— Estou furioso — prosseguiu Takeo, mantendo a voz baixa.
— Ahn? — voltei a replicar.
— Pare de me telefonar e mandar mensagens — continuou ele.
— Como? — prendi a respiração.
— Até.
No instante seguinte o som que saiu do celular foi um "pu". Ele havia desligado.

Eu não entendia o que poderia ter acontecido. Segui meu caminho até a padaria, onde comprei os salgadinhos. Com o troco comprei dois minicroissants. Apertei os sacos de compras contra o peito e caminhei de volta à loja. A bicicleta continuava tombada. O patrão e Masayo gargalhavam no cômodo dos fundos. Calada, estendi em direção a ele o saco com os salgadinhos e ele reclamou.

— Eu disse que queria sabor de curry e você me traz de sopa de carne.

— Se não lhe agrada você mesmo deveria ir comprar — disse Masayo, dirigindo-se ao irmão.

Assenti mecanicamente com a cabeça. Mecanicamente retirei os croissants do saco, mecanicamente preparei um saquinho de chá preto, mecanicamente levei os croissants até a boca, mecanicamente os engoli.

— Será que Takeo estava mesmo furioso? — balbuciei contemplando o vazio. — Por quê? Qual o motivo para estar zangado?

Por mais que murmurasse, não achava resposta. Sem que eu percebesse, Masayo e o patrão saíram. Um cliente chegou e eu o cumprimentei com um "seja bem-vindo". Mecanicamente anoiteceu. Conferi o registro do caixa: faturamento total de cinquenta e três mil, setecentos e cinquenta ienes. Não me lembrava de quando eu havia digitado isso. Um ar frio entrava pela porta aberta da loja. Dirigi-me mecanicamente até lá para fechar a porta de vidro.

— Você com certeza pisou no rabo dele, Hitomi — comentou Masayo.
— Rabo? — perguntei.
— Quando você pisa no rabo de um cão ou gato, ele não se enfurece ao extremo? Sem a gente saber bem por quê?

Masayo explicava com o rosto reluzente.

— Ontem usei a máscara de pepino e kiwi ensinada por tia Michi. — Masayo repete isso toda vez que vem à loja e apesar de eu não pedir me passou a receita da "máscara de beleza de kiwi e pepino". Está escrita de modo cuidadoso com caneta tinteiro azul-clara num papel de carta rosa pálido.

Eu o recebi agradecendo e Masayo inclinou a cabeça.

— O que se passa com você, Hitomi? Nos últimos tempos você anda desanimada.

— Bem, acho que sim.

À medida que eu falava a conta-gotas, sem perceber, a língua foi aos poucos se soltando e quando dei por mim começava a me aconselhar com Masayo sobre Takeo.

— Por isso, não acha que ele não deveria se enfurecer, levando à ponta de faca o que uma moça diz por dizer, para não acabar brigando? — perguntei e Masayo ponderou por um momento com o rosto sério.

— Na casa dos vinte, de fato pode-se chamar de moça — prosseguiu ela, mantendo a expressão grave.

— Como? — repliquei.

— Depois dos trinta talvez não se possa chamar a si mesma de moça.

Pensei que ela estivesse refletindo com seriedade sobre o assunto, mas ela veio com essa.

— Por que não? Se a pessoa se considera jovem... — respondi num sussurro.

— E a partir dos cinquenta, como seria? — indagou Masayo com o rosto cada vez mais sério.

— Aos cinquenta já seria um pouco exagerado. Nessa idade já é possível se autodenominar "mulher", não?

— Então aos cinquenta não é possível — suspirou ela.

Um cliente entrou. Um freguês habitual de abundantes cabelos brancos.

— É ótimo poder ter cabelos como os dele. Melhor do que cabelos pretos ralos ou cabelos grisalhos normais — disse uma vez o senhor Nakano com uma ponta de inveja.

— Bem-vindo — Masayo se levantou. Ela e o cliente permaneceram algum tempo conversando.

— Ultimamente os pratos estão escassos — disse Masayo com calma.

— Esse freguês costuma comprar pratos grandes e antigos, da era Taisho, mas não antigos a ponto de serem chamados de antiguidades.

— É o tipo de mercadoria que não costuma aparecer muito em sua loja, mas quando surge é mais barata do que em outros lugares e o estado é melhor do que se pode esperar — disse ele a Masayo.

É o mesmo cliente que quando é atendido por mim ou pelo senhor Nakano mantém uma atitude taciturna e impertinente.

O cliente comprou um prato pequeno e raso do início da Era Showa. Masayo abaixou a cabeça sorrindo. Até o cliente partir, ela mantém o tempo todo a fisionomia distinta e sorridente. Bastou que ele fosse embora para ela voltar à expressão de tagarelice.

— Então, diga, o que aconteceu depois? — indagou.

— Nem telefonemas, nem mensagens — respondi, desanimada.

— E você não pretende fazer nada com relação a isso?

— É que...

— O quê?

— Tenho receio.

— Entendo — disse ela, assentindo com um grande balançar da cabeça. — De fato, dá medo. Homens metem medo e, às vezes, sem nenhuma razão. — Masayo não parava de menear a cabeça.

"Tem razão, tenho medo", pensei. Neste momento Takeo me dá medo. E eu em parte caçoava dele. Eu não o levava muito a sério.

— Essa pessoa seria um "rapaz" ou um "homem" — perguntou ela.

— Ele é um rapaz, não um homem — respondi. Eu não revelara a Masayo que se tratava de Takeo.

— Que tipo de rapaz será esse tão durão para os dias atuais? — balbuciou Masayo, parecendo se divertir.

— Ele não é assim como pensa — respondi, carrancuda.
— Eu também não quero mais vê-lo. Não telefono mais, parei de mandar mensagens.

À medida que eu falava, comecei a sentir certa inquietação.

— De verdade? — perguntou Masayo. — Isso é algo que só você pode decidir. Eu não dou palpites — dizendo isso, ela se levantou. Justamente na hora em que entrou uma cliente habitual que estava na casa dos trinta.

— Ela é com certeza uma mulher, não acha? — Depois de dizer isso em voz baixa, Masayo foi receber a cliente com um sorriso estampado no rosto.

— Que tal tomarmos um chá? Eu estava mesmo pensando em fazer isso. — sugeriu Masayo, com alegria.

Disse isso depois de termos tomado três xícaras de chá enquanto conversávamos.

— Com prazer — a cliente respondeu com vivacidade e a um só tempo ela e Masayo abriram um sorriso.

— Não quero mais vê-lo — eu disse, mas não tinha como não vê-lo.

"Bom dia" foi tudo o que Takeo me disse. Ele sempre me cumprimenta. Não falamos nada mais além disso.

— Bom dia — eu repondi com uma polidez intencional.

De início me constrangia, mas como sempre Takeo não ficava quieto dentro da loja e assim que chegava logo ia para os fundos cuidar do caminhão ou embalar as mercadorias, e assim podíamos evitar o embaraço de estarmos juntos.

Nesse dia, ao contrário do usual, Masayo não apareceu. À tarde, fiquei sozinha na loja. Quando ela não está, nenhum cliente entra na loja, mesmo que seja apenas para olhar. Próximo ao final da tarde, uma cliente veio pessoalmente trazer um objeto para vender. Carregava algo pesado, branco e retangular.

— Veja isto — disse, colocando a peça retangular sobre a mesa ao lado da caixa registradora. Era uma mulher magra aparentando uns cinquenta anos. Eu a via pela primeira vez.

— Quanto valeria? — perguntou. Seu perfume era forte. Tinha o aroma adocicado de flores. Em nada combinava com sua aparência.

— Eu não poderia lhe passar um valor, teria de esperar a volta do patrão — respondi.

— É mesmo? — a cliente exclamou e olhou ao redor como se avaliasse a loja.

O fundo da peça esmagava a extremidade do caderno de anotações aberto sobre a mesa. Puxei o caderno e se ouviu um barulho.

— Seria possível deixar aqui? — perguntou a cliente.

— Sim — respondi. — Escreva seu endereço e telefone — pedi, estendendo um bloco de papel e uma caneta esferográfica, mas a cliente anotou nele apenas o número do telefone.

Algum tempo depois o senhor Nakano voltou. Takeo o acompanhava.

— Vejam só se não é uma máquina de costura — exclamou o patrão.

Naqueles últimos tempos, ao retornar de uma retirada, Takeo ia logo embora como uma onda sendo arrastada no mar, sem ao menos lavar as mãos, mas, ao ouvir a voz do patrão, ele também dirigiu o olhar para a mesa ao lado da caixa registradora.

— É de uma cliente que deseja vendê-la — expliquei, evitando olhar para Takeo.

— Não sei o que fazer com esses aparelhos — declarou o senhor Nakano, segurando com ambas as mãos o objeto e erguendo-o. A capa caiu, revelando a máquina de costura.

— Vejam só! — exclamou Takeo.

— O quê? — rebateu o patrão.

— É igual à da cantora pop — disse Takeo, e logo se calou. Era uma maneira ríspida de falar, como se pronunciar algo diante de mim fosse lhe prejudicar.

— Realmente, é a mesma máquina de costura que Seiko Matsuda carrega no pôster — disse com calma o patrão, que parecia não perceber a guerra de nervos velada travada entre mim e Takeo.

A máquina de costura brilhava de brancura, como se tivesse sido polida. Parecia bem nova, mais do que a máquina de cor desbotada que a Seiko Matsuda do pôster em tamanho natural segurava.

— Mas eu não sei o que fazer com máquinas — repetiu o senhor Nakano, franzindo o rosto. — O vendedor de *mochi* que cuide dos *mochis* e o vendedor de máquinas, das máquinas — balbuciou o patrão, sem se dirigir nem a mim nem a Takeo em particular. Tanto eu quanto Takeo nada respondemos.

O senhor Nakano levou a máquina para o cômodo dos fundos do jeito que estava, descoberta. Colocou-a ao lado de Seiko Matsuda. A máquina de costura real era um pouco maior do que a do pôster.

— Não é de tamanho natural: o objeto real é um pouco maior — disse, distraído.

— Então, essa é uma Seiko Matsuda reduzida? — indagou o senhor Nakano.
— Não chega a ser uma redução, mas talvez tenham cortado um pouco — respondi e Takeo não se conteve.
Virei-me lentamente e Takeo estava rindo.
— De quê você está rindo? — o senhor Nakano perguntou em tom monótono.
— É que uma Seiko reduzida é algo bizarro — Takeo disse e continuou a rir.
— Seria mesmo? — perguntou o senhor Nakano, curioso.
— É esquisito. Será?
O senhor Nakano cobriu a máquina de costura com a capa. Dizendo algo como "talvez seja melhor vender o pôster em tamanho natural e a máquina em conjunto", o patrão foi baixar a porta metálica. Lancei um olhar furtivo ao rosto de Takeo. Foi o mesmo olhar de soslaio que lhe era costumeiro. Takeo logo parou de rir. De repente sua expressão esfriou. Eu permanecia plantada ali sem dizer nada.
No fundo eu e ele somos diferentes, desde o início. Por isso, nada poderia haver entre nós. Pensando de modo negligente, continuei a olhá-lo furtivamente por longo tempo.

No final das contas, a Seiko só alcançou o preço de cinquenta mil ienes.
— Haveria algo errado com a Seiko da máquina de costura? — lamentou o senhor Nakano.
— Estranho, pois uma máquina de costura é um bem de primeira necessidade. — Como sempre, Masayo afirmou algo sem muito nexo.

— Quando o preço oferecido em um leilão vai subindo, nos últimos cinco minutos o número de ofertas aumenta desenhando uma curva ascendente, mas no caso da pequena Seiko acabou com o mesmo preço do final do dia anterior — dizendo isso, o senhor Garça veio buscar a Seiko Matsuda empacotada.

Informou que a entregaria diretamente ao vencedor do leilão, um homem que por acaso residia bem próximo a ele.

— Você consegue levá-la sozinho, Tokizo? — perguntou o senhor Nakano. Pensamos que ele tivesse vindo de carro, mas estava a pé.

— Takeo, tire o caminhão — pediu o senhor Nakano e ouvimos o senhor Garça gargalhar.

Takeo foi no mesmo instante até os fundos e ligou o motor. Sentado ao volante, buzinou levemente. O senhor Garça voltou a gargalhar, saiu da loja e se postou ao lado do veículo. O senhor Nakano colocou Seiko deitada na caçamba do caminhão.

O senhor Garça apoiou o braço entre a porta e a caçamba do caminhão, fazendo seu corpo balançar por alguma razão.

— Não consegue abrir a porta? — perguntou o senhor Nakano e o senhor Garça negou com um movimento de cabeça.

— Não, estou apenas movimentando o corpo. Preciso praticar exercícios.

Da palavra "preciso" só consegui ouvir metade: "ciso". Pouco depois, Masayo chegou e se postou atrás do senhor Garça. Ela contemplou fixamente os movimentos dele. Ele começou a fazer alongamentos diante da porta do caminhão.

Um cliente chegou e apenas eu entrei na loja. Era o freguês habitual que sempre comprava pratos grandes. Quando percebeu a presença de Masayo, esticou o pescoço em sua direção. Meu celular tocou. O cliente voltou a cabeça. Coloquei no bolso o aparelho que eu deixara sobre a mesa. Por mais que o tempo passasse, Masayo permanecia grudada no senhor Garça e, como não entrava na loja, o cliente acabou indo embora. Tirei o celular do bolso.

Havia uma mensagem. Era de Takeo. Comecei a lê-la, mas não havia nela nem assunto, nem texto. Apenas na coluna do nome aparecia: "Takeo Kiriyu". Outro cliente chegou. Comprou duas camisetas usadas e partiu. O senhor Garça, Masayo e o patrão gesticulavam e conversavam em frente à loja. Não conseguia ver Takeo direito.

Ouvia-se a risada do senhor Nakano. Sentindo-me desesperada, enviei resposta à mensagem de Takeo. Assim como ele, eu a mandei deixando o assunto e o texto em branco.

— Escute, Hitomi — me chamou Masayo, gritando do lado de fora da loja.

— Sim — respondi.

Não conseguia mesmo ver Takeo.

— Quando a vista fica cansada com a idade, mesmo quando se olha dentro dos olhos da pessoa amada, é impossível ver de perto. Tudo se desfoca se não olhamos um pouco afastados. Como o rosto fica turvo, é preciso de qualquer jeito manter uma pequena distância — Masayo elevou o tom de voz para que chegasse até o interior da loja.

Eu não entendia nada do que ela de modo tão repentino me dizia. O senhor Garça riu. Masayo também riu. Takeo parecia estar quieto dentro do caminhão.

MÁQUINA DE COSTURA

Retornei a tela do celular para os e-mails e voltei a ler às escondidas a mensagem de Takeo. Em vez de ler, seria melhor dizer que eu a admirei.

Parecia-me que a paisagem de Masayo, o patrão e o senhor Garça conversando de pé ora se alongava ora se retraía.

— É de fato impossível ver fixamente de perto, não?

— Sim — repetiu Masayo. A voz dela vibrava de maneira desagradável.

Apenas a voz de Takeo não se fazia ouvir. Acho que eu não deveria de modo nenhum gostar de Takeo.

— Que tal vender o romance de Sakiko pela internet? — sugeriu Masayo.

O senhor Garça riu.

— Seria um produto complicado para mim.

Todo o seu corpo tremia. A paisagem cada vez mais se alongava e retraía. Ignoro se tremer é algo agradável ou não.

O ruído do motor do caminhão esvanecia. Masayo, o senhor Garça e o patrão continuavam conversando juntos em frente à loja. Não via Takeo. Apertando meu celular, virei as costas para a entrada.

Como meus olhos se transferiram de um local claro para um escuro, de início não distinguia bem o contorno dos objetos. Pouco a pouco comecei a visualizar com mais nitidez a máquina de costura real abandonada sozinha depois que a Seiko em tamanho natural fora levada embora.

Na penumbra de um canto do cômodo dos fundos, a máquina de costura se destacava de um branco embaçado. Ouvi a voz risonha e alta do senhor Garça vinda da entrada.

O vestido

Decidi telefonar para Takeo apenas uma vez ao dia.
Nesse dia liguei às duas e quinze da tarde.
A retirada deveria estar concluída. Ele saíra pela manhã e, por ser no bairro vizinho, ainda que encontrasse trânsito pela frente a retirada não deveria demorar mais do que uma hora, mais uma hora entre negociação com o proprietário das mercadorias e o carregamento do caminhão, trinta minutos de almoço e, como fazia bom tempo, provavelmente mais uns vinte minutos adormecido debaixo de alguma árvore; por isso imaginei que estaria naquele momento meio tonto, tendo acabado de despertar, e foi nesse o momento que lhe telefonei.
Ele não atendeu.
Talvez ele não tivesse feito a sesta. Ou seja, quando lhe telefonei às duas e quinze, deveria estar dirigindo. Como seu aparelho tocou, é provável que estivesse numa área sem cobertura. Ele não teria ouvido o aparelho tocar? Claro, nos últimos tempos Takeo se mostrava exigente quando o assunto eram boas maneiras e na frente de um cliente com certeza devia deixar sempre o celular no modo silencioso para que não tocasse.
Ao chegar a tal ponto de minhas reflexões, senti de súbito a energia se esvair de meu corpo.
Por que Takeo não atendia minhas ligações?

No dia anterior liguei para ele às onze horas e sete minutos da manhã. "É provável que ainda esteja dormindo", pensei comigo mesma, e como eu imaginara ele não atendeu. Ignoro se estaria mesmo dormindo ou se, já acordado, não quis responder.

Na antevéspera, tentei ligar exatamente às sete da noite. Takeo voltara para a loja depois das quatro e se não tivesse passado em nenhum lugar é natural que àquela hora já tivesse chegado em casa. Porém, não atendeu. Talvez estivesse jantando. Ou poderia estar tomando banho. Possivelmente lhe surgiu uma vontade súbita de correr desenfreadamente pelas ruas escuras e disparar em sua 750cc. O problema é que ele não tinha motocicleta.

Quando o celular estava tocando, tentava imaginar todas as possibilidades para Takeo não atender a ligação.

No momento de apertar a tecla, seu dedo teria escorregado devido à gordura do pão de creme que estava comendo (uma vez ele me confessou ser seu tipo predileto de pão) e a ligação acabou caindo.

Ou, quem sabe, o celular estivesse no bolso de trás da calça, mas, como nos últimos tempos ele engordara e as calças se tornaram muito justas, teve dificuldades em puxar para fora o aparelho.

Ou ainda era possível que estivesse se dirigindo a um hospital, carregando às costas uma senhora idosa e desconhecida que caíra bem diante de seus olhos e, por esse motivo, não teria tempo seja lá para o que fosse, muito menos para atender telefonemas.

Ou poderia ter sido sequestrado por seres vis que habitam os subterrâneos e que o estariam mantendo encarcerado numa gruta obscura e, incapaz de enxergar devido à escuridão, não poderia apertar a tecla do celular mesmo que quisesse.

Voltei a perder as forças enquanto ponderava.

"Detesto celulares", pensei. "Quem teria inventado algo tão inconveniente? Não pode existir mal maior para o amor — tanto para o bem-sucedido quanto para o fracassado — do que um telefonema que se pode com grande probabilidade receber em qualquer local e sob qualquer circunstância." Em primeiro lugar, por acaso em algum momento eu me enamorei de Takeo? Ademais, o que afinal quero confirmar telefonando sucessivamente para ele?

Pensei que no dia seguinte, à noite, Masayo provavelmente me diria "Hitomi, você parece uma senhora pessimista falando". Havia cinco dias que Takeo não atendia o telefone. Nesses últimos dois dias, sentia medo de não saber como agir se ele, ao contrário, acabasse respondendo à ligação.

Takeo de repente atendeu o telefonema.

— Ah — fiquei boquiaberta.

Contudo, ele se calou. Repeti:

— Ah — dessa vez, com uma voz mais sombria do que o "ah" anterior. Ele continuou mudo.

Senti vontade de gritar e correr: isso é o medo.

— Takeo — murmurei.

Cruzei os braços sobre o ventre como a segurar o desespero (para mim, similar a uma bola de ferro do tamanho de uma bola de jogo de queimada) e pensei em qual horário no dia seguinte deveria ligar para ele. Como haveria duas retiradas, tentaria em algum momento entre as duas. Como seria um dia de intensa movimentação, era preciso considerar mais tempo para os trajetos. Até o momento não deixara recados na caixa postal, mas no dia seguinte talvez fosse melhor postar uma mensagem com a voz mais natural possível. Dessa forma, executaria meu plano por volta das duas e trinta e sete da tarde.

Plano? Que plano?

Já não conseguia julgar se desejava ou não de fato continuar ligando para Takeo, que não se dignava a responder.

Duas e trinta e sete.

Em minha mente vazia repeti três vezes esse horário.

— Você está fazendo dieta? — perguntou-me Masayo.

— Hitomi costuma emagrecer no verão — respondeu o senhor Nakano em meu lugar.

— Pode ter emagrecido no verão, mas já estamos no final de outubro — Masayo riu e o senhor Nakano a acompanhou.

Depois de um momento eu também ri um pouco. Ouvindo minha própria voz, espantei-me por ter emitido uma risada perfeita.

— Emagreci três quilos — disse em voz débil.

— Que maravilha. Estou com inveja — Ergueu a voz Masayo.

Meneei de leve a cabeça de um lado para outro. Depois percebi e ri de novo. Dessa vez não soou muito bem. O início e o fim da risada pareceram um pouco afônicos.

O senhor Nakano saíra. Masayo estava instalada na cadeira. Sua exposição de bonecas artesanais se aproximava: seria na semana seguinte. Apesar disso, ela estava amiúde na loja e disse com ar indiferente:

— Sinto certo vazio. Para ser sincera, o número de obras é insuficiente.

— E agora? — perguntei.

— Não se preocupe. De qualquer forma, é apenas por divertimento — respondeu ela num tom curiosamente animado. Se o senhor Nakano dissesse algo semelhante, ela decerto se enfureceria, mas parece que não se importava quando era ela mesma quem o dizia.

Na porta da loja um cliente hesitou entre entrar ou não. O estilo da Quinquilharias Nakano, em casos semelhantes, é fingir que nada está acontecendo. Curvei-me sobre a mesa ao lado da caixa registradora, abrindo e fechando o caderno de anotações. Com a fisionomia impassível, Masayo contemplava o vazio.

O cliente não entrou.

O tempo estava bom. O céu estava alto e nuvens que lembravam vagamente escamas flutuavam aqui e ali como se tivessem sido varridas em conjunto.

— Diga, Hitomi — encetou Masayo.

— Sim.

— Como ficaram as coisas?

Masayo continuava a contemplar o vazio. Perguntou aquilo sem olhar em minha direção.

— As coisas? Que coisas? — revidei.

— O rapaz em questão.

— Ah.

— Não me venha com esse "ah".

— Ahn?

— Poupe-me também do seu "ahn".

— Bem.

— Deixe de lado esse "bem". Hitomi, esse rapaz, você o ama a ponto de emagrecer.

— Não acha que esse jeito de falar pode dar margem a interpretações errôneas? — respondi sem forças.

— Hitomi, esse jovem que foi seu namorado, você o amou a ponto de emagrecer.

Esse verbo no pretérito me soou um pouco agourento.

— Você continua com ele? — perguntou Masayo arregalando os olhos.

O vigor transbordando de sua voz provocou forte vibração em meus frágeis tímpanos. Queria tapar os ouvidos, mas faltava-me ânimo.

— Não sei se poderia dizer que continuamos juntos.

A fisionomia de Masayo, repleta de curiosidade, destacava-se no ar seco outonal. Eu apenas admirava impassível seu olhar instigante.

— Vocês têm se encontrado?

— Não.

— Ele telefona?

— Não.

— Ele envia e-mails?

— Não.

— Você ainda o ama?

— ...não.

— Então, foi ótimo você ter se separado, não acha?

— ...

— Afinal, o que você quer? — Masayo riu. — Hitomi, você deveria tirar uns dias de férias. Haruo é da mesma opinião e notou você muito estranha nesses tempos. Pediu-me para cuidar de você. Ele também tem seu lado bom.

O VESTIDO

Mas assim que disse isso prosseguiu perguntando se você não estaria enfeitiçada por uma doninha, um texugo, uma foca ou outro animal esquisito. Ah, me perdoe. Ele não disse por mal. Ele é mesmo obtuso. Mesmo assim tem amantes. E, no final, acaba sempre abandonado por elas. Fiz com que ele visse que não se trata de nenhum feitiço, mas do fato de você ser jovem. "Rapazes e moças, sabe, têm muitos problemas, todos eles. Não são tão descarados quanto você e as mulheres que arranja", eu disse. No fundo, sei bem o quanto ele é covarde.

Masayo falava sem cessar, como água jorrando de uma fonte límpida no fundo de um bosque. Quando dei por mim, lágrimas escorriam lentamente de meus olhos. Ou melhor, era como se um elemento aquoso transbordasse de modo mecânico.

A voz de Masayo soava curiosamente agradável.

— Vamos, vamos, conte-me o que acontece — eu ouvia a voz dela, enquanto as lágrimas pingavam em silêncio sobre meus joelhos.

"Essa sensação agradável se parece com algo" — pressenti. Mas claro, era como numa manhã de ressaca, quando, sem sentir, acabamos por vomitar, mesmo sem forças para fazê-lo.

— Hitomi, antes de qualquer coisa vá até os fundos. Vamos almoçar algo quente juntas — disse Masayo.

Ouvi sua voz soprando bem longe como a brisa outonal, enquanto eu derramava lágrimas intermitentes.

Ouvia o ruído indistinto de cada lágrima caindo sobre meus joelhos.

Naqueles últimos tempos o senhor Nakano estava obcecado por pinturas chinesas em rolos.

— Vejamos então, é o tipo de peça que rende um bom dinheiro — declarou enquanto sorvia o caldo de seu macarrão chinês com verduras.

Após descansar um pouco no cômodo dos fundos, eu parara de chorar. Masayo cozinhou logo "algo quente". O macarrão chinês de sempre.

— A massa não está meio salgada hoje? — perguntou o senhor Nakano, expelindo a fumaça de seu cigarro.

— Pare de fumar durante a refeição — ordenou Masayo erguendo o queixo. Mais do que depressa ele apagou o cigarro no cinzeiro. Em seguida, fazendo barulho, bebeu o caldo do macarrão. O patrão franzia as sobrancelhas a cada pausa entre um e outro sorvo. Se achava que estava tão salgado, bastaria não tomar o caldo. Vá entender.

— Mesmo os compradores chineses vêm adquiri-los diretamente — afirmou o senhor Nakano reacendendo, após ter tomado todo o caldo, o cigarro que apagara.

— Essas pinturas em rolos são antigas? — indagou Masayo.

— Nem tanto. Quer dizer, devem ter no máximo uns cinquenta anos — o patrão respondeu com o cigarro na boca, enquanto levava sua tigela até a pia. No meio do caminho apanhou com habilidade as cinzas do cigarro que ameaçavam cair. — A economia da China progride e aumenta o número de colecionadores desejosos de comprar as pinturas em rolo de fabricação chinesa que foram para fora do país. Em vez de obras das dinastias Ming ou Qing, parecem preferir peças pintadas a partir da grande Revolução Cultural, sem nenhum valor de antiguidade.

O VESTIDO

— Seria algo como a moda de objetos da Era Showa que temos no Japão? — balbuciou Masayo.

— Irmãzinha, não diga tolices, China e Japão são países absolutamente diferentes — o senhor Nakano foi taxativo.

— O tolo aqui é você — Masayo revidou em voz baixa depois que o irmão voltou à loja e abriu um sorriso olhando para mim. Eu bebia o chá que ela preparara. Fazia arder a garganta de tão quente.

— Diga-me uma coisa — encetou Masayo.

— Sim — repondi, enquanto com ruído tomava o líquido.

— Estive pensando.

— Sim.

— Esse rapaz... Está vivo?

— Como? — gritei. — O que... O que você quer dizer com isso?

— É que, bem... — Masayo começou a se explicar. — Quando jovem tinha o hábito de censurar as pessoas com as quais me relacionava. E também aos trinta. E depois disso, aos quarenta. Não importa quem estivesse errado, sempre jogava a culpa no outro. Fosse um namorado ou apenas um conhecido, quando ocorriam desentendimentos era comum eu agir assim. Porém, depois de completar cinquenta anos, tornou-se cada vez mais difícil culpar outrem quando surgiam mal-entendidos, equívocos ou altercações.

— É mesmo? — perguntei, evasiva.

— Com certeza. É muito mais simples atacar a outra pessoa de imediato — afirmou Masayo enquanto palitava os dentes.

— As pessoas tornam-se mais gentis depois dos cinquenta? — continuei a perguntar de maneira evasiva.

— De jeito nenhum, nem um pouco — Masayo levantou bem alto as sobrancelhas.

— Não mesmo?

— Quanto mais se envelhece, mais severos nos tornamos em relação às pessoas, pelo menos comigo é assim.

— Ahn?

— Só nos tornamos gentis em relação a nós mesmos.

Masayo sorriu levemente. "Que rosto lindo", pensei. O mesmo de quando pensamos num lindo hamster branco correndo sem parar dentro da gaiola.

— Não, o que quero dizer é o seguinte — ela prosseguiu a explicação. — Pode acontecer de a pessoa que censuramos estar morta. Quando jovem eu imaginava que as pessoas não morriam. Mas com a idade atual vejo que as pessoas acabam morrendo com facilidade, e rápido. Em acidentes. Por doenças. Suicidando-se. Assassinadas. De morte natural. Mais do que quando eu era jovem, sinto agora que as pessoas morrem com extrema facilidade.

— No exato momento em que eu o censurava, ele talvez estivesse morrendo. Talvez morresse no dia seguinte. Provavelmente um mês depois. Quem sabe durante a próxima estação. De qualquer forma, em algum momento acabaremos morrendo. Um acordar indisposto... — prosseguiu.

— Envelhecer é começar a se preocupar, antes de censurar alguém, se a pessoa é saudável o bastante para aguentar nosso ódio severo ou nossas repreensões — disse Masayo com um leve ar de seriedade e suspirou. Porém, ela não ria. Eu não a entendo. — Por isso, se eu não tivesse nenhum contato, logo imaginaria que a pessoa teria partido desta para melhor — concluiu Masayo.

— Desta para melhor. Repeti no mesmo tom que Masayo.

— E então? — ela me lançou um olhar de soslaio, com um riso considerável.

— Não... Não creio que tenha morrido — respondi, recuando na cadeira.

— De verdade?

— Sim, sim, de verdade — enquanto respondia, minha cabeça girava tentando recordar quando fora a última vez que eu vira Takeo. Hoje eu ainda não o tinha visto. Ontem com certeza o vira. Foi à tardinha. Não apresentava indícios de que morreria. Porém, é provável que o que mata os seres humanos não sejam os indícios.

Um cliente entrou na loja. O senhor Nakano o atendeu conversando em voz alta. Discretamente fui até a porta corrediça que separa o cômodo do fundo da loja. Com uma postura meio estranha eu a abri e a silhueta de Tadokoro me saltou aos olhos.

— Ah, senhorita, há quanto tempo! — Tadokoro se pôs a falar de maneira amável, esboçando um sorriso.

— Ah, ha — respondi no mesmo instante. Calcei depressa os sapatos, peguei meu casaco e minha bolsa e me precipitei para fora da loja.

Ignorava para onde desejava ir, mas de qualquer maneira eu corria. Não tinha força nas pernas. Culpa do meu emagrecimento. "O que farei se ele tiver morrido?" Corria sem rumo, pensando nisso. Parecia que me dirigia à casa de Takeo, mas isso não era claro. "Faça com que ele não tenha morrido." Repetia isso inúmeras vezes. Comecei a ofegar. Enquanto repetia para mim mesma "faça com que ele não tenha morrido", por vezes me vinha à mente também "o que farei se ele tiver morrido?". Era o pensamento contrário a "ele não pode ter morrido" e embutido nele havia a leve ideia, atravessando-o como a ponta de uma agulha, de que, por via das dúvidas, caso tivesse morrido, provavelmente eu devesse sentir um enorme, enorme alívio.

Os raios débeis do sol outonal batiam no alto de minha cabeça. Sem me dar conta se sentia calor ou um pouco de frio, continuava a correr sem saber para onde.

— Ah, Tadokoro — soltou o senhor Nakano. Tadokoro acabara de entrar na loja em companhia do senhor Mao.

O senhor Mao é um comprador chinês. Aquela era sua terceira visita à loja. Sempre vinha com Tadokoro a tiracolo.

— Hoje, deixei especialmente reservadas peças de excelente qualidade — anunciou o senhor Nakano sorridente, esfregando as mãos.

— Aquele gesto é um sinal de súplica velada — Masayo me cochichou.

Os três homens entraram no aposento dos fundos.

— Quer que sirva chá? — perguntei.

— Sim, por favor — Tadokoro respondeu no lugar do senhor Nakano.

Devagar, preparei o chá. Takeo não morrera. Eu o encontrei por acaso no caminho. Ele saíra para comprar cigarros.

— Nos últimos tempos, estou fumando demais — disse ele, desviando o rosto.

Nunca imaginaria que fosse mesmo possível neste mundo dar de cara na rua com o rapaz com quem as coisas não andam bem. Mas foi desse jeito que aconteceu.

O VESTIDO

* * *

Mao é magro, alto, orelhudo.

— Ele tem uma boa rede de contatos na sociedade negra — informou-me dia desses Tadokoro em surdina.

— Sociedade negra? — perguntei, inclinando o pescoço, e Tadokoro explicou, fitando-me:

— Sim, senhorita, aquilo que no Japão costumamos chamar de sociedade das trevas.

Impossível entender esse homem. Porém, ao contrário da impressão desagradável que ele passa, Tadokoro cheira bem. Não se trata de perfume, mas de uma fragrância de aspecto envolvente, à semelhança de um chá aromático ou um *mochi* recém assado. Um aroma completamente distinto da impressão passada por ele.

Naquela manhã telefonei às nove para Takeo. Como imaginava, ele não atendeu. Foi minha sétima ligação. Uma semana se passara. Desisti de tentar entender o motivo para ele não poder responder. Apenas imaginei que ele novamente não atendeu.

O senhor Mao usa um japonês com um grau de polidez maior do que o meu ou o do senhor Nakano.

— Sou-lhe profundamente agradecido por ter reunido tantas peças — agradeceu o senhor Mao após puxar para perto de si com uma das mãos cinco rolos de pintura, enquanto com a outra apertava a mão do senhor Nakano.Por um instante, o patrão fez menção de retirar a mão. Mas, em seguida, abriu um sorriso e disse algo como "Não por isso, não por isso".

O senhor Mao começou a enfileirar o dinheiro sobre a mesinha baixa. Colocou uma a uma, bem esticadas, as cédulas de dez mil ienes. Uma, duas, contou o senhor Mao. Quando terminou de cobrir a mesa com as notas, começou a colocar uma segunda camada de notas com exatidão sobre as outras a partir da primeira à esquerda.

Sem encontrar espaço onde acomodar as xícaras de chá, eu permanecia sentada com um joelho sobre o tatame e o ar vago, segurando a bandeja, quando Tadokoro virou-se em minha direção. Sem muita coerência, imaginei as muitas mulheres que devem ter se apaixonado por ele. É absolutamente impossível para mim entender como uma mulher pode se enamorar de um homem que não a ama. Como as mulheres conseguem amar outro homem que não seja aquele que as ama?

Pelo mesmo motivo, era incapaz de entender por que amava um homem por quem então já não sentia mais amor.

Por que fui amar alguém como ele?

Tadokoro deslizou até onde eu estava.

— Que bolada de dinheiro, hein, Hitomi? — ele apontou para cima da mesa.

Como se estivesse enfeitiçado, o senhor Nakano admirava o movimento da ponta dos dedos do senhor Mao enfileirando as cédulas. O chinês as manejava com a habilidade de quem vivesse da manhã à noite enfileirando dinheiro.

— 77 notas. O senhor confirmou a contagem? — indagou o senhor Mao, sorridente.

— Ah, sim — respondeu o patrão, intimidado.

— Setecentos e setenta mil ienes seriam suficientes? — indagou o senhor Mao.

— Com certeza — Tadokoro tomou a frente para responder, antes mesmo que o patrão pudesse abrir a boca.

O senhor Nakano cruzou os braços, como uma forma de repúdio ao ritmo de Tadokoro. Porém, logo depois, seu tom se flexibilizou: "sim, é suficiente, com certeza, claro, claro", repetiu algumas vezes, assentindo com a cabeça.

O senhor Mao se levantou. Jogou os rolos de pintura um após o outro dentro de seu embornal.

— Ah — exclamou o senhor Nakano quase boquiaberto. Nem mesmo ele maneja com tanta rudeza as mercadorias.

Indiferente aos nossos olhares, o senhor Mao atirou o último rolo para dentro da sacola e como um ilusionista juntou num piscar de olhos as 77 cédulas sobre a mesa e as entregou ao senhor Nakano.

— Peço-lhe que me comunique sem falta caso obtiver mais peças — solicitou o senhor Mao com um cumprimento desmedido. Contagiado, o senhor Nakano também fez uma vênia. Tadokoro mantinha a cabeça erguida.

Percebi Takeo plantado atrás de mim. Tadokoro o observava com serenidade. Takeo lançou-lhe um olhar severo. Em seguida, veio se colocar diante de mim e tirou de modo ágil de minhas mãos a bandeja que eu continuava a segurar.

— Hitomi, Masayo está lhe chamando — informou Takeo, colocando com rispidez as xícaras de chá sobre a mesinha vazia. O senhor Mao começava a calçar os sapatos. Tadokoro olhava para Takeo com um risinho afetado.

— Então, Hitomi, até a próxima — despediu-se Tadokoro, indo acompanhar os dois homens.

— Ah, sim — eu disse, e foi a vez de Takeo me olhar gravemente.

"Por que me olha atravessado?", ensaiei interpelá-lo, mas a voz me fugiu. Por algum tempo ele me encarou. Depois, desviou o olhar e abaixou a cabeça.

— Há quanto tempo — eu lhe disse depois que os três saíram, mas continuou cabisbaixo e respondeu que havíamos nos encontrado havia dois dias na rua. Ouviu-se o barulho do motor do caminhão vindo dos fundos. De olhos semicerrados, Takeo contraiu os lábios.

— Sinto como se não nos víssemos há séculos — voltei a falar. Takeo assentiu com relutância. Podia-se ouvir fragmentos da voz do senhor Mao. Logo após ouvirmos o barulho forte da porta do caminhão sendo fechada, o som do motor se distanciou.

— Seja bem-vindo — a voz de Masayo ecoou por toda a loja.

Takeo continuava obstinadamente cabisbaixo.

— Diga, como eram as moças com as quais você se relacionou no passado?

— Como eram?

— Se sente falta delas até hoje, não quer mais ouvir falar no nome delas, coisas assim.

Takeo ponderou por algum tempo. Masayo nos pediu para fazer um depósito no banco. Estava garoando e não havia vivalma na rua comercial. Havia muito tempo que não conversava com Takeo.

— Depende da pessoa — respondeu ele enfim, ao chegar em frente ao posto policial.

O policial nos fitava.

— Não temos guarda-chuva — disse Takeo.

— Não importa, é chuva miúda — respondi.

— Diga, por que não atende meus telefonemas? — perguntei depois de passarmos o posto policial.

Takeo permaneceu calado.

— Você me odeia?

Takeo permaneceu calado.

— Estamos zangados um com o outro?

Takeo movimentou um pouco a cabeça. Impossível depreender de seu gesto se assentia ou negava.

Num relance me dei conta de que amava Takeo sem saber bem a razão. Isso apesar de ter decidido não pensar sobre esses sentimentos desde que ele parou de atender minhas ligações. Era uma idiotice amá-lo. Amar é um sentimento idiota.

— Trate de atender quando eu ligar.

Takeo permaneceu calado.

— Você sabe que amo você.

Takeo permaneceu calado.

— Você não me quer mais?

Takeo permaneceu calado.

Chegamos à frente do banco. Apesar de não haver ninguém na rua, o banco estava lotado. Depois de entrarmos na fila, eu me calei. Takeo olhava para a frente. Ao chegar nossa vez, postamo-nos desajeitadamente diante do caixa automático.

— Pode fazer o depósito? — pedi em voz baixa e Takeo consentiu.

Ele executou a operação com mais tranquilidade do que eu imaginara. Contemplei as pontas dos dedos dele. Seus dedos são elegantes e lindos. O dedo mindinho da mão direita sem a falange me parece particularmente belo.

Ao sairmos do banco, terminado o depósito, a chuva apertara.

— Que pé d'água — murmurei, e Takeo ergueu os olhos ao céu.

— Não há nada que possamos fazer? — perguntei, voltada para o queixo erguido de Takeo. Ele permanecia calado. Mesmo as reservas de petróleo não são inesgotáveis, eu acho. O que dizer de meus recursos amorosos, muito mais empobrecidos com esse silêncio.

Por algum tempo permanecemos sob a marquise do banco, admirando a chuva. Virou chuva de vento.

— A verdade é que eu pareço não confiar nas pessoas — Takeo começou a falar aos poucos.

Ele agitou o dedo mindinho da mão direita, como fazem os homens ao se referirem às mulheres.

— Não confio nelas — disse, e logo recolheu o dedo.

— Não me coloque no mesmo saco com essa sua desagradável antiga colega de escola — gritei sem querer.

— Não a coloco junto, mas... — Takeo baixou a cabeça.

— Por quê, então?

— O ser humano me causa medo — disse Takeo devagar.

As palavras de Takeo fizeram brotar de repente em mim o sentimento de "medo" que eu sentira durante toda uma semana. "Claro que metem medo. Eu também tenho medo. Você tem medo. Medo de esperar. Medo de Tadokoro, do senhor Nakano, Masayo, Sakiko e até mesmo do senhor Garça. Algo que provoca ainda mais medo somos nós mesmos. Por isso, é óbvio sentir medo."

Pensei em dizer tudo isso, mas não fui capaz. Porque é certo que meu medo e o de Takeo eram distintos.

Pus-me a andar sozinha apesar de a chuva não amainar. Pensava em como aniquilar dentro de mim o meu amor por Takeo. Pressenti que o fato de amá-lo o estaria ferindo. Isso era mais detestável do que ferir a mim mesma. Pude rir um pouco ao pensar que eu imaginava coisas como o faria uma boa pessoa. A chuva aumentou. A água se infiltrava por meu pescoço. Como a chuva entrava até nos olhos, eu os semicerrei. Tudo me parecia coberto de neblina.

— Me perdoe — disse, e a fisionomia de Takeo tornou-se estranha.

— Por que se deculpa?

— Porque, apesar de tudo, amo você.

Takeo abraçou-me bruscamente. A água não só se infiltrava pelo pescoço, como também escorria pelo corpo dele a me cobrir, e eu estava enxarcada. Ele me abraçou com força. Respondi abraçando-o também com força. "O que eu sentia em relação a ele e o que ele sentia em relação a mim deveriam ser coisas totalmente afastadas e distintas", pensei. Senti uma vertigem ao imaginar essa distância.

A chuva se intensificou. Trovões começaram a rugir. Eu e Takeo apenas nos abraçávamos, sempre calados. Relâmpagos cruzavam o céu. Pouco depois, ouviu-se um estampido, como se um raio tivesse caído nas proximidades. Afastamo-nos um do outro e começamos a caminhar, as mãos frouxamente estendidas a ponto de nossos dedos quase se tocarem.

Trocamos de roupa, Takeo e eu, ouvindo as reprimendas de Masayo. Ele vestiu as calças e uma camisa do senhor

Nakano e eu tomei emprestado um vestido leve entre aqueles à venda na loja por quinhentos ienes cada um.

A chuva não tardou em cessar.

— Um raio parece ter caído sobre o pinheiro do santuário — informou Masayo revirando os olhos.

Pouco depois o senhor Nakano voltou.

— Nossa, que toró! — exclamou, lançando-me um olhar de curiosidade.

— Não me olhe assim — eu disse e o senhor Nakano riu.

— Esse vestido cai bem em você, que tal comprá-lo? Darei um desconto especial para funcionários.

Takeo torcia a calça encharcada em frente à loja. Nós o ouvimos dar um grito e nos viramos para vê-lo: ele acabava de retirar do bolso da calça algo retangular, do tamanho de metade de uma grande barra de chocolate.

— O cartão! — exclamou, entrando na loja.

O cartão usado pouco antes, quando fomos ao banco, estava mole e destruído.

— Oh, céus — o senhor Nakano deu um tapa na testa.

— Desculpe — disse Takeo soerguendo os olhos.

— Desculpe — eu disse, juntando-me a ele.

— Vejam só, vocês voltaram às boas? — perguntou o patrão olhando para algum ponto entre mim e Takeo.

— Sim, bem, nada de especial — nossas vozes outra vez se uniram.

— Vocês estavam brigados, não? — voltou a perguntar o senhor Nakano.

— Deixe de tolice, eles não são crianças, que razão teriam para brigar, não é verdade? — Apressou-se em dizer Masayo.

Eu e Takeo assentimos.

— Vou comprar o vestido — declarei, dirigindo-me ao patrão.

Takeo afastou-se de mim com naturalidade e foi para os fundos da loja. Estava disposta a não mais telefonar para ele. Decidi não me importar se nosso relacionamento acabasse. Porém, sabia que isso era apenas um sentimento passageiro. Sem dúvida eu ligaria de novo no dia seguinte.

— Então, para você eu faço por trezentos ienes — me disse o senhor Nakano.

Tirei moedas de cem ienes da carteira e as coloquei sobre a palma da mão do patrão. Lembrei-me da maneira como ele abriu e fechou a mão quando o senhor Mao lhe entregou o maço de notas. Ao imaginar que até o final de meus dias eu viveria angustiada, com medo e aturdida, senti-me deprimida a ponto de ter vontade de me deitar no chão no mesmo instante e dormir profundamente. Mesmo assim, eu amava Takeo. "Refletir sobre o amor atira-nos de fato num mundo vazio", pensei vagamente.

Meu corpo molhado e enregelado pela chuva enfim esquentara; pensei em dizer algo, mas, sem saber bem o quê, permaneci durante longo tempo brincando com a fivela rosa antiquada pregada no cinto do vestido.

A tigela

O senhor Nakano quebrou a cara.
Nada relacionado ao trabalho. Foi com uma mulher.
— Vejamos então, estou pensando em acompanhar Kurusu a Boston.

Eu e Masayo erguemos a cabeça quando o senhor Nakano tirou isso do nada. Masayo continuava um pouco eufórica com a contínua repercussão da exposição de bonecas artesanais do mês anterior, mas durante a última semana ela enfim tornara-se menos falante.

Ela dizia que apesar "dos poucos itens expostos", havia excelente qualidade naquela exposição. Várias peças possuíam uma expressão tal que impressionava até mesmo a mim, totalmente leiga no que diz respeito a bonecas.

— Masayo finalmente aprendeu a fazer bonecas — foi também o comentáro de Takeo.

— Takeo parece ter se tornado atrevido nos últimos tempos, não? — repreendeu sorridente o senhor Nakano, mas eu continuei taciturna, não achando graça em suas palavras. Apesar de um mês ter se passado desde o dia dos relâmpagos e trovões, minha relação com Takeo continuava ambígua.

Masayo vinha se mostrando obcecada por bordado francês. Usava ponto cruz, de corrente e de contorno para bordar com esmero almofadas semelhantes às que em outras épocas se viam postas sobre sofás nas casas de senhoras refinadas de cabelos brancos em *mise en plis*, com padrões clássicos como o de meninas brincando com cães ou rapazes em calções tocando flautas transversais.

— Como vai usar essas almofadas? — perguntei.

— Não vou usá-las. É apenas um método de reabilitação — respondeu Masayo após alguma ponderação.

Graças à sua completa dedicação à fabricação de bonecas, parece que Masayo terminou por "ter sua alma arrancada".

— Nessas horas nada melhor do que se entregar a tarefas simples. Melhor ainda: se possível, incômodas e minuciosas — explicou ela com fisionomia séria.

Parecendo interessada, eu observava o trabalho dela, e ela acabou me ensinando de maneira atenciosa os primeiros passos no bordado francês.

— Bem que poderia ser um jogo americano — comentou Masayo acerca do tecido quadrangular sobre o qual eu bordava um cogumelo.

Eu pretendia recobrir o pano cuidadosamente com um cogumelo feito de bolinhas, outro xadrez e o terceiro em ponto cheio.

— O que você vai fazer em Boston? — perguntou Masayo ao senhor Nakano enquanto espetava no tecido a agulha de bordar presa entre o indicador e o polegar. — Antes de qualquer coisa, você tem dinheiro para ir a Boston ou a qualquer outro lugar? — Masayo não dava trégua.

— Claro que tenho — disse ele e em seguida assobiou. Era uma passagem de *Rhapsody in Blue*.

— Qual o motivo de tanta animação? — perguntou Masayo.

— Veja bem, é uma música americana, sabia? — respondeu o senhor Nakano interrompendo o assovio.

— Vai até lá comprar algo? — perguntou Takeo.

Ele parecia ter entrado pela porta dos fundos sem que eu percebesse. No momento em que ouvi sua voz, senti um calafrio me percorrer os braços. Isso vinha acontecendo comigo naqueles tempos, como um reflexo condicionado.

— Pois é, meu caro Takeo, só você mesmo para me entender — disse o senhor Nakano em tom alegre.

No mesmo momento, o joelho de Takeo sofreu um espasmo. Apesar de eu e Takeo não termos o dom da palavra, nossos corpos reagem com estranha sensibilidade. Continuei a bordar os quadrados do cogumelo xadrez, pensando que era obrigada a admitir que nesse ponto nos parecíamos.

— Kurusu disse ter encontrado uma verdadeira pechincha em peças do estilo do período colonial americano — explicou o senhor Nakano voltando-se para Masayo, mas, curvada sobre o bordado, ela nem sequer olhou para o irmão.

— Kurusu é aquele homem esquisito, não é? — perguntou Masayo depois de alguns momentos. Ela virou o tecido do avesso, deu um nó no fio e o cortou com a tesoura. Gosto do jeito que ela manuseia a tesoura. É como se brincasse com um pequeno animal na palma da mão.

— Ele não é esquisito — revidou o senhor Nakano e apertou o botão do lado direito da caixa registradora. *Tin*, soou, e a gaveta projetou-se.

— Mudando de assunto, irmãzinha, desde quando você começou a ser capaz de produzir bonecas tão artísticas? —

perguntou o patrão, tirando duas notas de dez mil ienes da gaveta e logo as enfiando no bolso.

— Desde sempre — respondeu Masayo, primeiro zangada, mas logo se tornando um pouco mais afável.

— Pois saiba que me admirei desta vez.

— Você não ganha nada me bajulando — disse Masayo, pegando dois entre seis fios de bordar.

— Não ganho nada, mas graças a isso ela também parou de reclamar. É a coisa mais fácil do mundo lidar com minha irmã — disse um dia o senhor Nakano, e era assim mesmo.

Porém, isso não pode levar à conclusão de que Masayo fosse uma pessoa descomplicada.

Por algum tempo eu e ela permanecemos caladas, entregues à tarefa de bordar. Senti ao redor sinais de que Takeo sairia. Depois de perceber sua presença, era como se uma tênue corrente elétrica viesse dele em minha direção e a parte de meu corpo voltada para o lado em que ele estava sempre parecia vibrar. No mesmo instante em que ele abriu a porta dos fundos, senti como se o centro de minhas costas fosse puxado com força por uma linha, e precisamente quando ele a fechou o fio rebentou.

— Que droga! — exclamei. Coloquei o tecido sobre os joelhos e alonguei os braços.

— Que droga — repetiu Masayo.

Ela tentou imitar meu jeito de falar.

— Pare com isso, por favor — eu disse, e Masayo riu.

— Mas eu também sinto que tudo é uma droga — disse ela, parecendo irritada.

— O mundo é mesmo uma porcaria — foi minha vez de imitá-la e me mostrar irritada, e o senhor Nakano soltou uma risada vazia.

— Ah, você ainda estava por aqui — disse Masayo.

— Estou indo, já comuniquei que vou a Boston ou a qualquer outro lugar, vou logo agora, já vou — disse o senhor Nakano em um tom estranhamente esganiçado e partiu.

— Imagine que ele arranjou mais uma mulher — anunciou Masayo, que parecia estar apenas esperando ouvir o som do motor vindo dos fundos para contar.

— Como é? Então Kurusu é uma mulher?

— Não. Kurusu é um senhor. Ao que parece, a mulher se chama Rumiko. Soa como nome de funcionária de cabaré, mas é uma amiga de Sakiko. Ela também é do ramo e há pouco abriu uma pequena loja independente — explicou Masayo em tom confessional.

— Mas, nesse caso, Sakiko... — à medida que eu falava, veio-me à mente o rosto de Sakiko.

Um rosto parecido com uma linda máscara flutuando sobre a água.

— Sakiko sabe disso?

— Acredito que sim.

— Que abominável!

— Haruo é mesmo um idiota.

— De uma idiotice extrema.

— Mas não foi ele quem contou — prosseguiu Masayo.

— A idiotice dele não chega a esse ponto.

— Como ficou sabendo, então?

— Por intermédio de Rumiko — explicou Masayo com o rosto sombrio. — Por isso, ele é duplamente idiota, ou triplamente, se incluirmos neste caso também a esposa, mas seja lá o quão idiota ele for, o que quero dizer é que o ponto fraco de Haruo é se envolver com um cavalo que, posto a correr ao lado de outro, acaba por lhe revelar a situação da corrida — disse Masayo sem nenhuma pausa.

— Cavalos? — balbuciei.

Com o rosto ruborizado, Masayo espetava com força sobre o tecido a agulha de bordar. Pensei comigo mesma que ela devia realmente ter um enorme carinho pelo irmão.

Justamente quando pensava nisso, por algum motivo minhas forças se esvaíram e a agulha escorregou de minha mão. Ela não caiu, mas ficou presa pelo fio, balançando vagamente no vazio.

— Por isso ele veio com essa história de ir a Boston.

— Por quê?

— Para fugir.

— De Sakiko?

— Não, de todas as mulheres.

— Ahn? — exclamei. Masayo aparentava uma expressão triunfante.

— O senhor Nakano é uma pessoa de sorte — eu disse. Masayo ergueu as sobrancelhas e replicou:

— Ahn?

Peguei de volta a agulha e comecei a bordar o contorno do cogumelo. Um cogumelo esverdeado. O rosto de Sakiko voltou à minha memória. Uma expressão encantadora, mas com certo ar sombrio.

Pensando em como odeio os homens, continuei a avançar no bordado do cogumelo esverdeado.

A semana seguinte foi de muitos clientes e estivemos ocupados de manhã à noite. Comparado, por exemplo, ao "ocupado" de uma quitanda da mesma rua comercial, o "ocupado" da Quinquilharias Nakano não passaria de mais ou menos um treze avos do outro, mas mesmo assim faltou a mim e a Masayo tempo livre para pegarmos em uma agulha de bordar.

— Senhor Nakano, quando irá a Boston? — perguntou Takeo.

— Vejamos então, depende de Kurusu — respondeu o patrão, entrando no cômodo dos fundos. Takeo, com cara de quem fora enganado, permaneceu plantado na entrada com uma expressão vaga. Um jovem esbarrou nele ao entrar na loja. Era um novo cliente. Olhou para Takeo com desconfiança.

— Este aqui, por favor — disse o cliente, colocando ao lado da registradora um pacote embrulhado no jornal que trouxera. Era do tamanho de uma embalagem que contivesse três batatas doces cozidas.

— Haruo! — chamou Masayo.

O senhor Nakano apareceu do cômodo dos fundos com um aspecto pachorrento.

Com o cigarro na boca, ele contemplou o cliente que abria o pacote. As cinzas caíam no chão. O cliente interrompeu o movimento por instantes para olhar desconfortável para o senhor Nakano.

— Uma tigela celadon? — perguntou o patrão sem se importar com o olhar do cliente.

— Uma celadon da dinastia Koryo coreana — corrigiu o cliente.

— Perdoe-me — desculpou-se o senhor Nakano de maneira amável. O rosto do cliente exprimia cada vez mais desagrado.

— Uma peça tão antiga teria mais aceitação numa loja de antiguidades — explicou o patrão, segurando com uma das mãos, de modo delicado, a porcelana em formato de tigela trazida pelo cliente. Depois disso, colocou no cinzeiro o cigarro ainda acesso.

— Não tenho intenção de vendê-la — confessou o cliente.

O senhor Nakano fitou o cliente com uma expressão de incredulidade. O jovem por um instante desviou o olhar.

Era um homem de pele lisa. Sob o nariz, no lugar de um bigode, vicejava apenas uma lanugem pouco espessa. Trajava um terno azul-marinho de bom corte e uma gravata combinando. Pelas roupas dir-se-ia ser um assalariado diligente na casa dos trinta anos, mas na realidade poderia ser ainda mais jovem.

— Saiba que não executamos avaliação — explicou o senhor Nakano, virando a tigela. Admirou sua base.

— O senhor poderia colocá-la em exposição? — perguntou o cliente.

— Exposição?

— Não seria possível apenas deixá-la exposta na loja, sem vendê-la?

— Bem, seria complicado apenas deixá-la... — disse o senhor Nakano, rindo. Ele olhou ao redor. Eu e Masayo também giramos a cabeça com pequeno atraso em relação a ele. Apenas o cliente continuava fitando a tigela que trouxera.

— Essa peça não é do tipo adequado a um estabelecimento desordenado como o nosso — desdenhou o senhor Nakano da própria loja.

O cliente abaixou a cabeça. O patrão pegou o cigarro do cinzeiro e deu uma profunda tragada. Por algum tempo todos se mantiveram calados.

— Em geral, a que antiquário costuma ir? — perguntou Masayo.

— Nunca fui a nenhum — respondeu o cliente desconcertado.

— Sendo assim, como conseguiu essa peça? — perguntou o patrão. Pensei com meus botões que não eram modos de se dirigir a um cliente.

— Foi presente de um conhecido — retorquiu o cliente, abaixando ainda mais a cabeça.

— Deve haver uma razão por trás disso — Masayo diz, instigada. O cliente ergueu a cabeça e olhou suplicante para ela.

— Explique-se, vamos — prosseguiu Masayo.

Hesitante, o cliente começou a contar a origem da tigela.

O cliente, que se chamava Hagiwara, ganhou o objeto de uma antiga namorada. Durante um bom tempo eles mantiveram um relacionamento. Nunca se cogitou o casamento. Divertiam-se juntos e quando se deram conta três anos já haviam passado. Porém, certo dia seu chefe lhe trouxe uma proposta de casamento. Era um bom partido. Hagiwara não hesitou em se separar da namorada.

A mulher reclamou, mas ao que parece acabou desistindo e na despedida pediu-lhe que aceitasse a tigela como uma lembrança. Ele achou estranho um pedido dela para aceitar um presente quando seria mais compreensível que ela, ao contrário, lhe pedisse algo de recordação. Contudo, sem pensar muito, recebeu a peça.

Algum tempo depois as conversas de casamento fracassaram. A moça, sobrinha do chefe, fugiu com um homem de quem gostava havia tempos. Na mesma época, Hagiwara fraturou a clavícula. Não aconteceu quando praticava esportes, mas ao se virar na cama dormindo. O trabalho na empresa não ia bem. Mudanças de pessoal em uma empresa cliente levaram ao corte abrupto nos pedidos, e corria o boato de que cometera assédio sexual contra uma moça do mesmo setor. Como se isso não bastasse, recebeu ordem de despejo, pois o prédio onde morava de súbito fora condenado à demolição.

Tudo isso aconteceu depois de receber a "tigela de lembrança" da ex-namorada. Nesse momento ele a contatou pensando em lhe devolver o objeto, mas o número do celular mudara. O mesmo aconteceu com o endereço eletrônico dela. Também mudara de residência e, de mais a mais, trocara de emprego.

Desesperado, resolveu consultar um conhecido, vidente nas horas vagas, que lhe garantiu que o problema estava na tigela. Havia rancor impregnado ali, por isso Hagiwara não deveria vendê-la nem guardá-la. A opção era confiá-la ou emprestá-la a alguém, mas isso não eliminaria por completo o rancor. Todavia, seria melhor do que permanecer de braços cruzados.

Hagiwara contou a conta-gotas essa história, dirigindo-se a Masayo.

— Mas se for mesmo porcelana coreana da dinastia Koryo deve valer um bom dinheiro. Quem a presenteou não pode ser má pessoa — comentou Masayo quando a história acabou.

— O problema não é esse — interveio o senhor Nakano, mas ao ouvir as palavras de Masayo o rosto de Hagiwara enrubesceu um pouco.

— Tem razão, não sei por que fui me separar dela — reconheceu ele, baixando a cabeça.

— De fato, não se pode abandonar facilmente uma mulher com a qual se está acostumado — disse Masayo, conclusiva.

Olhei para Hagiwara e imaginei se só haveria aquela conclusão a ser tirada. Ele assentiu várias vezes. Por outro lado, o senhor Nakano mostrava uma expressão embaraçada. Provavelmente refletia sobre sua própria "triplicidade".

— Haruo, que acha de levar a peça para a loja de Sakiko? — perguntou Masayo com uma voz particularmente entusiasmada. O senhor Nakano ergueu o rosto e olhou ao redor com desassossego.

— Isso mesmo, esse tipo de objeto é perfeito para a Asukado — disse Masayo, enrolando com cuidado a tigela de porcelana coreana nas folhas de jornal. O cliente contemplava o movimento das mãos dela. Sem aguardar a resposta do irmão, ela tirou o fone do gancho.

— Asukado, Asukado — repetia enquanto pressionava as teclas.

Quase boquiaberto, o senhor Nakano contemplava as costas da irmã. Assim como o patrão, eu e o cliente a admirávamos embasbacados.

Não demorou quinze minutos após o telefonema para Sakiko aparecer.

— Boa tarde — cumprimentou.

Até mesmo um mero "boa tarde" saído da boca de Sakiko poderia ser dotado do poder extraordinário de uma praga ou ser entendido como uma benção. Praga ou benção, daquela vez eu não saberia identificar.

— Eis o cliente — Masayo apontou Hagiwara com o queixo. Ao contrário do senhor Nakano, suas palavras são polidas, mas, no que se refere à atitude, definitivamente não é apropriada ao trato com o público.

Sakiko desenrolou os jornais. De fato possui gestos mais delicados para manusear cerâmicas do que o senhor Nakano e Masayo.

— É uma porcelana celadon coreana, não? — perguntou Sakiko ao ver a tigela. Hagiwara assentiu.

— Com esse verniz, é provável que valha uns trezentos mil ienes — arrematou Sakiko.

— Não, não tenho intenção de vendê-la — afirmou Hagiwara e Masayo revezou-se com ele nas explicações.

— Rancor — pronunciou Sakiko com serenidade tão logo Masayo terminou a história, e olhou para o senhor Nakano. Nessas ocasiões seria preferível que o patrão fosse se enfurnar no cômodo dos fundos, mas permaneceu plantado como um idiota ouvindo a conversa.

— Vejamos então, faça o favor de expô-la na Asukado — pediu o patrão. Começou com um "vejamos então", no mesmo tom de sempre, arrefecido no final. Sakiko contemplava o senhor Nakano com fisionomia inexpressiva.

— É complicado lidar com um objeto que carrega semelhante história — retrucou Sakiko de rosto sempre inexpressivo. Hagiwara segurou a cabeça.

— Qualquer pessoa possui ressentimentos, não é nada tão sério assim — disse Masayo de modo jovial.

Sakiko, cuja expressão permanecera impassível diante das palavras do senhor Nakano, retesou-se por um instante.

— Peço-lhe que a guarde — pediu com veemência Hagiwara dirigindo-se a Sakiko. Ela retornou à fisionomia inexpressiva.

— Também pode ser aqui em sua loja — virou-se em direção ao senhor Nakano para pedir.

— Aqui não — replicou o patrão, soltando uma baforada do cigarro.

Hagiwara desviou o rosto, contrariado. Ao que parece seu descontentamento não se devia à maneira pouco cerimoniosa do patrão, mas sim ao cigarro.

— Se aceitar, posso alugá-la por vinte mil ienes — propôs tranquilamente Sakiko.

— Que história é essa de aluguel? — retrucou Masayo em voz alta.

— Bem, já que não se pode comprá-la... não é mesmo? Neste caso, eu a tomo emprestada por um longo tempo e quem sabe o aluguel possa se transformar em aquisição... mais ou menos isso — explicou Sakiko, mantendo o rosto inexpressivo.

Difícil entender essa conversa. Via-se um ponto de interrogação no rosto do senhor Nakano e de Masayo, mas, pressionados pela expressão inescrutável de Sakiko, acabaram se calando.

— Quer dizer que além de aceitar guardá-la ainda me pagará vinte mil ienes? — perguntou Hagiwara.

— Veja bem, no final pode acontecer de você acabar não a resgatando e terminando com apenas vinte mil ienes — explicou Masayo, mas Hagiwara fingiu não ouvir.

Sakiko também se fez de desentendida.

Enfim, Hagiwara partiu após assinar em nome da Asukado um recibo pelos vinte mil ienes. Logicamente deixou a tigela. A refinada porcelana celadon coreana era um pouco menor do que as tigelas de arroz com carne de porco frita dos restaurantes de pratos feitos. Era uma peça única, não daquelas provenientes de escavações, mas passada de pai para filho, e apresentava apenas uma falha insignificante.

— Bem, preciso ir — anunciou Sakiko, carregando apertada contra o peito com todo cuidado a tigela reembrulhada no jornal e envolta em plástico bolha. Ela partiu às pressas sem sequer olhar para o senhor Nakano.

— Sakiko tem mesmo jeito para negócios — afirmou o senhor Nakano, aparentando admiração.

— Teria sido melhor guardar o objeto aqui, sem chamar a Asukado — completou Masayo, alheia ao fato de que ela mesma havia telefonado.

— De jeito nenhum quero manter em minha loja um objeto carregado de rancor — concluiu o patrão sorvendo seu chá. Estávamos provando os feijões doces que eu comprara na doceria da rua comercial quando o senhor Nakano me mandara fazer compras. Ele mesmo preparou o chá, bem forte.

— São deliciosos — eu disse. E depois de pestanejar por um momento ele replicou:

— Hitomi, você é gentil, estou emocionado.

— Com tanta maldade por aí, ninguém mais é cortês com ninguém — afirmou Masayo sem reservas. O senhor Nakano não replicou, continuando a sorver o chá com o olhar distante.

Nessa semana houve muitas retiradas e quase não cruzei com Takeo. Como todos os dias havia em média três saídas, ele parecia voltar para a loja após as oito da noite.

No final de semana fui mandada de novo às compras. Quando confirmava quanto dinheiro restara na carteira, preparando-me para sair, o senhor Nakano se aproximou me dizendo "não se preocupe, eu a levo de carro, assim evita pagar condução e o jantar é por minha conta. Hoje não haverá visita ao banco e quero que você me acompanhe à feira".

A "feira" a que ele se referia era o leilão dos profissionais do ramo. Havia leilões de vários tipos, dependendo das peças oferecidas. Por se tratar de uma "feira de preços um pouco mais altos", disse que queria me levar no lugar de Takeo.

— Por que não pode ser Takeo? — indaguei e o senhor Nakano riu, respondendo estranhamente.

— Não sei, mas uma moça anima qualquer ambiente, não concorda?

— Leilões são todos um porre — interveio Masayo, mas o patrão limitava-se a sorrir.

Apenas depois da feira começar me dei conta do real motivo para o senhor Nakano ter me levado. Senti o olhar forte de alguém diante de mim. Do outro lado da feira estava Sakiko.

Quando um vaso foi posto à venda, Sakiko deu um lance, mas logo depois desistiu e não participou mais. Por outro lado, o senhor Nakano gritava a cada relógio antigo que aparecia. Um cliente conhecido lhe havia pedido um relógio, segundo ele me confidenciou em uma pausa do leilão.

— Sakiko é bastante cerimoniosa, não acha? — murmurei para o senhor Nakano, mas ele negou com a cabeça.

— É apenas pelo fato de não ter nenhuma peça do interesse dela. Ela é conhecida por não arredar pé quando encontra algo que de fato queira — cochichou por sua vez o patrão.

Depois de cerca de duas horas o leilão enfim acabou. Quando alguns comerciantes de antiguidades se moviam em direção à saída, o senhor Nakano disse:

— Hitomi, você e Sakiko parecem se entender bem.

— Bem, nada de especial — respondi, mas o senhor Nakano não prestava atenção.

— Vejamos então, pergunte a ela se não gostaria de jantar conosco. Por favor, Hitomi.

— Entendido — respondi, sem outra opção.

Um sorriso apareceu no rosto do senhor Nakano. Existe a expressão "sorriso infantil", mas o dele era próprio a um homem de meia-idade. Um pouco impudico, porém simpático. Imaginando que com a idade as mulheres acabam por não resistir a um sorriso semelhante, caminhei devagar em direção a Sakiko, que estava de pé à porta.

A refeição transcorreu de modo simples.

— Não posso ingerir bebidas alcoólicas — avisou Sakiko com frieza. Incapazes de nos opor a ela, entramos num restaurante familiar bem próximo.

— A iluminação não é muito forte aqui? — resmungou o senhor Nakano.

De início pensei que eles deveriam jantar sem mim, mas logo compreendi que seria um sofrimento para o senhor Nakano suportar sozinho a obstinação de Sakiko. Por fim, contagiou-me também o sentimento de vergonha do patrão e ao final do jantar os três acabamos completamente mudos.

— Bem, eu já vou. Gostaria de acompanhá-la até sua casa, Sakiko, mas tenho certeza de que você não aceitaria — declarou o senhor Nakano ao pagar a conta no caixa.

Ela olhava fixamente para ele, mas, ao contrário do esperado, respondeu:

— Leve-me, então.

De súbito, o senhor Nakano sorriu. Era um sorriso de homem de meia-idade semelhante ao que dera havia pouco, muito simpático. Sakiko virou o rosto.

Dentro do caminhão o silêncio prosseguiu. O patrão dirigia, Sakiko estava do lado oposto e eu, como se fosse filha deles, sentava entre os dois. Em certo momento o senhor Nakano ligou o rádio, mas logo o desligou.

Chegamos à entrada da Asukado. Sakiko desceu escorregando do caminhão e fez menção de ir direto para os fundos, mas de repente parou e, virando-se, convidou:

— Entrem por um momento — o tom era calmo mas não nos deixava escolha.

— Sim — concordamos, e o senhor Nakano e eu descemos devagar do caminhão.

O ar estava límpido dentro da Asukado. No exterior só havia o ar frio noturno, mas dentro da loja sentia-se que o ar também estava seco e um pouco mais carregado de oxigênio.

— Você colocou uma planta no vaso — observei e o rosto de Sakiko se distendeu. Sob os olhos, as olheiras se acentuaram.

Ela abriu uma gaveta acoplada à parte inferior de uma estante e de lá retirou algo envolto em plástico bolha. Era a tigela de Hagiwara que ela guardava pagando um aluguel de vinte mil ienes. Estava embrulhada com mais cuidado do que quando fora trazida da Quinquilharias Nakano no outro dia.

Abriu o pacote sem uma palavra e, afastando um prato antigo com desenhos de peixes nadando e pequenas taças de saquê em porcelana áspera esbranquiçada que estavam sobre uma estante ornamental, colocou bem ao centro a tigela de Hagiwara.

Por alguns momentos, Sakiko franziu os olhos admirando a tigela.

— Quando é colocada assim na Asukado, seu valor transparece ainda mais aos olhos — declarou o senhor Nakano em voz baixa.

Sakiko não lhe deu ouvidos. Voltou a se agachar diante da gaveta, de onde retirou uma caixinha de paulównia embrulhada em tecido.

— Algum pingente? — balbuciou de novo o senhor Nakano, mas Sakiko não lhe prestou atenção. Ela abriu com destreza a caixinha. Ali fora estendido um almofadado de algodão envolvendo três objetos cúbicos.

— Dados? — perguntou o senhor Nakano e olhou com certa parcimônia para dentro do objeto, algo que não era próprio dele. Eu acabei motivada a olhar também. Eram dados de cantos um pouco gastos e de cor leitosa e um pouco amarelada.

— São antigos? — perguntei e Sakiko inclinou a cabeça.

— Não sei ao certo. Talvez da segunda metade da Era Edo[7].

Sakiko pôs os dados ao lado da tigela. Foram colocados os três ao acaso, e, se fosse tirada uma foto deles, sua disposição seria "artística".

— Vamos jogar *chinchirorin*! — disse Sakiko.

— Ahn? — redarguiu o senhor Nakano.

— Ahn? — eu também balbuciei, imitando-o.

Sakiko abriu um sorriso. Havia tempos que não contemplávamos seu rosto sorridente. Porém, seus olhos não riam.

— *Chinchirorin*.

Quando Sakiko repetiu aquilo, o ar dentro da loja tornou-se mais tenso. O senhor Nakano e eu sentimos o corpo tremer.

Eu serei os pais. Você e Hitomi serão os filhos. — disse Sakiko com traquilidade. O tom de voz ao dizer "você" misturava uma doçura quase imperceptível. Decerto não era essa a sua intenção, mas acabou deixando escapar o tom a que se acostumara.

— *Chinchirorin*, eu nunca... — encetei.

---

7. A era Edo se inicia em 1603 e vai até 1867. [N.T.]

Sakiko sorriu outra vez (mas, como sempre, os olhos não riam) dizendo:

— Vamos, é fácil, basta jogar três vezes estes dados — e os cobriu com a mão.

O senhor Nakano permaneceu mudo.

— Se saírem o quatro, o cinco ou o seis, os pais ganham — explicou e, segurando os dados em suas mãos delgadas, lançou-os para dentro da tigela.

— Ah! — exclamou o senhor Nakano.

— O que houve? — respondeu Sakiko, erguendo os olhos em direção ao patrão. As bolsas sob seus olhos aparentavam estar ainda mais entumecidas, mas, olhando de cima, sua expressão parecia tranquila.

— Não há perigo de rachar? — perguntou o senhor Nakano apontando para a tigela. — Não precisa necessariamente usá-la.

— Eu aceitei guardá-la por vinte mil ienes. Qual o problema? — revidou Sakiko, categórica.

— De qualquer forma, é um desperdício.

— Basta tomar cuidado ao jogar os dados.

— Hitomi, você se acha mesmo capaz de tomar cuidado? — seu ataque se dirigiu a mim.

— Não consigo — titubeei, olhando para Sakiko. O senhor Nakano também a olhou.

Imaginei que eu e o patrão de alguma forma tínhamos semelhanças. Sim, éramos como pintos a esperar por ração.

— Olhe, já saíram — Sakiko gritou sem olhar nem para mim nem para o senhor Nakano. Dois dados dentro da tigela indicavam o número três. O outro estava com o lado do cinco virado para cima.

— Então, agora é sua vez — disse Sakiko, colocando os dados na mão do senhor Nakano. Era uma voz gentil, mas sem perdão.

O senhor Nakano jogou os dados a contragosto. Sakiko os lançou energicamente de bem alto, mas o patrão não os jogou, lançou-os bem de perto da borda, com cuidado, como se os pousasse dentro da tigela.

Os dados rolaram devagar. Dois deles pararam dentro da tigela, o terceiro bateu na borda e acabou do lado de fora depois de um movimento vacilante.

— Está fora — gritou Sakiko outra vez e gargalhou. O senhor Nakano estava emburrado. A risada de Sakiko ecoava na penumbra da loja. Eu estava esmagada e tinha o corpo tenso.

— Me diga por que temos de jogar *chinchirorin*? — perguntou o senhor Nakano pausadamente.

— Estamos apostando — respondeu Sakiko.

— Olhe, não tenho dinheiro.

— Não tem relação com dinheiro.

— Eu também devo apostar?

— Não, não, Hitomi, não se preocupe.

— Bem, agora é sua vez, Hitomi — Sakiko pegou o dado caído do lado de fora e o pousou, junto com os dois que estavam dentro da tigela, na palma de minha mão. A mão de Sakiko estava tremendamente gelada.

Sakiko repetiu que era minha vez e, fechando os olhos, lancei os dados.

Ouviu-se um *tin*. Os dados giraram ao longo da borda da tigela. O primeiro deles parou voltado para o número um. Os outros dois logo interromperam o movimento e também mostravam o mesmo número.

— Vejam só, uma trinca — balbuciou o senhor Nakano com voz abafada e soltou um suspiro.

— Hitomi venceu — anunciou Sakiko.

— Ah — assenti sem entender nada.

Por algum tempo Sakiko se calou. Estando ela quieta, é lógico que eu e o senhor Nakano também nos conservamos em silêncio.

— Bem, então terminou — informou Sakiko de repente, mal passados cinco minutos.

— Hein? — exclamou o senhor Nakano. Lancei um olhar furtivo a Sakiko, que para minha surpresa sorria. Os olhos também riam com delicadeza.

— Haruo, você escapou por um triz — balbuciou Sakiko.

— Hein? O que quer dizer com isso? — retrucou o patrão, mas ela nada respondeu.

Sem insistir subimos no caminhão e voltamos para a loja. O senhor Nakano se prontificou a me levar até minha casa, mas eu queria andar um pouco. Pensei que talvez no caminho eu desse de cara com Takeo, como acontecera uma vez. Desejava ardentemente encontrar-me com ele. Pressentia que já poderíamos nos reconciliar. Assim, sem razão especial.

Não encontrei Takeo. Segui o caminho de casa recordando várias vezes as palavras de Sakiko: "Você escapou por um triz." Logo começaria o inverno. À medida que a noite avançava, o ar tornava-se límpido. Apressei o passo balbuciando para mim mesma as palavras pronunciadas por ela.

* * *

— Nossa, Hitomi, você é mesmo fantástica! Masayo me disse isso cerca de duas semanas mais tarde. — Parece que você salvou o pescoço de Haruo — Ela exclamou sorridente.

— O que quer dizer com isso? — perguntei e ela respondeu que a pequena Sakiko lhe contara o que se passara naquela noite.

De repente, Sakiko passara a ser chamada de "pequena".

Segundo Masayo, naquela noite Sakiko apostara nos dados o seu relacionamento com o senhor Nakano.

— Uma aposta? — balbuciei e Masayo assentiu com um gesto brusco da cabeça.

— Sim, ela jogou.

Se Sakiko ganhasse, ela se separaria dele. Se o senhor Nakano saísse vencedor, manteria o relacionamento. Se eu triunfasse, ela continuaria observando por mais algum tempo.

— No final, você acabou ganhando, não foi? — perguntou Masayo perscrutando meu rosto.

— Não entendo as regras do *chinchirorin*. — respondi e Masayo voltou a rir.

Na mesma semana Sakiko apareceu na loja. Foi num momento em que o senhor Nakano não estava. Entregou um pequeno pacote a Masayo e sem delongas se preparou para partir.

— Obrigado pelo outro dia — disse, voltando a cabeça. Parecia estar se dirigindo a mim. Às pressas, respondi um "por nada" e Sakiko sorriu. Seus olhos, de fato, não riam.

Ao sair para me despedir dela, ela olhava meio distraída para uma máquina de escrever exposta na frente da loja.

— Bem, eu... — encetei dirigindo-me a ela. — Seria possível perdoar o senhor Nakano?

— Hein? — exclamou Sakiko.

— Desculpe-me esse pedido repentino — eu disse e ela meneou a cabeça.

— Não se preocupe.

— Não posso perdoá-lo — declarou com serenidade após um momento.

— Mes... mesmo assim, não se separará dele? — perguntei e outra vez ela se calou.

Depois disso, afirmou em tom sério:

— Essa é outra história.

Dito isso, virou-se de costas num volteio. Fixei os olhos em seu dorso que diminuía à medida que ela se afastava. Lembrei-me vagamente da sensação agradável quando saiu a trinca de números nos dados.

Depois de balbuciar "Takeo, seu idiota", cerrei os olhos com força. Ao abri-los momentos depois, a silhueta de Sakiko desaparecera.

As maçãs

— Ele fugiu de mim — declarou Masayo.

De início não consegui ouvir com clareza, pois foi justamente no momento em que Takeo carregava alguns pacotes, o senhor Nakano entrava e saía pela porta dos fundos e eu estava prestes a retirar as moedas de troco da caixa registradora.

O cliente saíra. Takeo, como sempre indeciso — nos últimos tempos não telefonava mais, mas na loja conversávamos normalmente —, saíra às pressas de volta a casa e o senhor Nakano, com uma toalha ao redor do pescoço, enxugava o suor da testa repimpado numa cadeira quando Masayo balbuciou de novo:

— Maruyama fugiu.

Tudo aconteceu ao mesmo tempo:

— Hein? — ergui o rosto.

— Como é? — exclamou o senhor Nakano excitado e Masayo abaixou a extremidade das sobrancelhas, aparentemente embaraçada.

— Por causa de dinheiro? — o patrão perguntou, tão logo ouviu as palavras de Masayo.

Quando fugiu? Por que motivo? E, antes de tudo, o que ela queria dizer com esse "fugir"? Ele a bombardeou de perguntas antes mesmo que ela pudesse fornecer qualquer explicação.

— Não é nada disso — respondeu Masayo e por um instante arqueou as sobrancelhas, que logo se enfraqueceram e voltaram a se relaxar.

Não era a Masayo que conhecíamos. Era impossível sentir vitalidade nela. O senhor Nakano permanecia com a boca aberta em ângulo indefinido. Ainda com as sobrancelhas caídas, Masayo sentou-se devagar na cadeira. O patrão fez menção de dizer algo, desistiu e, em vez disso, tirou seu boné marrom. Em seguida, recolocou-o na cabeça.

Por alguns momentos permanecemos os três como que petrificados, mas, quando não consegui aguentar mais, levantei-me sem jeito e caminhei de lado até o cômodo dos fundos. Como a loja estava desarrumada com as caixas que Takeo desembarcara, não era possível caminhar em linha reta.

— Ah, Hitomi, aonde vai? — perguntou Masayo num tom desanimado. Pela primeira vez eu a via assim.

— Vou ao banheiro — respondi e Masayo suspirou.

— Eu também vou dar uma saída — disse rápido o senhor Nakano, sem lhe dar tempo para argumentar. Abriu a porta da frente e saiu com um aspecto tão desajeitado quanto o meu.

A porta de vidro da entrada, deixada aberta até o início do outono, desde novembro permanecia sempre fechada. Como de repente algo que sempre estava escancarado se fechou, tivemos a impressão de frieza.

— Todo inverno nós a fechamos e a abrimos na primavera, mas este ano parece-me mais triste, não acha? — lembrei-me de Masayo ter comentado havia pouco.

Pensei por um instante serem palavras tímidas, não apropriadas a Masayo, mas naquele momento não dei muita importância.

Apesar da porta fechada, para indicar que estávamos funcionando o senhor Nakano pendurou no beiral um pedaço de papelão onde se lia "aberto".

— Por que Haruo insiste em fazer coisas para estragar a reputação da loja? — comentou Sakiko na semana anterior ao colocar os olhos sobre o papelão. Surgiu na loja dizendo ter aproveitado um compromisso próximo dali para dar uma passada. Naqueles últimos tempos ela aparecia com alguma frequência. É lógico que eu não podia imaginar se as vindas à loja significavam algum avanço no relacionamento dela com o patrão.

— Não acha? — perguntou ela, buscando a aquiescência de Masayo. Porém, esta se limitou a dar respostas evasivas. Naquele momento eu ainda não percebera que Masayo se mostrava diferente do que era costumeiro.

De início a palavra "aberto" estava escrita apenas a um canto da placa. Ao redor das letras, em marcador verde grosso, o senhor Nakano desenhou cuidadosamente uma moldura com marcador preto.

— Que tal? Muito artístico, não acha? — dizendo isso, o senhor Nakano abriu um buraco no papelão, pelo qual passou um barbante.

Aborrecido por ter sido criticado por Sakiko, ele retirou a placa da porta e a jogou ao lado da caixa registradora. Enquanto eu me perguntava se ele a deixaria ali, ele se precipitou ainda emburrado para o cômodo dos fundos, de onde voltou trazendo uma caixa com marcadores grossos de seis cores.

Virou o papelão e desta vez escreveu "aberto" com letras amarelas. A escrita era ainda mais grosseira do que aquela feita em verde na frente do papelão. Em seguida, retirou a tampa do marcador vermelho e fez de modo tosco um contorno, voltando a pendurar a placa na porta tão logo terminou.

Sakiko acompanhava tudo atônita, mas no final se pôs a rir quando o patrão lhe perguntou com rispidez:

— Então, melhor assim?

Depois de tomar uma xícara de chá Sakiko partiu, mas não antes de dizer ao senhor Nakano:

— Você é mesmo impossível.

Sentindo-se vitorioso, o patrão colocou as mãos nos quadris enquanto a observava partir. Ao passar pelo umbral, ela deu um peteleco na parte inferior do papelão. A placa balançou duas ou três vezes e logo parou.

— Quinhentos mil ienes garantidos — disse o homem.

Foi no início da tarde, quando Masayo acabara de sair para almoçar. Ela costumava trazer o almoço de casa ou preparava macarrão chinês com verduras ou arroz frito às pressas nos fundos da loja, mas naquela última semana, desde que nos informou haver sido abandonada por Maruyama, vinha sempre comendo fora.

— Em geral, onde você costuma almoçar? — perguntei ontem para puxar assunto; mas, inclinando a cabeça, ela respondeu desanimada:

— Bem, onde era mesmo? — calando-se em seguida.

Sem saber como prosseguir, fui às pressas limpar com um pano a caixa registradora.

— Quinhentos mil ienes — repetiu o patrão como um papagaio enquanto revirava com agilidade em uma das mãos o isqueiro de latão que o homem tirara com grande cuidado da bolsa.

— Ah — exclamou o homem. — Não o manuseie desse modo brutal.

— Perdoe-me — disse o senhor Nakano, erguendo a outra mão em sinal de desculpas. Não era um isqueiro de bolso portátil; era daqueles de mesa com desenho cilíndrico, curto e fornido.

— O bico de saída da chama é em formato de pistola, não é mesmo? — disse o patrão, fitando a peça.

— Reparou bem, pelo visto — retrucou o homem com ar de orgulho.

A parte que parecia uma vara saindo do corpo cilíndrico do isqueiro apresentava o formato do cano de uma pistola de brinquedo. Mesmo eu poderia observar isso num relance, mas com ar presunçoso o senhor Nakano arrematava com um "não é mesmo?", e, pior ainda, foi o cliente retrucar que o patrão "reparara bem".

O cliente explicou que o objeto pertencera a seu tio, um ex-embaixador, que por sua vez o ganhara de uma personalidade do Texas, onde ele estava lotado, e remontava à época do desbravamento.

— Então, esses quinhentos mil ienes... — o senhor Nakano começou como quem não quer nada.

— Mandei avaliar — o cliente orgulhoso redarguiu.

— Avaliar?

— Sabe aqueles programas de avaliação da TV?

— Você também apareceu na TV?

— Não foi bem assim: um dos antiquários que costumam participar do programa é grande amigo de um conhecido meu.

— Ahn — exclamou o senhor Nakano.

De qualquer maneira, descobrimos durante a conversa que a pessoa a quem o homem pedira a "avaliação" não era um comerciante de antiguidades oficial, mas um amigo que, por apreciar objetos antigos, costumava estar no meio de profissionais do ramo e, ademais, não passava de "um amigo de um conhecido de um parente" e não propriamente um amigo direto do tal homem.

— Estou precisando de algum dinheiro, entende?

— Seria mesmo difícil comprar pagando à vista — esclareceu lentamente o senhor Nakano.

— Mas não estou pedindo para sua loja comprá-lo — apressou-se o homem em retrucar. Enquanto estava apenas sentado era impossível notar, mas ao começar a falar certo nervosismo escapava por uma brecha de seu aspecto confiante.

— O conhecido de um parente de um conhecido me disse que sua loja tem um site de leilões pela internet — disse o homem em tom ainda mais célere do que antes.

"O conhecido de um parente de um conhecido?", o patrão repetiu assumindo um tom de gravidade. Sem dúvida,

é um homem de muitos relacionamentos indiretos. Contive-
-me para não cair na risada.

De fato, a Quinquilharias Nakano estava vendendo algumas mercadorias pela internet, mas o senhor Nakano não estava à frente dos negócios: as vendas eram feitas por consignação no site de Tokizo, codinome senhor Garça. Porém, o patrão não forneceu explicações detalhadas ao cliente.

— Então quer que leiloemos este isqueiro? — indagou o senhor Nakano.

— Sim, claro — assentiu o homem. Seus olhos vagueavam levemente.

— Entendo — retrucou o patrão num tom grave.

— Então? Aceita leiloá-lo? Ou não? — o homem questionou, impaciente. As costas até então aprumadas se arqueavam.

Esse tipo de cliente é perfeito para ser atendido por Masayo. Porém, não do jeito como ela estava naquele momento. Quando pensava nisso me entristecia um pouco. Não ficava triste por me colocar no lugar dela, mas uma melancolia indefinida tomava totalmente conta de mim sem que eu soubesse bem o porquê.

O patrão continuava, com calma, a conversar com o cliente. O condicionador de ar emitia um estranho barulho enquanto expelia ar quente.

— Está à venda? — perguntou Takeo olhando para o tal isqueiro, "presente de um texano ao tio embaixador".

No final das contas o senhor Nakano recebeu o isqueiro, mas não sem antes advertir:

— Entenda que se trata de um leilão. Provavelmente será difícil atingir quinhentos mil ienes. Concorda mesmo assim?

— Então, quer comprar? — perguntou o senhor Nakano.

Para minha surpresa, Takeo ponderava com seriedade. Espiei seu perfil. Aborreci-me de o ficar observando e logo desviei o olhar. Sem encontrar onde extravasar minha irritação, segurei com as mãos a barra de meu vestido e o balancei.

Era o vestido que o senhor Nakano me vendeu com desconto por trezentos ienes no dia da tempestade. A etiqueta mencionava ser 100% saraça indiana, mas deve haver muita variação de qualidade no algodão daquele país, pois na primeira lavagem o vestido encolheu bastante. Desde então o tenho usado na loja como avental por cima do jeans.

— Posso comprá-lo? — perguntou Takeo.

— Na realidade, você nunca comprou nada aqui da loja — afirmou o senhor Nakano agitando os olhos. — Ao contrário de Hitomi, que está sempre usando o desconto para funcionários.

Na realidade, o desconto funcionava apenas quando dava na telha do senhor Nakano baixar o preço. Inexistia um porcentual definido. Mas não posso negar que eu havia comprado muitos móveis e artigos de uso diário na Quinquilharias Nakano. A banqueta e aquele vestido eram da loja, mas o que mais costumava comprar eram cestos. De diferentes tamanhos, de trama grosseira ou fina, adquiri vários para jogar dentro deles qualquer tipo de coisa. Graças a eles meu apartamento está mais bem organizado do que antes.

— Ele afirma que o isqueiro vale quinhentos mil ienes — dirigiu-se o senhor Nakano a Takeo, rindo de modo sarcástico.

— Ahn? — respondeu Takeo com o rosto sem expressão.

Como Takeo se calou, o patrão também permaneceu em silêncio. O senhor Nakano me olhou como se quisesse me perguntar se teria dito algo errado. Takeo permanecia de pé, de rosto inexpressivo, sem notar a compleição do patrão.

"Detesto Takeo", pensei. Ele é sempre assim. Quase não se preocupa com os outros, mas parece forçar as pessoas a se afligirem por ele.

— Quem sou eu para ter quinhentos mil ienes — respondeu Takeo depois de algum tempo. Suas faces estavam um pouco avermelhadas.

O senhor Nakano se apressou em fazer um gesto de negação.

— Na realidade, vamos leiloá-lo e você poderia dar um lance, o que acha?

Takeo olhou para o patrão com um ar vago.

— Você não usa a internet? — perguntou o senhor Nakano, mostrando a palma da mão.

— Uso — respondeu Takeo de modo breve.

— Então vou lhe ensinar os macetes dos leilões. Experimente dar um lance. Se sair vencedor, não há despesas de envio — explicou o senhor Nakano mexendo irrequieto em seu boné. Manuseava-o exatamente como eu fizera pouco antes com meu vestido.

"De fato odeio Takeo", pensei de novo. Sinto isso ainda mais do que há pouco. Por que me atormento por alguém de quem nada devo esperar? Enfureço-me comigo mesma. Preciso chegar ao ponto em que possa afirmar tê-lo esquecido em definitivo, me apaixonar com loucura por um novo homem, deixar meu relacionamento com Takeo como uma doce lembrança e, comendo bastante legumes, algas e feijões, viver meus dias radiante de saúde e energia.

Enquanto pensava voltei a sentir completa tristeza. Não me entristecera por ter pensado nele. Definitivamente não.

A propósito, como estaria Masayo? Havia três dias que não a via. Depois que o cliente do isqueiro partiu, por mais que esperássemos, Masayo não voltava do almoço.

— Não é de hoje que minha irmã age assim. Apenas desaparece e um tempo depois surge como se nada tivesse acontecido — balbuciava para si mesmo o senhor Nakano enquanto fechava a loja.

O "minha irmã" do patrão nesse dia diferia da forma como de costume o pronunciava. Foi do tipo que possivelmente não diria aquele senhor Nakano insolente de meia idade, mas sim o lado adolescente e imaturo que ainda conservava.

— Que acha de eu ir até a casa de Masayo? — propus dirigindo-me ao patrão, que não cessara de manusear o boné. Eu procurava não olhar para Takeo.

— De fato. Pode ser melhor — respondeu o senhor Nakano, apreensivo. Takeo se moveu. Não entendo em absoluto o que ele pensava. Antes eu imaginava que o entendia um pouco.

— No caminho de volta darei uma passada lá — prometi.

O senhor Nakano juntou as mãos num gesto de súplica e tirou da caixa registradora uma nota de cinco mil ienes.

— Você poderia comprar uns pedaços de torta ou algo assim. — Ao dizer isso colocou a nota em minha mão.

A nota estava amarrotada. Takeo continuava de pé, imóvel.

* * *

Ao contrário do que eu esperava, Masayo se mostrava animada.

— Ah, que bom que você veio — disse e me convidou a entrar. Ao entregar-lhe as tortas do café Poésie, Masayo de imediato abriu o pacote.

— É verdade, Hitomi, são todos folhados — riu.

— Folhados? — Retruquei e Masayo ergueu as sobrancelhas.

— Lembra, quando você veio da última vez investigar minha situação com Maruyama a mando de Haruo — explicou ela colocando no prato à sua frente a torta de limão. — Vamos, pegue a que você gosta.

Falando nisso, eu já a visitara antes trazendo os mesmos doces do Poésie. Cerca de um ano se passara desde então.

— Como o tempo voa — declarou Masayo como se adivinhasse meus pensamentos.

— Como? — minha voz denotava admiração.

— Sem dúvida, torta de cerejas.

— Como? — repeti.

— Você escolheu também torta de cerejas da última vez.

— Foi mesmo? — exclamei atrapalhada e Masayo assentiu de modo enfático.

Durante algum tempo nos concentramos nas tortas. Quanto foi mesmo que o senhor Nakano me dera daquela vez? Cinco mil ienes? Três mil? Pensava nisso enquanto enfiava o garfo na torta. Era incapaz de me lembrar com exatidão.

— Diga, Hitomi, você considera o desejo sexual algo importante? — perguntou Masayo bruscamente.

— Como?

— Tudo se torna desinteressante quando não há desejo, não concorda?

Sem saber o que responder, mordi e engoli em silêncio a massa da torta.

— Você, Hitomi, ainda deve ter um desejo sexual intenso. Como a invejo! — declarou Masayo cheia de admiração enquanto debicava com o garfo o merengue fofo e leve da torta de limão. — A propósito, não acha que nos últimos tempos o sabor dos doces do Poésie vem decaindo um pouco? — prosseguiu ela num tom indiferente.

— Em geral não como muito, não saberia dizer — respondi num tom educado.

— Entendi — replicou Masayo, colocando na boca um grande pedaço de torta. — Mas hoje está deliciosa. Seria em razão de minha condição física? De fato é duro envelhecer.

Masayo o disse de modo jovial. "Desejo sexual", procurei repetir para mim mesma. Pareceu-me ter uma ressonância curiosamente alegre, semelhante ao tom usado por Masayo. "E eu não aprecio tanto assim as tortas de cereja", pensei. Mesmo assim, eu as acabo escolhendo, totalmente enfeitiçada pelo vermelho parecendo molhado.

O aroma da manteiga da massa da torta espalhou-se pelo interior de minha boca. O queixo de Masayo se agitava ao devorar a torta de limão.

Ela se pôs a falar de Maruyama.

Ao terminar de comer a torta, disse "mais uma" e deu cabo da mil-folhas.

— Seja como for, Maruyama desapareceu — declarou.

— De ver... verdade? — retruquei, hesitante. Pensava em como agir caso começasse ali uma consulta sentimental. Tudo bem se fosse eu a me consultar, mas não sou boa para dar conselhos.

— Sabe, havia indícios de que ele o faria. Ele se evadiu há duas semanas e cerca de um mês antes disso havia sinais. Ele vivia inquieto. Alheio. Descumpria os horários dos encontros. Mas, de qualquer forma, tinha o aspecto estranhamente alegre. Essa não é a típica atitude de um homem se engraçando com outra mulher? — perguntou Masayo como se me perscrutasse.

— Bem, sim — como não tenho nenhuma experiência com "homens se engraçando com outra mulher", apenas me limitei a afirmar com timidez.

— E ele foi embora. Acabou — arrematou ela de maneira sucinta.

— A... acabou então?

— Afinal, ele partiu, não? — Masayo argumentou no tom de voz chorosa de criança querendo doce.

Sem saber o que dizer, transferi para meu prato a torta de maçã. As do Poésie são ácidas. Usam maçãs verdes. Haruo não consegue comer essas maçãs.

"Aquele menino detesta coisas ácidas. Tem o paladar de uma criança" — disse Masayo certa vez.

Comi calada a torta de maçã. De início, ela colocou no prato um dos dois *choux à la crème* restantes, mas logo o devolveu à caixa, murmurando:

— *Choux* devem ser preparados com creme à base de ovos e baunilha e não com creme de leite como este.

— Ele não voltou para o apartamento dele? — perguntei ao terminar de comer minha torta, como em busca de confirmação. Maruyama não morava com Masayo, mas alugava um quarto num apartamento. Mesmo que ele tivesse "fugido" do relacionamento com Masayo, não teria voltado para o apartamento? Isso me veio à memória após finalmente me acalmar um pouco.

— De fato. Tampouco voltou ao apartamento.

"Tem ido verificar todos os dias?", pensei em perguntar, mas acabei não o fazendo.

— Tampouco telefona?

— Por que acha que o faria se ele fugiu?

— Não deixou nenhum bilhete?

— Absolutamente nada. Apenas sumiu de repente.

— De repente — repeti como uma idiota. — Vocês brigaram? — perguntei de modo tímido.

— Não.

— Algum parente faleceu?

— Se fosse isso, ele teria me avisado.

— Talvez tenha sido sequestrado?

— Um pobretão como ele?

— Amnésia?

— Ele nunca se separa da caderneta de pensionista.

Provavelmente devido ao tom despreocupado de Masayo, a discussão cada vez mais parecia girar sobre alguém que não nos dizia respeito.

— Será que não voltará em breve como se nada tivesse acontecido? Sabe como é o ser humano: às vezes bate um desejo enorme de viajar sozinho.

Quando dei por mim, eu dizia coisas semelhantes às respostas de consultas sentimentais. Masayo apenas assentia com a cabeça.

"Bom, essa é minha chance", pensei, e me transferi da almofada para o tatame. Ajoelhei-me e baixei a cabeça numa saudação de despedida, quando de repente me lembrei.

Partir desta para uma melhor.

Foi a expressão usada certa vez por Masayo.

— Se eu não tivesse nenhum contato, logo imaginaria que a pessoa teria partido desta para uma melhor — Masayo balbuciou quando perguntei a ela o que achava do fato de Takeo não atender minhas ligações direcionadas a seu celular.

— Ah — exclamei, e em seguida me calei, o que levou Masayo a me olhar desconfiada. Voltei a me sentar sobre a almofada. Quando me movi a mesa balançou e o papel laminado sob a torta de maçã emitiu um ruído.

"*Tchiri.*" Um som leve.

— Deu um lance no leilão? — perguntou o senhor Nakano a Takeo.

— Ainda não, mas pretendo fazê-lo.

— Não posso acreditar — o senhor Nakano arregalou os olhos. — Este isqueiro é tão bom assim? — perguntou, apesar de ter sido ele quem tomou o objeto em consignação.

— Não sei se é bom, mas faz meu tipo — respondeu Takeo.

— Tipo?

Os olhos do patrão arregalaram-se ainda mais.

Estávamos os três reunidos no cômodo dos fundos. Masayo não estava. Desde o dia seguinte à minha visita, voltara a aparecer na loja, mas por apenas cerca de uma hora pela manhã ou à tarde, logo partindo.

— Que acham de fazermos uma reunião? — propusera havia pouco o senhor Nakano enquanto baixava a porta metálica corrediça.

— Nada aconteceu que mereça ser reportado — respondi e ele indicou Takeo com o queixo dizendo que "lhe havia feito um pedido".

— Pedi a ele para checar como estavam as coisas no apartamento de Maruyama.

Depois de encomendar por telefone três tigelas de arroz com carne de porco à milanesa, colocamos os pés para dentro do *kotatsu*. Era um aquecedor pequeno de um cliente que viera dois dias antes vendê-lo alegando que era novo e que se desfazia por ter comprado outro. Aquecedores a gás e *kotatsus* são produtos de boa saída.

Não havia jornais ou cartas na caixa de correspondência do apartamento de Maruyama. O medidor de luz funcionava dentro da normalidade. As cortinas estavam abaixadas durante todo o tempo. Fora isso, nada mais em especial.

Depois do relatório curto e grosso de Takeo, foi a vez do meu, também direto e seco. Havia pouco mais de duas semanas que Masayo não recebia informações de Maruyama. Ele não avisara que partiria. A razão de seu desaparecimento era desconhecida (não informei a hipótese aventada por Masayo de que estaria se engraçando com outra mulher).

Havia tempos que nós três não nos reuníamos. Até antes do verão costumávamos ir almoçar juntos. Nessas ocasiões, o senhor Nakano apenas trancava a porta de vidro da entrada e largava a loja sem sequer colocar o aviso de "pausa para almoço". Na época, mesmo os lançamentos contábeis eram descompromissados e os cálculos dos salários, meu e de Takeo, variavam a cada mês. Naqueles últimos tempos a Quinquilharias Nakano começara a se organizar melhor como loja.

— Fui até a polícia — murmurou o patrão.
— Polícia? — redarguiu Takeo com aspecto tenso.
— Para checar se não teriam nenhum cadáver.
— Tinham? — perguntou Takeo, gritando.
— Nada — respondeu o senhor Nakano.

Suspiramos os três simultaneamente.

— Mas minha irmã tem estado mais animada nos últimos tempos — disse o senhor Nakano num sussurro.
— Tem razão. Um dia desses ela me chamou de "pequeno Takeo", algo que não fazia há tempos — Takeo também sussurrou.

Lembrei-me das palavras usadas por Masayo quando a visitei. Ela disse enquanto debicava com o garfo os restos de massa da torta que acabara de comer grudados no papel laminado.

— Eu imaginava que meu relacionamento com Maruyama fosse devido ao desejo sexual — foi o que ela disse. — Sabe, Hitomi, tanto os homens quanto as mulheres possuem desejos sexuais e com certeza se apaixonam para satisfazê-los. Fala-se de amor, paixão e vários outros sentimentos, mas, por mais que estejam embalados num lindo papel de embrulho, é fato que é o desejo sexual quem compele intensamente as pessoas ao idílio.

— Ahn? — retruquei.

— Mas... — prosseguiu Masayo. — Mas talvez não fosse desejo o que existia entre mim e Maruyama. — Ela ergueu bem alto as sobrancelhas. Fitou-me.

Comecei a me sentir como uma estudante tendo uma entrevista em particular com seu professor e, sem perceber, no lugar de um "ahn" acabei respondendo um "é".

— Desde que Maruyama partiu sinto-me muito solitária — disse e fungou.

— Há relação entre solidão e desejo? — perguntei.

— Pela minha experiência até o momento, o desejo não nos faz sentir sós, apenas irritadiços.

— Irritadiços — balbuciei.

— De início, pelo menos. Em seguida, após algum tempo, advém a solidão.

— Nessa ordem?

— Sem dúvida nessa ordem.

— É assim mesmo — Masayo prosseguiu. — É assim mesmo, é a primeira vez que me sinto tão só — disse Masayo, com uma expressão ingênua. — De fato, é a primeira vez.

"Se na origem não houvesse o desejo sexual, o que poderia ter sido então a base do idílio entre Masayo e Maruyama?" Enquanto caminhava após sair da casa dela, eu refletia profundamente.

Ouvi alguém bater na porta metálica. O senhor Nakano se inclinou pela porta dos fundos e chamou o rapaz da entrega.

— O arroz com carne de porco à milanesa dos restaurantes de macarrão são ainda mais gostosos do que o dos estabelecimentos especializados nesse prato — disse o senhor Nakano enquanto pegava uma porção com os palitinhos. Takeo e eu comíamos cabisbaixos e calados.

A data limite para ofertas no leilão era o dia seguinte, às oito horas da noite. Takeo deu um pulo em casa à tardinha e quando voltou trazia com ele um *notebook* de modelo antigo. Conectou à rede na loja e, sob a orientação do senhor Nakano, deu um lance.

— Pelo visto, mil e cem ienes — riu o patrão, vendo surgir a tela ao se conectar à rede. O site de Tokizo estipulava mil ienes como preço mínimo de oferta. Os participantes do leilão conhecem muito bem o valor das mercadorias e quase não há casos em que se fixa um preço absurdamente baixo ou alto.

— Esses cem ienes parecem gozação — disse o senhor Nakano movimentando o *mouse*. As cinzas do cigarro que mantinha na boca caíam, espalhando-se sobre o teclado.

— Desculpe, desculpe — disse, tirando as cinzas de modo indelicado. Takeo teve um sobressalto.

— Como se não bastasse, só há dois ofertantes.

Mesmo faltando cinco minutos para as oito, o isqueiro só recebera três lances.

— Quando a competição é acirrada é bom fazer o lance bem próximo do horário limite, mas desse jeito não deve haver problemas em dá-lo já — o senhor Nakano bateu vacilante sobre o teclado. — Veja — o patrão inclinou-se para um lado e de trás dele Takeo espiou a tela.

— Mil e quatrocentos ienes — balbuciou Takeo. — Desse jeito vale mais a pena retirá-lo do leilão, não acha?

— Mas foi o cliente quem quis leiloá-lo — argumentou o patrão sem dó, voltando a segurar o *mouse*.

— Ah — o senhor Nakano exclamou e eu também espiei por sobre o ombro dele. O valor que aparecia ao lado do isqueiro mudara para mil e setecentos ienes. Em contrapartida ao lance de Takeo, o primeiro ofertante elevou seu preço de oferta. O senhor Nakano bateu outra vez no teclado.

— Quer trocar de lugar comigo? — Takeo propôs ao patrão que, sem se virar, negou em voz baixa.

O preço na tela mudou para dois mil ienes. Logo em seguida subiu para dois mil e quinhentos ienes, e quando o senhor Nakano teclou mais uma vez chegou a três mil.

Eu estava ao lado de Takeo, os olhos pregados na tela. Há quantas semanas eu não me aproximava tanto dele? Ele exalava cheiro de sabonete. O mesmo de quando fora a meu apartamento.

Ouviu-se um som surdo e o relógio de parede à venda soou no interior da loja.

— Tomara que não se estenda por muito tempo — balbuciou o senhor Nakano.

Por algum tempo ele esperou diante da tela, mas por fim se levantou.

— Takeo, experimente você — sugeriu.

— Ahn? — exclamou Takeo sentando pesadamente na cadeira. Era a vez do aroma de shampoo se elevar da cabeça dele, que estava em posição mais baixa.

Os olhos dele estavam colados na tela. Não fazia menção de tocar o teclado. Já eram oito horas e três minutos no mostrador na parte superior da tela. Devagar, afastei-me de Takeo.

— Arrematado — declarou Takeo, provavelmente uns dez minutos depois. — Quatro mil e cem ienes.

— E o cara queria quinhentos mil, é mole? — disse o senhor Nakano, rindo.

Takeo retirou do bolso uma nota amassada de cinco mil ienes. Do outro bolso extraiu uma moeda de cem ienes e entregou ambas ao patrão.

Depois de ponderar por alguns momentos, Takeo disse:

— Não precisa de troco. Diga ao cliente que foi vendido por esse preço.

— Quanta generosidade — o senhor Nakano voltou a rir. Embrulhou o isqueiro numa folha de jornal. Depois de recebê-lo, Takeo o enfiou em sua mochila junto com o *notebook*, mas logo em seguida retirou apenas o isqueiro, desembrulhou-o e o pôs sobre a prateleira do cômodo dos fundos.

— Posso deixá-lo aqui? — pediu Takeo, e o senhor Nakano assentiu com uma interrogação no rosto.

— Por que não vai levá-lo?

Takeo permaneceu calado por algum tempo, mas por fim respondeu:

— Em casa não fumo e por isso vou deixá-lo aqui onde todos possamos usá-lo.

Maruyama voltou.

Como eu dissera em desespero de causa, o motivo do desaparecimento foi exatamente "ter sentido vontade de viajar à toa", conforme, ao que parece, ele explicou.

— É claro que isso me cheira a mentira — declarou Masayo.

Comíamos macarrão chinês no cômodo dos fundos. Masayo o preparara do seu jeito especial de sempre. Ela fungava enquanto erguia bem alto os fios com os palitinhos. Com aquele frio, ao comer macarrão o nariz escorria mais do que de hábito. Ela prosseguiu devagar.

— É mentira?

— Mentira pura, afinal estou certa de que ele fugiu — disse lentamente.

— Como pode saber que foi uma fuga?

— Simplesmente porque o amo — respondeu ela de maneira calma.

— A senhora o ama — balbuciei, repetindo como um papagaio.

— Não posso?

— Bem, não, é que, claro — apressei-me em sorver o macarrão. Fiquei asfixiada de tão quente.

Ouviu-se o ruído do motor do caminhão. Takeo deveria estar a ponto de sair. Dei uma espiadela no isqueiro de latão pesado posto sobre a prateleira. Ao ouvir que o preço final de venda fora cinco mil e cem ienes, o cliente reclamou por alguns momentos. Olhou com rancor para o senhor Nakano, dizendo coisas como "não poderia imaginar que sairia por um preço tão baixo".

— O problema é o *Made in China* inscrito na parte de trás da peça — informou o senhor Nakano, tranquilo, depois de deixar o cliente reclamar com rispidez, o que fez o homem empalidecer na mesma hora e, em seguida, calar-se.

— Passei a ter medo de me apaixonar — declarou Masayo como se cantasse uma canção.

— Só agora passou a ter medo? — retruquei.

— Bem dito, Hitomi — riu Masayo. — Não resisto ao ver que moças como você entendem o dilema do amor depois do desejo sexual quase se extinguir — completou, sorvendo ruidosamente o macarrão. Eu a acompanhei.

Após haver terminado de comer, postei-me diante da pia e bebi um copo de água. Masayo trouxe as tigelas vazias e me entregou uma maçã. De pé, dei uma mordida. Estava ácida.

— É uma maçã verde — disse Masayo, mordendo também.

Na realidade, eu sabia que Takeo se preocupava bastante com as pessoas.

Decididamente não conseguia odiá-lo.

Refletindo sobre isso mordi a maçã. Senti a acidez cáustica da fruta. Fazendo barulho, devoramos nossas maçãs até os caroços.

Gim

— Pois aquilo é exatamente como as pinturas a óleo da Idade Média europeia que retratam senhores obesos bebendo a rodo direto das botelhas.

Sakiko inclinou o pescoço ao ouvir essa explicação do senhor Nakano.

— A que você se refere, afinal?

— Lembra-se daquele pai e do filho que pintavam juntos, Pieter ou um nome parecido? Nas pinturas deles de festas camponesas todos bebem em apenas um trago, segurando com violência o gargalo fino do frasco em suas mãos grandes e peludas.

— Pieter? — Masayo voltou a inclinar a cabeça.

— Pieter deve ser um nome tão comum quanto Taro no Japão — Sakiko franziu os olhos. A parte inferior de suas amplas pálpebras se inchou.

— Escute, vejamos então, era Bru... Bru alguma coisa. Bruegel, eu acho. Pinta quadros cheios de homens de meia-idade com calças justas bebendo o tempo todo.

— Será que ele os pintava em seu ateliê? — desta vez, Sakiko abriu bem os olhos e os fixou no senhor Nakano. Ele pareceu ter ficado tenso por instantes ao ser olhado por Sakiko.

O ar quente exalado pelo aquecedor a querosene trazido para ser posto à venda alguns dias antes por um cliente só chegava ao lado direito de meu corpo, provocando uma estranha sensação. Quando eu já pensava que não esfriava, mesmo tendo começado o inverno, assim que o ano mudou esfriou bastante e minhas mãos e meus pés se enregelavam apesar do condicionador de ar sem eficácia da loja.

— Não vamos vendê-lo, mas usá-lo — anunciou o senhor Nakano, tão logo o cliente virou as costas deixando o aquecedor. Mandou Takeo comprar querosene e no mesmo instante ligou o aquecedor com ar de felicidade. Parecia uma criança que acabara de ganhar um brinquedo de corda e no mesmo momento o colocara para funcionar.

Ao abaixar-se, o senhor Nakano recebeu no rosto o ar quente expelido com força.

— Os aquecedores a querosene de agora são diferentes dos antigos. Veja, o rosto não se avermelha ao calor da chama — Masayo, que também se agachara ao lado do patrão, não cansava de mostrar sua admiração.

— Dia desses vi uma dessas botelhas de bebida.

O senhor Nakano falava diligentemente a Sakiko. Ela respondia de modo evasivo enquanto examinava o fundo de uma cesta trançada com fibras de aquébia.

— Esse cesto é gracioso, não acha? — perguntei e Sakiko assentiu com a cabeça.

— Com certeza. Mas é quase novo.

Sorri ao ouvi-la falar dessa forma. É um mundo estranho esse onde o valor diminui quando os objetos são novos e estão em perfeito estado.

De repente, o senhor Nakano interrompeu a conversa e ergueu os olhos para o teto. Durante algum tempo permaneceu com a cabeça levantada, mas ao final movimentou-se devagar até um canto da loja e sem mudar de posição tateou até achar uma vassoura ali encostada. Voltou lentamente ao local de antes e, gritando "lá vai", deu uma estocada no teto com a ponta do cabo.

— O que houve? — perguntou Sakiko entreabrindo um pouco os lábios. Pareciam pétalas.

— Camundongo — respondeu o patrão. — Com sorte há casos em que o choque o faz perder os sentidos.

— Será que perderia os sentidos por tão pouco? — riu Sakiko.

Sem se importar mais com o camundongo no forro do teto, o senhor Nakano voltou a falar sobre as botelhas de bebida da Idade Média.

De repente me deu vontade de ter uma.

— E o preço? — perguntou Sakiko.

— Caro.

— Uns cem mil?

— Estimam em duzentos e cinquenta mil.

— Exagero — disse Sakiko com ar de admiração e voltou a franzir os olhos. Ela os franze de diversas maneiras. A mais recente delas era do tipo peculiar aos comerciantes. O curioso é que nessas ocasiões a parte inferior de suas pálpebras quase não se intumescia e seus lábios pareciam mais finos do que de hábito.

— É mesmo exorbitante!

— Mas como sou especialista em peças japonesas, não estou por dentro das cotações — afirmou Sakiko, com a expressão de quem considera o valor absurdamente alto.

O senhor Nakano franziu as sobrancelhas. Pensei que contraísse o rosto devido ao preço da botelha, mas na realidade era por causa do camundongo.

— O bicho despertou. O ruído de passos recomeçou — disse ele num tom bastante aborrecido.

Para evitar que o ar quente chegasse direto ao lado direito de meu corpo, mudei um pouco a posição do aquecedor. Ao perceber, o senhor Nakano advertiu:

— Cuidado para não provocar um incêndio.
— Ahn? — exclamei e ele coçou a cabeça, dizendo:
— Não precisa fazer essa voz tristonha.
— Não estou tiste — disse e ele voltou a coçar a cabeça.
— Pois saiba que eu estou.
— Por quê?
— Por estarmos no inverno. Faz frio. Estou sem grana.

Sentada em uma cadeira à venda, Sakiko balançava as pernas. Vestia meias-calças justas e longas.

— Ah, um camundongo — eu disse e ao mesmo tempo o senhor Nakano e Sakiko olharam para o teto.

— É brincadeira — acrescentei e os dois voltaram o rosto para a posição original, com ar decepcionado.

O aquecedor emitiu um som miúdo.

Coisa rara: o senhor Nakano se tornou obcecado pela botelha.

Quando estava abrindo a porta metálica, ainda agachado, balbuciou:

— É mesmo muito caro.

Ao terminar a conversa, dava a impressão de querer acrescentar algo e, nessas horas, como se perguntasse para si mesmo, sempre dizia:

— Qual foi o preço pago a princípio?

— O senhor tem andado estranho nos últimos tempos — havia chegado o ponto de até mesmo Takeo comentar.

— Isso não é coisa que se diga — repliquei com franqueza.

— Desculpe — disse Takeo abaixando a cabeça.

— Não precisa se desculpar — murmurei entre dentes.

Takeo desviou o rosto. Senti-me perdendo todas as forças. "Esta vida vai acabar com minha saúde", pensei. "Acho que vou pedir demissão." Isso era algo que vinha passando com frequência por minha cabeça.

Masayo entrou. Desde que Maruyama voltara, ela ficou assim, como direi, mais "produzida" do que antes. Vinha vestida com uma saia meio violeta, bem artesanal, que lhe chegava até os tornozelos, e um lenço tingido a mão lhe caía negligentemente pelo pescoço. É certo que ela própria o tingira.

— Minha pequena Hitomi, não acha que Haruo está um tanto esquisito? — perguntou Masayo, sentada na cadeira ao lado da caixa registradora.

— Esquisito? — não sabendo como responder, retruquei de modo evasivo. Por um instante Takeo emitiu um som estranho. Virei-me em sua direção e o vi cabisbaixo, procurando segurar o riso.

— Esquisito, absolutamente esquisito — repetia Masayo enquanto enrolava a parte inferior da saia que arrastava no chão. Dobrou a barra que puxara como se fosse um *furoshiki*, colocando-a sobre os joelhos.

— Não se deve chamar de esquisito... — comecei, mas não pude concluir a frase. Takeo se pôs a rir e, não aguentando, acabei também caindo na gargalhada.

— O que há com vocês dois? — perguntou Masayo.

— Bem, é que Takeo também disse que o senhor Nakano... — eu disse entre dentes e Masayo, voltando-se em direção a Takeo, perguntou de maneira inocente:

— Meu pequeno Takeo, o que há com Haruo?

— Não, é que, bem, nos últimos tempos, sabe, o senhor Nakano anda esquisito — as palavras dele não constituíam exatamente uma resposta.

— É verdade, todos nesta loja parecem ter pirado de vez — Masayo deu de ombros.

Takeo explodiu de tanto rir. Eu também ri um pouco. Percebi que há tempos não via Takeo rindo a bandeiras desfraldadas. Sem querer, Masayo começou a rir também junto conosco. A propósito, os ombros de Takeo parecem ter se alargado um pouco desde nosso primeiro encontro. Masayo abaixou de novo a barra da saia que levantara e, ainda sentada, balançava para cima e para baixo os joelhos, movimentando a peça de roupa. As partes violeta-escura e clara se estendiam e contraíam, e fixar os olhos nesse movimento aos poucos me deixou sonolenta.

Não era apenas devido à botelha que o patrão estava estranho.

Em primeiro lugar, a frequência das idas às feiras diminuiu. Também no caso das retiradas, recusava mais da metade dos telefonemas recebidos. Nas retiradas dos clientes selecionados, passou a acompanhar Takeo sem falta, quando antes o mandava sozinho. Ao voltar, sentou-se numa cadeira, o rosto decepcionado, lamentando-se:

— Minha pequena Hitomi, está difícil encontrar peças de boa qualidade.

— Acho que sei o que ele tem — anunciou Masayo certo dia.

— Sabe? — redarguiu Takeo.

— Claro. Ouçam, ele está do jeito que ficou quando largou a empresa, pouco depois de abrir a loja — afirmou Masayo em tom confidencial.

— Do mesmo jeito? — voltou a perguntar Takeo. A propósito, a voz dele tornou-se mais nítida do que antes.

— Sim, como posso dizer? Uma maneira um pouco fora do normal de se entusiasmar — explicou Masayo acendendo um cigarro.

À tarde, o senhor Nakano saiu para o banco. Não o "banco" que eu e Takeo costumávamos usar antigamente como código secreto, mas o banco real, genuíno.

— Haruo talvez esteja tentando dar uma nova orientação administrativa à loja, algo raro para ele — Masayo cochichou.

— Quê? — Takeo prendeu o fôlego. Sem entender direito o significado das palavras de Masayo, eu não conseguia reagir bem.

— Isso significa que nos tornamos desnecessários? — berrou Takeo.

— Não acredito que chegue a tal ponto — disse Masayo, rindo. — Meu pequeno Takeo, apesar das aparências, você é do tipo que se preocupa demais.

— Me perdoe — disse Takeo.

— Não há necessidade de se desculpar — Masayo voltou a rir.

— É um hábito meu pedir desculpas. Me perdoe.

— Quem diria, pelo visto nosso pequeno Takeo tornou-se adulto.

Ouvindo isso de Masayo, a fisionomia de Takeo por um instante se abateu. Lembrei-me sem razão aparente de quando ele fez escorregar meu jeans ao me despir. Quando foi isso? Parecia ter se passado uma eternidade. Fora há uns cinco milhões de anos, quando eu, Takeo e toda a humanidade ainda não havíamos surgido sobre a face da Terra.

— Imagino que ele vá até o banco pedir um empréstimo para reformar a loja — conjecturou Masayo, soltando a fumaça do cigarro.

— Ele fará isso mesmo? — perguntou Takeo.

— Bem, é minha suposição. Não passa disso — respondeu Masayo.

— Suposição? — repeti o que Masayo dissera. Não conseguia entender bem o sentido da palavra. Isso porque a curta cena de sexo com Takeo de cinco milhões de anos antes parecia estar grudada em metade de meu cérebro. A outra metade estava preenchida por algo morno e nebuloso como o ar quente do aquecedor a querosene.

Tentei mandar para longe a nebulosidade em meu espírito balançando a cabeça. Porém, foi em vão. Agora as costas nuas de Takeo e o azul-claro do jeans no avesso espalhavam-se em fragmentos por toda a minha mente.

— Peço licença, mas vou descansar um pouco lá fora — disse, abrindo a porta de entrada.

No momento em que Takeo saiu de meu campo de visão, minha memória rapidamente se aclarou. "Sim, devo pedir demissão", pensei pela enésima vez. No local onde antes a gata costumava urinar, restava uma coluna de neve derretida. Bastava pisá-la para que facilmente se desfizesse, acompanhada por um ruído lancinante.

— Decidi obter aquela botelha de vinho a qualquer custo. O senhor Nakano falava ao telefone.
— Humm. Humm. Claro. Meio-dia e meia? Sim. Linha Mita. Conheço sim, não se preocupe. O.k., se ficar perdido ligo no seu celular. O dinheiro? Não tenho tanto assim.
O interlocutor parecia ser Sakiko. Era possível perceber pelo modo de dizer "mas você, hein!" usado algumas vezes durante o telefonema.
— Você já pegou a linha Mita? — perguntou Masayo ao senhor Nakano assim que ele desligou.
— *Não me trate por idiota não...* — respondeu o senhor Nakano cantarolando o refrão de uma canção.
— Ah, Momoe-chan[8]! — disse Masayo, e por sua vez tentou cantar o "Não me trate por idiota não...".
— O que você precisa mesmo é de uma amante talentosa — disse Masayo ao terminar o refrão.
— Humm — nasalizou o senhor Nakano.
Graças aos contatos de Sakiko, o patrão seria levado para assistir a uma "reunião de trocas" das mais renomadas entre as muitas realizadas em Tóquio, formada por especialistas em antiguidades ocidentais.
— O que é exatamente uma reunião de trocas? — perguntou Takeo.

---

8. Apelido carinhoso de Yamaguchi Momoe, famosa cantora e artista japonesa. [N.T.]

— Bem, apesar da grande reputação, no fundo é igual às feiras a que estamos acostumados a ir.
— Há leilões?
— Isso mesmo. Leilões.

O senhor Nakano por vezes levava Takeo a reuniões para vendas de mercadorias restritas a profissionais.

— Como são essas feiras? — eu perguntei logo que começara a trabalhar na Quinquilharias Nakano, quando ainda não conhecia absolutamente nada; Takeo, após alguma reflexão, enfim respondeu:

— Ocorrem numa espécie de cabana aonde muitos senhores vão para vender e comprar a bons preços.

O senhor Nakano sempre compra barato nas "feiras", pratos e pequenas tigelas fora do conjunto, espelhos antiquados e brinquedos da Era Showa. Objetos pequenos e "velhos" são o forte das vendas da Quinquilharias Nakano.

— Há diferenças entre feiras e reuniões de trocas?

— Há sim — disse o senhor Nakano, imitando intencionalmente o jeito de falar de Takeo, talvez por se chatear em responder.

— Qual a diferença? — Takeo insistiu sem nenhuma má intenção.

— Você já é ou não um adulto? — retrucou o patrão, desconcertado.

No mesmo tom de antes, Takeo exclamou:

— Ahn? — mas, ao contrário da vez anterior, não estava tímido.

— Sendo assim, que tal vocês também irem? — perguntou o senhor Nakano, dirigindo-se a Takeo e a mim.

— Já basta ter insistido tanto até Sakiko arranjar para que você participasse da reunião... — censurou Masayo.

Com um cigarro apagado na boca o senhor Nakano disse:

— Qual o problema? Afinal, tenho uma amante talentosa — e depois mordiscou a ponta do cigarro.

— Quem diria, nosso menino está amuado — riu Masayo.

— Não é isso — disse insatisfeito o senhor Nakano, continuando a morder o cigarro. — É bom para o aprendizado de Takeo e Hitomi.

— Aprender? — disse Takeo, boquiaberto. Ele voltou ao que era.

— Amanhã partiremos às onze horas. Aqueles desejosos de estudar, por favor não se atrasem — disse o senhor Nakano em tom professoral. Takeo continuava boquiaberto. Eu admirava sem motivo o pompom no alto da touca do patrão.

Foi um dia de ventania. Até a touca do senhor Nakano corria risco de sair voando. A cor da touca daquele dia era carmesim.

— É o tipo de vento forte que costuma ocorrer nos arredores de prédios altos, não? — perguntou o patrão em voz alta e Awashima respondeu baixinho que sim. Sakiko estava ao lado de Awashima e o senhor Nakano, eu e Takeo caminhávamos logo atrás deles.

Awashima tinha a tez pálida. Ele era um tipo completamente diferente da imagem que eu fazia dos comerciantes de antiguidades ocidentais de pele morena e suíças longas e bem cuidadas. Apesar de ter ainda pouco mais de trinta anos, já estava bem calvo. Tinha as costas um pouco corcundas e olhos grandes como o dos peixes que nadam em águas profundas.

— Senhor Awashima, é um alívio para mim ter sua companhia — assim disse Takeo ao terminar a reunião, no caminho de volta para a loja. Eu compartilhava com ele a mesma impressão.

— Isso mostra como o senhor Awashima é um bom comerciante. Deixar o cliente desarmado é vital para fechar um negócio — replicou Sakiko com frieza ao ouvir o que Takeo dissera.

O senhor Awashima entrou num prédio na esquina. Avançando para o fundo após a entrada havia um tapete estendido num local mais elevado. Depois de cumprimentar com uma ligeira curvatura do corpo uma mulher de roupa preta de pé na recepção, descalçou os sapatos e os colocou numa sapateira. Nós o imitamos. Na falta de chinelas, avançamos de meias, pisando o tapete.

Cadeiras como as que se costuma ver em salas de reunião estavam enfileiradas diante de uma longa mesa e várias pessoas com ar de profissionais almoçavam em grupos de três ou cinco. Na frente de cada um dos grupos estavam dispostas de modo displiscente caixas de isopor brancas de algum fornecedor de alimentos preparados e latas de chá. Ouvi o estômago de Takeo roncar.

— Fiquem à vontade até começar — disse em voz baixa o senhor Awashima, caminhando em seguida em direção a alguns conhecidos.

O salão onde era realizada a reunião de trocas tinha cerca de trinta tatames. Almofadas brancas estavam enfileiradas ao redor de todo o cômodo no formato de um grande quadrado, cuja parte interna cercada pelas almofadas estava totalmente vazia.

O senhor Nakano não parava de olhar para todos os lados. Sakiko sentou-se com delicadeza sobre uma almofada bem no centro. Eu também me sentei, deixando um lugar livre entre nós. Takeo sentou-se a meu lado. Como Sakiko tem as pernas e os quadris finos, sua estatura é baixa mesmo sentada sobre os calcanhares. Dá a impressão de ter altura equivalente a uma cabeça a menos do que eu ou Takeo.

O salão estava agitado. O senhor Nakano dava voltas atarantado. Por sua vez, Takeo levantou-se da almofada onde sentara para acompanhar o senhor Nakano.

— Diga, minha pequena Hitomi — murmurou Sakiko.

— Sim — respondi baixinho para me ajustar à voz baixa de Sakiko.

— Você vai pedir as contas?

— Hein?

— Vai largar a loja de Haruo?

— Não, lógico que não...

Eu não havia conversado com ninguém sobre minha intenção de talvez abandonar a Quinquilharias Nakano.

— O que a leva a pensar nisso? — perguntei a ela ainda em voz baixa.

— Tive esse pressentimento — afirmou. Sua voz é misteriosa: apesar de quase cochichar, pode-se ouvi-la com clareza.

— Pressentimento?

— Provavelmente porque eu também esteja pensando em largar.

Dirigi o olhar ao rosto de Sakiko. O brilho no interior de seus olhos aguçados estava mais forte do que de costume.

— Largar o quê?

— Haruo — respondeu ela de modo sucinto.

— Mas dia desses não disse que não se separaria dele? — perguntei em voz ainda mais baixa. Percebi o senhor Nakano e Takeo voltando.

— Humm. Enfim compreendi que talvez seja a hora de deixá-lo.

— Enfim? — retruquei sem querer, porém nesse momento o senhor Nakano sentou-se pesadamente na almofada entre mim e Sakiko.

Ela virou-se para o senhor Nakano com o rosto sorridente. Era um sorriso sereno. De regozijo, como o da estátua de uma deusa do período Kamakura que eu vira na Asukado, loja de Sakiko.

Os objetos eram passados pelos profissionais em grandes bandejas quadrangulares. Quando um deles terminava o exame, transferia a bandeja para a pessoa sentada a seu lado. Como nas tarefas em cadeia, sucediam-se pratos, abajures, gravuras e muitas outras peças.

— Este aqui é bem a seu gosto — disse Sakiko ao senhor Awashima. Sem ninguém perceber, ele se sentara de pernas cruzadas ao lado dela, com o senhor Nakano no lado contrário.

— Humm, de fato me agrada. Mas o preço agora está exorbitante, não conseguiria vender — declarou o senhor Awashima sempre em voz débil, mas mesmo assim retirando de sobre a bandeja o pequeno copo de vidro de cor complexa que cabia totalmente na palma da mão, a peça "bem a seu gosto", segundo Sakiko, e o observou em todos os seus detalhes.

— Tem um arranhão — constatou o senhor Awashima assentindo com a cabeça.

Takeo pegava cada um dos objetos que lhe eram passados. Ele os manuseava com extrema cautela, ao contrário dos especialistas — a começar pelo senhor Awashima — que os apanhavam ágil e bruscamente.

— É lógico que é melhor do seu jeito — declarou Sakiko com doçura. No mesmo instante a nuca de Takeo avermelhou-se.

Por sua vez, o senhor Nakano limitava-se a colocar o rosto por cima das bandejas para admirar fixamente as peças, sem tocá-las.

— Se tiver algo que deseje, por favor me diga — afirmou o senhor Awashima ao patrão. Cada vez que eles trocavam palavras, Sakiko, sentada entre os dois, recuava apoiando atrás os antebraços.

— Apesar do frio terrível, espero que todos estejam com boa saúde, como sempre. — O leilão começou logo após essa breve saudação. É óbvio que eu não imaginava que começaria com címbalos e tambores, mas como ouvira que se tratava de um encontro de alto nível, esperava uma atmosfera mais formal.

— Foi mesmo simples, não? — cochichei para Takeo e ele assentiu.

— Humm, o ambiente é bem parecido com o das feiras. A única diferença é que ocorre dentro de um prédio e não em barracas.

Tive um sobressalto ao constatar que depois de muito tempo Takeo usara uma forma de falar pouco cerimoniosa. Uma alegria invadiu-me naquele momento. Sentia-me idiota, mas por alguma razão estava muito feliz.

— Vai começar — eu disse sem saber o que mais poderia dizer, mas usando a maneira de se expressar de Takeo. Senti-me de novo uma perfeita idiota.

O primeiro artigo posto à venda recebeu preço de oferta inicial de três mil ienes. O leiloeiro tinha a voz rouca e não se ouvia o final do que ele dizia.

Cinco mil ienes, sete mil ienes, o preço subia pouco a pouco. Takeo olhava fascinado os gestos do leiloeiro.

"Hoje o movimento no geral está fraco", murmurou o senhor Awashima. Havia objetos cujo preço subira bastante, mas apenas dois ofertantes os disputavam e a maioria das peças só alcançava por volta de dezessete mil ienes apesar do preço de oferta inicial, de dez mil ienes.

Quando o preço subia a várias dezenas ou centenas de milhares de ienes, o vendedor, com o pé atrás e um pouco oblíquo com relação ao leiloeiro, movia a cabeça devagar de cima para baixo.

— Arrematado — concluia o leiloeiro, sinal de que o preço de venda fora definido, conforme entendi depois de observar por algum tempo.

Muitos profissionais erguiam a voz, mas também havia alguns objetos de pouco interesse. Cinco mil ienes, sete mil, dez mil, onze mil, quinze mil: os preços subiam de maneira irritante.

Ouviu-se uma voz gritando.

— Que foi isso? — Takeo perguntou ao senhor Nakano.

— Ele lançou o "um meia cinco" — respondeu sem se voltar para Takeo, os olhos pregados no leiloeiro.

— Um meia cinco? — repetiu Takeo.

— Neste caso significa dezesseis mil e quinhentos ienes — explicou Sakiko olhando para Takeo. — Se estivesse na casa de dez mil, os próximos lances deveriam recomeçar direto em dezesseis mil e quinhentos — prosseguiu. Takeo continuava embasbacado. — Se estivesse no nível de um milhão, o lance seguinte teria de subir para um milhão seiscentos e cinquenta mil.

— Não diga — Takeo disse ainda boquiaberto.

Depois do grito, os lances cessaram.

— Por isso eu digo: é austero demais — o senhor Nakano resmungava.

— Mas com a situação econômica ruim de agora, é impossível vender — o senhor Awashima respondeu meneando a cabeça. Parecendo insatisfeito com o preço obtido, o vendedor franzia as sobrancelhas.

O leiloeiro virou-se para trás e perguntou algo ao vendedor. Notando o ligeiro gesto de mão que o homem fazia diante do corpo, o leiloeiro exclamou de imediato "Erramos!" e retirou da venda o objeto.

Após o leilão de quadros, passou-se ao de faianças e porcelanas.

— É um Rosenthal, olhem bem, um Rosenthal. Jogo para cinco pessoas. Ah, que pena, é apenas para quatro. Agora há pouco também havia apenas quatro no jogo. O dia não está dos melhores hoje — o leiloeiro falava de forma espirituosa.

Terminadas as faianças e porcelanas, chegou a vez dos artigos diversos. Sobre uma única bandeja se comprimiam um abajur decorativo rosa e azul, um conjunto de duas pequenas gravuras emolduradas retratando cães de caça e seus nobres donos e um conjunto de porta-garrafa e taças de vinho, os quais, nas palavras do leiloeiro, poderiam decorar dois quartos de hotel.

Com a mesma voz rouca, o leiloeiro anunciou o valor inicial de trinta mil ienes para esse conjunto de "hotel", mas não surgiu nenhum lance.

— Que tipo de hotel teria objetos de decoração como aqueles? — perguntou Sakiko, rindo, a Awashima.

— Algum de altíssimo luxo — sussurrou Awashima.

As vozes dos dois parecem ter natureza semelhante. Apesar de baixas, chegam nítidas aos ouvidos.

— Quanto movimenta em média uma reunião de trocas de antiguidades japonesas?

— Ouvi dizer que a da semana passada movimentou algo em torno de sessenta milhões.

— Incrível, não? — comentou calmamente Awashima como se na realidade não achasse nada de muito fantástico.

O senhor Nakano começou a se inclinar para a frente.

— Bem, já deve estar chegando a hora — disse o senhor Awashima.

— Por favor, então — o patrão se dirigiu ao senhor Awashima baixando um pouco a cabeça. O alvo do patrão aparentava ser uma botelha de vinho negra, que parecia pintada com fuligem, colocada sobre uma bandeja que passaram havia pouco e que não me despertou particularmente nenhum interesse.

— Devemos esperar um pouco mais — informou o senhor Awashima. O patrão abaixou de novo a cabeça. Parecia ter se esquecido por completo de que nas feiras que frequentava ele era detalhista e contumaz nas negociações, fossem elas de quinhentos ou de mil ienes.

Rindo, o leiloeiro levantou bem alto a peça e num tom cantante perguntou:

— *E agora, o que você vai fazer?*[9] — era um peso de papel decorado com a figura de um cão da raça pug. — Os senhores não podem deixar de levar esse lindo cãozinho — instigou o leiloeiro e alguém gritou:

— Sessenta mil ienes.

No final, o preço do peso de papel alcançou cento e cinquenta mil ienes.

Chegou afinal a vez da botelha do senhor Nakano. Quando a bandeja foi passada, antes de o leilão começar, um casal de profissionais sentado a duas almofadas de Takeo examinou durante muito tempo o objeto.

— Mudamos o lote — anunciou o leiloeiro.

Terminara o leilão das peças do profissional que colocara à venda o peso de papel e outros seis artigos e, por fim, parecia haver chegado a vez do vendedor da botelha desejada pelo senhor Nakano.

A voz rouca do leiloeiro ecoou. O senhor Nakano se inclinou ainda mais para a frente.

* * *

---

9. Expressão que se tornou popular devido a uma série de comerciais de TV de uma empresa financeira de renome. [N.T.]

O corpo e o gargalo da botelha eram negros, mas, ao virá-la, o fundo era irregular e brilhava como um espelho. Ao se aproximar o rosto era possível ver um arco-íris.

— A superfície parece feita de pérolas negras — comentou Takeo.

— Você diz coisas espirituosas — disse o senhor Awashima olhando Takeo de modo afável.

Foi possível arrematar a botelha por setenta mil ienes. Como previsto, o casal de profissionais sentado ao lado de Takeo empenhou-se nos lances, mas o senhor Awashima possuía muito mais experiência do que eles e, no final, graças a essa autoridade, foi possível arrematar a um preço abaixo do esperado, conforme o senhor Nakano nos explicou em tom um pouco emocionado após ser encerrada a reunião.

— É uma botelha de gim, não é? — perguntou Sakiko com serenidade.

— De gim — respondeu o senhor Nakano, fascinado.

— Eu adoro gim — disse Sakiko de um jeito despretencioso, mas meu coração palpitou. O patrão se limitou a assentir vagamente.

— De gim — ele repetiu, acariciando a valise quadrangular onde enfiou a botelha reembalada no plástico bolha e no jornal que trouxera. Sakiko riu.

— O senhor parece muito feliz — afirmou Takeo, não sem uma ponta de inveja.

Pensei em retrucar o que Takeo dissera. Precipitadamente abaixei a cabeça.

As palavras de Sakiko antes de começar o leilão não pararam de ecoar em minha mente.

Enfim pensei em deixar a loja.

Reergui a cabeça e olhei para Sakiko, que ainda sorrindo me piscou o olho. Com o olho direito fechado e a metade direita dos lábios soerguida, mostrava uma expressão chorosa, apesar do sorriso.

— Vai estar bem?

Sem responder nada esbocei apenas um sorriso e Sakiko assentiu.

"Sim, vou estar bem."

Sakiko também respondeu apenas com um movimento dos lábios. Em seguida, apagou o sorriso e voltou a piscar. Da mesma forma soergueu a metade direita do lábio, mas agora que não estava sorrindo, surpreendentemente apresentava uma expressão risonha.

— Hitomi, boa sorte — disse Sakiko. Sua voz era mais alta do que o normal.

Surpreso, o senhor Nakano se voltou e olhou para Sakiko. Ela o encarou diretamente. O senhor Awashima discutia algo com Takeo. A tez de Sakiko reluzia. Era uma luminosidade bela e baça, como o fundo da botelha de gim.

Foi por volta de meados de fevereiro que o senhor Nakano anunciou sua intenção de fechar a loja por algum tempo.

Desde a manhã nevava vez ou outra.

— Esse tipo de neve é chamada de "flores de vento" — disse Masayo. Takeo saiu e se pôs a fitar o céu. Ele permaneceu um bom tempo de pé diante da loja olhando diretamente para cima.

— Parece um cachorro — disse Masayo, rindo.

Quando o senhor Nakano chegou, já ao final da tarde, a neve cessara.

— Reúnam-se todos — foi a estranha ordem do senhor Nakano.

Eu estava mesmo imaginando a razão de Takeo estar na loja desde a manhã apesar de não haver nenhuma retirada. O senhor Nakano explicou em poucas palavras o fechamento da loja. Porque desejava mudar um pouco o tipo de objetos comercializados. Porque para isso seria necessário dinheiro. Porque alugaria a loja por algum tempo e se limitaria às vendas pelo site de Tokizo. E porque não poderia nos pagar nenhuma gratificação por ocasião de nosso afastamento, resolveu aumentar o salário do mês em cinquenta por cento.

Desde o início do mês o senhor Nakano emagreceu. Masayo me confidenciou que, não fazia muito tempo, Sakiko anunciara a ele sua intenção de deixá-lo. "Será que homens e mulheres, velhos e jovens, emagrecem quando o amor acaba?" — veio-me à cabeça.

— Era isso — concluiu o senhor Nakano, encerrando a reunião.

Masayo alternava o olhar entre mim e Takeo. Desde que começara a se "produzir", enrolava ao redor do pescoço, em várias camadas, o lenço predileto que tingira com tintura de plantas. Vestia uma saia marrom longa. Suas botinhas também eram marrons.

— Hitomi — Masayo me chamou.

— Sim — respondi.

Masayo parecia querer me dizer algo, mas permaneceu boquiaberta e, por fim, repetiu meu nome e em seguida silenciou. Por minha vez respondi de novo:

— Sim.

— Que me diz de levar a cesta de fibras de aquébia? — por fim, ela se limitou a dizer isso e depois se calou.

Deixei a loja ao lado de Takeo. O senhor Nakano também nada disse. Em sua postura costumeira com o cigarro apagado na boca, o patrão permaneceu junto a Masayo durante longo tempo de pé em frente à loja nos vendo partir. Ao dobrar a esquina e me virar pude ver o pompom da touca do senhor Nakano. A touca daquele dia era marrom como a saia de Masayo.

— O que você fará daqui em diante? — perguntei; Takeo, inclinando a cabeça, enfim respondeu:

— E você?

Caminhamos lado a lado em silêncio. Apertei com força as alças da velha bolsa de supermercado que continha a cesta de fibras de aquébia. As flores de vento recomeçaram a cair, rodopiando.

Saco de pancadas

Por um instante perdi a noção de onde estava.
Os raios de sol penetravam debilmente por uma fresta da cortina. O *ri ri ri* do despertador próximo a meu travesseiro aos poucos se acelerou. Depois que o som passou a um contínuo *ririririri*, enfim estendi a mão em direção ao relógio.

Ruminei um pouco em minha mente, ainda não de todo desperta, que eu não estava mais no apartamento do bairro onde se situava a Quinquilharias Nakano, e sim numa quitinete convenientemente localizada a cinco minutos a pé da estação de baldeação de uma linha ferroviária privada, no segundo andar de um imóvel bem ajeitado e de paredes externas brancas.

Mudara-me havia mais de dois anos.

Sentei-me devagar na beirada da cama e, piscando os olhos, dirigi-me ao banheiro. Lavei o rosto, escovei os dentes. O tubo do creme desmaquilante que usara na noite anterior estava aberto. Olhei ao redor e vi a tampa triangular jogada solitária a um canto do lavatório. Eu a recolhi e rosqueei na abertura do tubo.

Retirei uma lata de suco de tomate do refrigerador. Quando a abri ela fez um *clic*, e eu bebi o suco ali mesmo, sem vertê-lo num copo. Esqueci de agitá-lo e de início estava aguado, mas de súbito se adensou.

Grandes gotas de água caíam de minha franja. Ao terminar de beber o suco de tomate, enxaguei o interior da lata, virei-a para escorrer a água e me olhei no pequeno espelho ao lado da cama. Tinha os lóbulos das orelhas vermelhos. Toquei-os com a ponta do dedo. Estavam frios.

Ao abrir a janela, adentrou uma rajada de ar. Uma brisa fria de pleno inverno, carregada de umidade. Fechei às pressas a janela, vesti uma camisa de mangas compridas e uma meia-calça, uma saia e um suéter grossos. Tirei da prateleira superior do armário o casaco bege comprado no mercado de pulgas e o estendi sobre a cama.

Voltei-me outra vez para o espelho, coloquei no dedo um pouco de base de maquiagem e apliquei alguns toques sobre as faces, a ponta do nariz e a testa. Acostumei-me com rapidez aos trens superlotados que tomava para ir trabalhar, a manter certa distância das moças contratadas em tempo integral e a dominar o uso do Excel, mas é impossível me habituar a fazer impreterivelmente a maquiagem todas as manhãs.

Quando trabalhava na Quinquilharias Nakano quase não tinha noção de que existisse no mundo algo chamado base de maquiagem. Na época, apenas dava uns tapinhas nas faces com loção para o rosto e, quando sentia vontade, passava batom colorido nos lábios.

Cerca de três anos se passaram após o fechamento da loja.

Já estou há meio ano na empresa onde trabalho agora. É uma firma de alimentos naturais.

Meu contrato foi renovado duas vezes e provavelmente não haverá uma terceira. Pena, pois é uma empresa agradável para se trabalhar. Movimento de leve os ombros enquanto dou boas pinceladas de ruge nas maçãs do rosto. Talvez por passar muitas horas do dia com os olhos presos à tela do computador, meus ombros estão extremamente rígidos. Estou pensando em ir no próximo sábado ao novo salão de massagem aberto em frente à estação. Pensando nisso, movimento várias vezes os ombros.

Estava bebendo com Masayo como há muito não fazíamos.
— Não posso acreditar que agora você é funcionária de uma empresa — disse Masayo, vertendo saquê quente para si.
— Não sou funcionária em tempo integral, apenas temporária.
— Qual é a diferença?
Masayo ouviu a explicação assentindo com a cabeça. Mas com certeza logo acabará esquecendo.
Ela me confessou estar "muito ocupada" nos últimos tempos. Uma de suas bonecas artesanais ganhou um prêmio de algum renome nesse ramo.
— O prêmio foi de apenas cinquenta mil ienes — explicou Masayo. — Porém, confere prestígio — acrescentou, erguendo parcialmente as sobrancelhas.
Como resultado do prestígio obtido, Masayo passou a ministrar aulas em uma turma de um centro cultural local e outras em órgãos do governo municipal voltados à comunidade, perfazendo um total de três classes.
— Por isso ando muito ocupada. Um porre — desabafou Masayo fumando um Seven Stars. Ela parecia mesmo estar detestando.

— Ter uma renda é algo bom — argumentei e ela riu.
— Hitomi, você fala como uma mulher idosa.
— Mas eu já sou.
— Não se vanglorie só porque entrou na casa dos trinta.

Apesar de já estarmos bebendo, a certa altura brindamos sem muita razão.

— Saúde à nossa balzaquiana Hitomi — propôs Masayo bebendo todo o saquê de sua pequena taça.

— Pare de gozação — pedi, bebendo de um único gole um terço do copo de aguardente de arroz diluída em água quente que restava. O líquido morno misturado a fiapos de conserva de ameixa azeda escorreu por minha garganta.

— Então você se mudou? — lembro-me com nitidez da voz de Masayo quando me telefonou.

Eu acabara de deixar meu antigo apartamento.

— Recebi o cartão — comentou ela.

Eu enviara cartões-postais comunicando a mudança a dez pessoas, um deles endereçado a ela. Depois de ponderar bem, decidi não mandá-lo nem para o senhor Nakano nem para Takeo.

— Minhas parcas economias se extinguiram — confessei e do outro lado da linha Masayo soltou um suspiro solícito.

Desde o início eu achei que a voz dela estava estranhamente polida.

— Que ótimo.
— Será?
— Claro que sim.

Era uma conversa banal e, de fato, a voz de Masayo estava diferente. Continuamos a conversar sobre vários assuntos, sobre o tempo, e quando achei que estava chegando o momento de terminar a ligação Masayo disse:
— O velório é hoje e o cortejo fúnebre amanhã.
— Quê? — exclamei.
— De Maruyama — acrescentou ela.
— Maruyama? — repeti como um papagaio.
— Coração. Como não tinha notícias havia três dias, fui até lá. Por ser inverno, ele estava bem conservado. Como Keiko, a ex-esposa dele, está organizando os funerais, não tenho muita vontade de ir. Mas há a obrigação social. Iria com Haruo ao cortejo fúnebre, mas como hoje à noite ele precisa de qualquer jeito fazer uma entrega a um cliente, você não poderia me acompanhar?

Seu tom de voz era extremamente suave. O mesmo tom que usava quando um novo cliente entrava na Quinquilharias Nakano e ela lhe recomendava sem muita certeza qualquer mercadoria medíocre.

— Eu a acompanho — respondi sem pestanejar.
— Ah — suspirou Masayo outra vez. — O proprietário do apartamento onde Murayama morava fez um verdadeiro escândalo. É inacreditável como até o fim ele não teve sorte com o proprietário. — Apenas quando disse isso voltou a sua voz habitual, mas foi com voz enigmática, até então para mim desconhecida, que balbuciou impassível e estranhamente: — Maruyama morreu mesmo, consegue acreditar? De qualquer forma, parabéns pela mudança — terminou com um desfecho inusitado a conversa telefônica.

"Maruyama morreu mesmo, consegue acreditar?" A voz estranhamente encantadora e aveludada continuou a reverberar em minha cabeça como uma máquina quebrada.

Quando mais tarde cheguei à catraca da estação onde havíamos marcado o encontro, Masayo já estava lá. Usava um casaco e botinhas marrons. Nessa noite tinha enrolado no pescoço o mesmo lenço que usava quando o senhor Nakano anunciou o fechamento da loja.

— Tem certeza de que sua aparência é apropriada a um velório? — perguntei instintivamente e Masayo assentiu taciturna.

— Vestir uma roupa de luto alinhada passa a impressão de que se previa a morte, por isso num velório esta é a vestimenta adequada — ao dizer isso, Masayo lançou um olhar severo para minha roupa. Eu estava toda de preto, inclusive o casaco.

— Então não deveria ter vestido luto? — retruquei de modo tímido, ao que Masayo assentiu sem hesitação.

— De fato não deveria.

O pequeno centro de celebrações funerárias a quinze minutos a pé da estação foi usado como local do velório. Três velórios — das famílias Midorikawa, Maruyama e Akimoto — ocorriam em paralelo e havia um burburinho de gente entrando e saindo.

— Bom que o local está agitado — disse Masayo e entrou na fila precipitadamente.

Ao lado do altar, com rostos inexpressivos, estavam sentados um casal e duas meninas junto a uma senhora de cabelos brancos que aparentava ser Keiko, a ex-esposa. As meninas vestiam uniforme de uma escola elementar particular local.

Sem cruzar os olhos com os de Keiko, Masayo voltou apressadamente as costas ao altar. Depois de Masayo, queimei incenso e ao erguer o rosto vi a foto colorida em que o falecido exibia um sorriso afável ornamentando o altar. Ele estava muito jovem na foto. Não havia nenhuma ruga nem nos cantos da boca nem na testa e o contorno do rosto estava bem delineado.

— Quer beber algo antes de voltar? — perguntei a Masayo após deixarmos o local, mas ela continuou andando com rapidez, sem responder.

Depois de um tempo ela respondeu:

— Hoje não.

Como a réplica veio após caminharmos cerca de cinco minutos, de início não entendi o que ela queria dizer, mas logo me dei conta de que se tratava provavelmente de sua refutação a minha proposta.

— É, ele morreu — eu disse e Masayo assentiu de novo com a cabeça, sem uma palavra.

Caminhamos em silêncio até a estação. Comprei a passagem e no momento em que considerava ir até a catraca, Masayo disse às minhas costas:

— É a pessoa que mais amo neste mundo — declarou. Não foi um balbucio, tampouco elevou a voz, disse apenas como prolongamento da conversa.

— Quê? — voltei-me e Masayo, com o rosto taciturno, repetiu:

— É a pessoa que mais amo neste mundo.

Voltei-me em direção a ela para ver seu rosto, mas ela nada mais disse. Era hora do término do expediente nas empresas e algumas pessoas esbarravam em nós ao saírem pela catraca.

— Perdi a chance de declarar isso a Maruyama — revelou Masayo em voz muito baixa quando o fluxo de gente se interrompeu por um instante, e começou a andar após dar as costas para a estação.

Sob a luz das lâmpadas de neon a cor incomum do lenço tingido que cobria a cabeça de Masayo parecia ter se tornado ainda mais estranha do que de costume. Empertigada, ela seguiu sempre em frente até sumir na distância.

— Passei nos exames de nível dois — anunciei e minha mãe apenas pronunciou meu nome com uma voz quase inaudível.

Depois disso, ela permaneceu muda ao telefone.

— Não é nada de muito especial — acrescentei, mas ela parecia chorar e não respondia.

Por isso seria melhor nem dizer nada, e eu retive um suspiro.

— Você estava assim tão preocupada comigo? — perguntei com a voz intencionalmente alegre.

— Estou muito feliz por você, Hitomi — declarou, sem responder minha pergunta. Sua voz carregada de doçura personificava a presença materna. Não é só a voz, minha mãe é de fato a candura em pessoa.

Pretendo ingressar numa escola de contabilidade e gostaria que ela me ajudasse financeiramente. Quando lhe telefonei de repente no ano passado para pedir, depois de um bom tempo sem contatá-la, apenas demonstrou na voz alguma inquietude. Mesmo assim, depositou de imediato o dinheiro em minha conta. Senti-me até um pouco aborrecida ao constatar que havia cento e cinquenta mil ienes a mais do que eu lhe pedira. Não era a perplexidade por saber que alguém se importa comigo, mas, como posso dizer, o sentimento de ter sido tragada de volta à realidade de que isso é o que acontece na vida. Devia me sentir agradecida, mas a estranha sensação de ser um esforço inútil me deixava sem jeito. Desde que a Quinquilharias Nakano fechou, tinha essa sensação em meu corpo a cada vez que algo acontecia.

— Pretendo também prestar os exames para o primeiro nível — acrescentei com voz jovial e enfim a voz de minha mãe se animou.

— Hitomi, você tem garra. Eu sempre achei que você ia se empenhar em continuar os estudos.

Veio-me à mente o rosto de meu pai e meu irmão mais velho dizendo "De qualquer forma, Hitomi vai se cansar da escola de contabilidade e acabar desistindo". Minha mãe, ao contrário, nada dizia.

Pensei em como seria bom se pudesse me encontrar com Masayo. Depois de encerrar o telefonema a minha mãe, liguei de imediato para ela.

— Que tal irmos tomar um drinque? Faz tempo — disse sem rodeios no primeiro telefonema que eu lhe dera desde o velório de Maruyama, dois anos antes.

— Vamos sim — respondeu Masayo, não parecendo nem um pouco surpresa.

Foi assim que nós duas saímos para beber.

* * *

Masayo embebedou-se de leve.
— Como vai o senhor Nakano? — perguntei. Até então, temia perguntar, imaginando que Masayo responderia impassível que ele não estaria nada bem.
— Ótimo, ótimo — respondeu ela com toda a naturalidade.
— Continua realizando os leilões?
— Ele deixou de trabalhar com Tokizo e criou um site só dele.
— Duas garrafinhas de saquê, por favor — gritou Masayo. Não precisa esquentar. Frio. E traga o quanto antes — ela disse sem pausa. A resposta desanimada do garçom não deixava perceber se compreendera ou não.
— Quem é aquele? Se parece com nosso pequeno Takeo — disse Masayo abanando-se com a folha de papel do cardápio.
— Sinto saudades desse seu jeito de chamá-lo de pequeno Takeo — disse e Masayo me encarou.
— Hitomi, você e Takeo eram... não eram?
— O que significa esse "eram"?
— Ah, como essa maneira de falar também me traz lembranças. Bem, você sabe, Hitomi — disse ela imitando no final o jeito de Takeo. Não estava nem um pouco parecido.
— Haruo me contou que ganhou um bom dinheiro com os leilões e por isso conseguiu obter um financiamento destinado a pequenas e médias empresas.

O saquê frio chegou logo e Masayo o colocou em seu copo de cerveja. A espuma remanescente no copo flutuou levemente na superfície espessa do saquê.

— Obter um financiamento porque ganhou um bom dinheiro é algo bastante fora de propósito, não acha? — indaguei e Masayo, meneando a mão, disse sorrindo:

— Bem se vê, Hitomi, que você faz jus a seu certificado de nível dois de contabilidade. O senhor Nakano acabou alugando um espaço em Nishiogi e abriu uma loja de antiguidades ocidentais.

— Isso é maravilhoso — exclamei e Masayo abriu um sorriso amarelo.

— Tenho minhas dúvidas, você conhece Haruo.

Brindamos outra vez. Em seguida pedimos mais dois pratos e mais saquê, e a noite avançou.

Avisadas de que era hora do fechamento, deixamos o restaurante. Eu também estava bem bêbada.

— Nunca mais encontrou o nosso pequeno Takeo? — berrou Masayo.

— Não precisa berrar, não sou surda — também gritei.

— Não têm se visto? — repetiu Masayo. Tinha uma expressão metade sorridente, metade zangada. No pescoço, portava o mesmo lenço de sempre, de tintura natural.

— Não, nunca — respondi de modo áspero.

— É mesmo? — retrucou ela desapontada. — Como estará ele? Será que arranjou algum emprego? Espero que não tenha morrido na sarjeta ou algo do tipo — disse Masayo, franzindo as sobrancelhas.

— Que mau agouro — me apressei em dizer e ela soltou uma gargalhada.

— Viu, Hitomi, isso é o tipo de coisa que uma mulher de idade diria.

— Eu sou uma mulher de idade. De fato já sou.

— Mas uma mulher de idade jamais se reconheceria como tal.

— Masayo, Masayo, a senhora não engordou um pouco?

— Infelizmente, quando estou ocupada, acabo ganhando peso, não tem jeito.

— Com certeza vive comendo as tortas do Poésie.

— Sabe, agora é o filho quem comanda a loja e houve uma mudança no estilo das tortas. Todas as tortas agora têm nomes compridos e pomposos.

Ao ouvir sobre as mudanças no Poésie por alguma razão as forças se esvaíram de mim. Sem sucesso tentei trazer à mente o rosto de Takeo. Só conseguia me lembrar com estranha nitidez da falange que faltava no dedo mindinho em sua mão direita.

— Ah, preciso pegar o último trem — avisei e saí correndo.

— Tchau — disse Masayo com uma voz monótona.

Logo perdi o fôlego; mesmo assim continuei a correr.

"A pessoa que mais amo neste mundo. Não poderia dizer algo semelhante a ninguém. Nunca pensaria em dizer." Imaginei isso enquanto corria. Ainda havia tempo até o último trem, mas continuei correndo sem parar até a estação.

No mês seguinte, época dos resultados financeiros, meu contrato terminou. As outras funcionárias me presentearam com um buquê de flores. Como isso acontecia pela primeira vez, emocionei-me até as lágrimas.

— Para qual empresa você vai agora? — perguntou Sasaki, uma moça um pouco mais jovem que eu.

— Devo ir para uma firma de informática.

— Deve? A senhorita Suganuma sempre no seu ritmo próprio — riu Sasaki.

— Sempre no meu ritmo próprio — repeti enquanto caminhava com o buquê de flores nos braços.

Durante oito meses trabalhei com elas. Algumas delas eram um pouco cruéis, outras gentis, havia moças meticulosas e outras excêntricas. Quer dizer então que para elas eu tinha "um ritmo próprio"!

É como se elas, o tempo todo, só me dessem pequenas parcelas. Nunca uma abertura total.

Lembrei-me um pouco de cada cena da Quinquilharias Nakano.

O vaso era pequeno demais para as flores. Enchi de água um vidro de maionese vazio onde coloquei as restantes. No início da semana seguinte eu começaria a trabalhar em uma nova empresa. "Vou ao salão de massagens amanhã sem falta." Pensando nisso, abri a gaveta para pegar o envelope contendo o material sobre meu novo local de trabalho e uma folha de papel caiu num rodopio.

Era o desenho que Takeo fizera de mim, aquele em que eu estava vestida.

— Então era aqui que ele estava! — balbuciei e recolhi o papel do chão. Jeans e camiseta. Estava deitada, de rosto sério. Bem desenhado. Agora me dei conta que Takeo desenhava muito melhor do que eu imaginara antes.

"Teria ele morrido na sarjeta?"

Senti certo prazer ao pensar em Takeo morto numa vala. Essa sensação logo se dissipou e refleti sobre como era maçante sentir algo do gênero, como era maçante viver. Não quero mais me apaixonar. "Tomara que a rigidez de meus ombros passe logo. Este mês talvez consiga economizar algum dinheiro." As ideias me vinham aos poucos, como pequenas bolhas.

As flores colocadas no vaso aparentavam ser artificiais. Porém, aquelas postas no vidro de maionese mostravam-se bem naturais.

Voltei a guardar o desenho sob o envelope. "Será que uma empresa de informática tem muito mais computadores do que uma empresa comum? Computadores são retangulares, não é mesmo? Fornos de micro-ondas também. Falando nisso, o aquecedor que usamos por último na Quinquilharias Nakano também era retangular." Havendo pensado parvamente nisso, descalcei as meias e as enrolei.

Quando indicaram minha mesa dizendo "este é seu computador, senhorita Suganuma" em vez de "esta é sua mesa, senhorita Suganuma", imaginei ser o linguajar peculiar a uma empresa de informática.

Além da forma diferente de se expressar, a empresa era bem menor do que a firma de alimentos naturais onde trabalhava, porém o teor do serviço era quase o mesmo. Cópias, compras externas, organização de faturas, arquivamento de documentos. Com três dias já estava tão acostumada ao serviço que me sentia como se continuasse a trabalhar na outra empresa. Uma das razões para ter me adaptado com tanta facilidade foi o fato de as moças não saírem para almoçar juntas. Isso é mesmo cansativo.

Nessa firma, todos, homens e mulheres, estão alinhados em suas mesas com os olhos grudados na tela do computador. Por vezes alguém solta uma exclamação: "Ah", "Que chato." O interessante é que os homens têm uma voz aguda, e as mulheres, grave.

Eu chegava e saía na hora, mas havia muitas pessoas aparecendo na empresa ao final da tarde ou depois de eu ter partido. Quando chegava pela manhã, acontecia de ver pessoas que trabalharam durante a madrugada descascando ovos cozidos comprados na loja de conveniência.

Uns dez dias após ter começado a trabalhar nessa firma por acaso dei de cara com Takeo ao cruzar um corredor.

— Se não é Hitomi! — exclamou ele de modo casual, como se até ontem nos encontrássemos todos os dias.

Permaneci boquiaberta.

— Que aconteceu?

— Eu é que pergunto — afinal consegui dizer.

Eu estava plantada no corredor. Takeo segurava nos braços uma pilha de pastas de lindas cores. Laranjas, amarelas, lilases, verdes.

— Hitomi, você está maquiada — exclamou ele no mesmo tom vago de sempre.

— Ahn? — retruquei. Ao ouvir o tom de voz de Takeo, o meu "ahn" se tornou igual ao dos tempos da Quinquilharias Nakano.

Por algum tempo continuamos de pé bem no meio do corredor.

* * *

Pouco tempo depois chegou um cartão anunciando a abertura da nova loja do senhor Nakano.

— É bem o estilo do senhor Nakano. Parece mentira — foi a reação de Takeo quando lhe mostrei o cartão que recebera pelo correio. A abertura aconteceria em primeiro de abril.

O nome mudara de Quinquilharias Nakano para apenas Nakano.

— Parece mais o nome de um pequeno restaurante — comentou Masayo.

No corredor Takeo de imediato me entregou seu cartão de visitas.

— *Web Designer* — li em voz alta e monótona o cargo que constava no cartão.

— Pare de ler assim nesse tom de voz — Takeo girou nervosamente a cabeça para os lados.

As pastas quase escorregaram e caíram.

— É mesmo você? — perguntei e Takeo respondeu que sim com ar desalentado. — Não, não deve ser você.

— Como não?

— Onde está aquele seu jeito de falar peculiar, cortando um pouco o final das frases?

— Na firma não falo daquela maneira.

No momento em que respondeu, deixou cair duas pastas. Ajoelhei-me para pegá-las e senti em meu ombro a respiração de Takeo, que também se abaixara.

— Parece cena mal feita de novela de televisão — resmungou Takeo recolhendo as pastas. Seus ombros estavam mais largos do que antes. "Realmente, não deve ser ele", pensei.

Takeo logo se foi. Parece que a "mesa", ou melhor, o "computador" dele ficava numa sala ao fundo do corredor.

Takeo sumiu por quase uma semana depois de nosso encontro acidental.
Que importava, já que éramos apenas antigos conhecidos e nada mais?
Deixava o escritório no horário estipulado e durante as aulas na escola de contabilidade evocava o rosto de Takeo no momento de nosso encontro no corredor. Apesar de ser o rosto dele, diferia daquele a que eu me acostumara.
— Como você se tornou *web designer*? — ao lhe perguntar, ele respondeu que frequentara uma escola especializada.
Eu continuava duvidando de que fosse mesmo Takeo.
Com o passar do tempo essa dúvida foi se fortalecendo dentro de mim. Lembro-me de ter ouvido dizer que as células humanas renovam-se a cada três anos. O nome e a aparência externa eram idênticos, mas com certeza era uma pessoa totalmente diferente.
Cerca de dez dias mais tarde, quando próximo ao horário de encerramento ele apareceu e se plantou em frente a meu computador, senti que era de fato um estranho que estava ali de pé.
— Boa tarde.
Ao cumprimentar esse desconhecido, ele me disse:
— Bem, quer dizer, é que... desculpe aquele dia.
No mesmo instante o desconhecido voltara a ser Takeo.
— Há quanto tempo — eu disse. Depois olhei de soslaio para o seu rosto.

Sua face estava firme e portava uma barba um pouco mais densa.

Meio acabrunhado, ergueu por um instante o canto da boca.

— Você está mesmo se maquiando — balbuciou.

— Claro que estou — respondi e o imitei elevando o canto dos lábios.

O dia primeiro de abril caía em um sábado.

Nesse ínterim, jantei duas vezes com Takeo.

— O prazo de entrega está próximo, devo voltar ao escritório. Adoraria tomar um drinque com você, mas vai ficar para outra ocasião — eu o ouvia indistintamente.

— Prazo de entrega? Nosso pequeno Takeo? — Masayo caiu na gargalhada quando lhe contei.

A nova loja Nakano era menor do que a antiga. Contudo, dava a sensação de ser bem mais espaçosa.

— Afinal consegui entender a beleza dos espaços vazios — declarou o senhor Nakano.

As paredes da loja estavam repletas de prateleiras nas quais se alinhavam objetos bem separados entre si. Porcelanas holandesas, belgas e inglesas dos séculos XIX e XX, utensílios de cozinha, objetos em vidro e alguns móveis.

— Parece uma dessas lojas que se veem nas revistas — eu disse.

— Minha loja é ainda melhor do que as das revistas — comentou o senhor Nakano mudando o ângulo de sua touca.

— Até quando pretende manter esta loja? — perguntou Masayo.

— Bem, provavelmente uns seis meses — respondeu sorridente o senhor Nakano. Como sempre, não consigo entender esses dois.

Muitas pessoas apareceram no dia de abertura da loja.

Havia clientes eventuais e outros antigos, da época da Quinquilharias Nakano.

Pela manhã, o senhor Garça visitou a loja. Percorreu com os olhos todo o interior.

— Não me sinto à vontade nesse tipo de loja, mas não está ruim para quem gosta desse estilo — comentou, soltando a risadinha de sempre.

Depois de tomar duas xícaras do chá servido por Masayo, saiu a passos trôpegos.

No começo da tarde, foi a vez de Tadokoro aparecer. Examinou com atenção o interior da loja, bebeu com muita serenidade o chá servido por Masayo e declarou:

— Eis uma loja de classe.

— As peças de vidro estão por um preço ótimo — disse Masayo em tom intencionalmente sofisticado.

— Os pobres não têm lazer — retrucou Tadokoro meneando a cabeça em seu costumeiro tom sereno.

Ele permaneceu sentado na loja durante cerca de duas horas. Olhava sorridente para os clientes eventuais que entravam uns após os outros.

Enquanto eu lhe servia, com ostentação, provavelmente a quinta xícara de um chá já ralo, ele me perguntou:

— Hitomi, você virá trabalhar aqui?

— Não — respondi com rispidez e Tadokoro se levantou sorrindo.

— Não há razão para odiar um velho que logo estará morto — disse e partiu.

O senhor Awashima chegou bem à tardinha. Bastou olhar para o interior da loja para declarar apenas "Parece-me muito boa". Partiu às pressas sem sequer beber o chá que eu lhe servira.

A tia Michi e o antigo dono do Poésie chegaram juntos. Entregaram ao senhor Nakano um envelope fechado com fios vermelhos e brancos onde se lia "Em comemoração à abertura de sua loja" e logo partiram, não sem antes lançar um olhar temeroso ao redor.

À noitinha, quando os clientes escassearam, apareceu um homem que eu com certeza conhecia, mas de quem não conseguia me lembrar.

— Quem era ele, mesmo? — perguntei baixinho a Masayo.

— Quem era ele? — perguntou baixinho também o senhor Nakano.

— Hitomi, você é jovem, portanto ative sua memória — os dois falaram discretamente. Estava na ponta da língua, mas era incapaz de recordar.

— Esta loja comercializa objetos ocidentais, não é? — perguntou sorridente o homem.

— O senhor é do ramo? — retrucou o senhor Nakano como quem não quer nada.

— Não, não sou.

A conversa não avançou e durante o tempo em que o homem levava à boca o chá que Masayo lhe servira toda a loja permaneceu em silêncio.

Após terminar de beber, o cliente se levantou e por duas vezes olhou ao redor da loja como se a patrulhasse. Por fim, disse:
— É uma linda loja.

Só cerca de uma hora depois de o cliente ter partido eu me lembrei de que seu nome era Hagiwara e que certo dia trouxera uma tigela celadon e a deixara lá.

— É o homem que recebeu uma praga da amante — disse e por algum tempo nós três conversamos animados até que a porta se abriu devagar.

O senhor Nakano levantou o rosto.

— Ah — exclamou ele. Eu e Masayo erguemos juntas a cabeça, um pouco depois dele.

Era Sakiko.

— Olá — disse ela. Sua voz era meiga e clara.

— Olá — replicou o senhor Nakano. Sua voz era um pouco débil, mas havia misturado nela uma dose de perseverança.

Durante algum tempo Sakiko permaneceu calada fitando o senhor Nakano. Masayo me puxou pela manga até o pequeno espaço dos fundos, onde estavam instalados o fogão e a pia.

Ela disse, enquanto colocava a água para ferver:

— A dona da Asukado, sempre bela.

— Não lhe parece ainda mais feminina do que antes? — perguntei e Masayo assentiu vivamente com a cabeça.

— Você também achou? — revidou ela.

Olhamos pela fresta e vimos Sakiko e o senhor Nakano rindo, numa animada conversação. Comportavam-se como adultos. "Apesar disso, eram pessoas relacionadas à Quinquilharias Nakano", pensei.

Sakiko permaneceu apenas meia hora e logo partiu. O senhor Nakano a acompanhou até não muito longe.

— Foi gentileza dela aparecer — disse ao senhor Nakano, que voltara, e ele suspirou.

— É uma grande mulher — balbuciou profundamente.
— Foi mesmo uma pena o que fiz.

— Não tem como voltar ao que era antes? — perguntou Masayo.

— Ela decerto nunca aceitaria — queixou-se ele.

A fragrância do perfume de sândalo de Sakiko ainda flutuava de modo tênue pela loja.

Às sete horas, justo quando se pensava em fechar a loja, eu saí à rua. Alguém caminhava em minha direção. Apesar de já estar bem escuro, de imediato percebi que era Takeo.

Possivelmente ele me reconheceu, pois apressou o passo. Quando lhe acenei, ele se pôs a correr.

— Já encerrou por hoje? — perguntou Takeo.

— Daqui a pouco — respondi e ele espiou pela vitrine o interior da loja.

Apesar de ter corrido, ele não resfolegava.

— Você parece mais forte — eu disse, e ele riu. — Os ombros também estão mais largos.

— Será? — disse ele, rindo de novo. — Frequento uma academia de ginástica desde que comecei a trabalhar na firma.

— Academia? — retruquei, surpresa — Takeo e uma academia. — Por mais que cogitasse era uma combinação desconexa. Porém, como sem eu saber ele também se tornara *web designer* ou algo que o valha, naturalmente uma academia deveria ser algo bastante possível.

— Adoro sacos de pancada — confessou.

— Sacos de pancadas? — retruquei de novo.

— Sabe, aquele saco que se usa nos exercícios de boxe e quando se dá um soco, bang, ele vai para trás e logo volta, "fiuuuu".

Ah, assenti com a cabeça. Bang, fiuuuu. Eu observava na penumbra seu pomo-de-adão se movimentando conforme ele explicava.

— Ah, se não é o nosso pequeno Takeo — soou uma voz e Masayo abriu a porta. O senhor Nakano também apareceu.

— Soube que você se tornou um rapaz distinto — o senhor Nakano elogiou e Masayo complementou:

— Está se sentindo como se voltasse triunfante ao torrão natal? — Takeo coçou a cabeça.

Entramos os quatro na loja e o senhor Nakano foi baixar a porta metálica. Takeo passou os olhos ao redor. Sua fisionomia era embasbacada como a de antigamente.

Como só havia duas cadeiras, o senhor Nakano trouxe dos fundos uma dobrável e uma antiga que estavam à venda. Ele abriu uma garrafa de vinho e encheu as taças de chá.

— Há tempos eu não bebia — confessou Takeo.

— Por causa dos prazos de entrega? — perguntou Masayo com certo ar travesso.

— Acabei de ser admitido na firma, sou pau para toda obra — disse, coçando outra vez a cabeça.

Sem nenhum petisco, nós quatro bebemos todo o vinho.

— Vinho na loja Nakano — disse Takeo, já com o rosto vermelho.

O senhor Nakano abriu uma segunda garrafa vangloriando-se:

— Takeo, que homem é você? É vinho.

Masayo revistou ruidosamente a bolsa, tirou dela doces de feijão em frangalhos e os alinhou sobre um prato de papel.

A segunda garrafa de vinho logo se esvaziou.

De início o senhor Nakano adormeceu. Roncava, de rosto prostrado sobre a mesa. Pouco depois foi a vez de Masayo cochilar. Takeo por vezes bocejava.

— Ainda há tempo até o prazo de entrega? — perguntei e Takeo assentiu de leve com a cabeça.

— Tenho saudades da Quinquilharias Nakano — eu disse e Takeo assentiu. — Você esteve bem durante todo esse tempo? — perguntei e ele outra vez assentiu. — Nós quatro reunidos me faz lembrar daquela época — disse e desta vez, sem assentir, ele fez menção de abrir a boca. Porém, nada disse.

Seguiu-se um silêncio.

— Me perdoe — Takeo disse em voz minúscula.

— Quê?

— Fui cruel com você — Takeo disse e baixou a cabeça.

— Não, eu fui muito infantil.

— Eu também.

Durante algum tempo permanecemos os dois cabisbaixos.

Provavelmente por causa da embriaguez, meus olhos se embaçaram de lágrimas. Sem erguer a cabeça chorei um pouco. Bastou começar para as lágrimas rolarem mais e mais.

— Me perdoe — Takeo repetia sem cessar.

— Eu estava triste — respondi e Takeo passou o braço por meu ombro num leve abraço.

O senhor Nakano moveu-se levemente. Olhei de modo discreto para Masayo, que nos espiava de olhos semicerrados. Quando nossos olhares se cruzaram, ela fechou às pressas os olhos e fingiu dormir.

— Masayo! — chamei-a e ela arregalou os olhos e me mostrou a língua. Takeo afastou-se de mim aparentando serenidade.

— Não pare, abrace ela mais! — incentivou Masayo com a voz embargada pela embriaguez, apontando o indicador para Takeo. — Abrace-a mais! — repetiu Masayo.

O senhor Nakano de repente levantou-se pesadamente e juntou-se à irmã:

— Abrace-a mais!

Bebi de um gole o vinho remanescente na taça. Olhávamo-nos os quatro, rindo. O vinho mais uma vez me invadiu todo o corpo, deixando-me leve como se pisasse nuvens. Olhei em direção a Takeo: ele também me fitava.

— A Quinquilharias Nakano não existe mais, não é mesmo? — eu disse e todos assentiram com a cabeça.

— Mas a loja é perpétua — o senhor Nakano sussurrou, pondo-se de pé. Como se fosse um sinal, nós quatro começamos a falar cada um por si, sendo impossível compreender quem dizia o quê. Não sabíamos mais o que dizíamos e ao olhar para Takeo ele continuava me fitando.

"Agora, pela primeira vez, realmente amo Takeo", pensei em algum lugar de minha mente enevoada.

A nova garrafa de vinho aberta bateu contra a borda de minha taça, emitindo um som límpido.

ESTE LIVRO FOI COMPOSTO EM GATINEAU CORPO 10,6 POR 15
E IMPRESSO SOBRE PAPEL AVENA 80 g/m² NAS OFICINAS DA
MUNDIAL GRÁFICA, SÃO PAULO — SP, EM SETEMBRO DE 2023